Sonne im Nacken, Bienen im Rosmarinstrauch – und ein Anruf, der Edies Leben für immer verändern wird. Ihre Mutter Louise ist tot. Sie und ihre Schwestern kommen in Louises Haus zusammen. Ihre Schulhefte, Spielsachen, all die Erinnerungsstücke versetzen die jungen Frauen unwillkürlich zurück in die Kindheit und lassen Dinge wieder aufleben, die sie längst begraben glaubten, vor allem das erdrückende Gefühl einer schweren Last. Denn jede der Töchter gibt sich die Schuld an dem tragischen Tod ihres Vaters. Doch als Edie zwischen alten Briefen eine winzige Notiz entdeckt und alle drei ihre Erinnerungen teilen, formt sich plötzlich ein neues Bild … »Ein ergreifender Roman, der die großen Themen des Lebens behandelt – die Liebe, den Betrug und den Einfluss, den die Familie unweigerlich auf uns hat.« *The Guardian*

Nicci Gerrard wurde im Juni 1958 in Worcestershire/Shropshire geboren. Sie schloss ihr Studium der englischen Literatur in Oxford mit Auszeichnung ab, bevor sie Journalistin wurde. Nicci Gerrard ist der weibliche Teil des Bestseller-Duos Nicci French. Nicci Gerrard lebt mit ihrem Mann und vier Kindern in einem alten Landhaus in Suffolk.

NICCI GERRARD

Als wir Töchter waren

ROMAN

Aus dem Englischen
von Sonja Schuhmacher und Rita Seuß

Berlin Verlag Taschenbuch

FSC
www.fsc.org
MIX
Papier aus verantwortungsvollen Quellen
FSC® C083411

ISBN 978-3-8333-1034-8
Dezember 2016
Die Originalausgabe erschien unter dem Titel
Things we knew were true bei Michael Joseph, London

Umschlaggestaltung: ZERO Werbeagentur, München
Umschlagmotiv: Alamy Stock Foto/Julian Elliott Photography
und FinePic®, München
Gesetzt aus der Caslon
Druck und Bindung: CPI books GmbH, Leck
Printed in Germany

Für Sean

1 ERSTER TEIL

Mitten in der Nacht glaubte sie zu hören, dass er ihren Namen rief: »Edie! Edie!«
Ein lang gezogener Schrei, als stürze er, während er nach ihr rief, aus großer Höhe hinab. Seine Stimme hallte in ihrem Kopf wider wie ein Gruß oder ein Abschied, bat um Hilfe oder rief einfach nur, rief sie zu sich. Lange hatte sie diese Stimme nicht mehr gehört. Nur in ihren Träumen. Sie wusste natürlich, dass er es nicht war, er konnte es nicht sein, und dennoch, dieses Gefühl seiner Nähe war so stark, dass sie aufstand, ans Fenster trat und lauschte. Das Haus schlief, seine Bewohner lagen warm und geborgen im Bett. Es war eine klare und stille Nacht.
Am Himmel glitzerten Sterne, und in den Bäumen hing ein niedriger Mond. Sie presste die Stirn an die Scheibe und wartete, aber die Stimme kehrte nicht wieder. Sie kehrte einfach nicht wieder.

Eins I

Der Brief kam an dem Morgen, als Vic in den Milchwagen krachte und dreiundvierzig Flaschen Vollmilch und acht Kartons mit Eiern genormter Größe über die Auffahrt schlitterten. Er verabschiedete sich von seinen Töchtern, beugte sich zu Louise hinunter und küsste sie auf die Stirn; seine abgetragene gestreifte Krawatte baumelte vor ihrem Gesicht. Dann nahm er seine leere Aktentasche und ging. Sie hörten, wie die Tür ins Schloss fiel, wie der Kies unter seinen Füßen knirschte, wie der Motor des Wagens abgewürgt wurde, ein zweites Mal abgewürgt wurde und dann endlich ansprang. Jude saß über ihren Hausaufgaben, die sie am Abend zuvor vergessen hatte, und verbarg das verschmierte Gekritzel unter ihrem Arm vor Louise, während Edie langsam und verträumt ihren Porridge aß. Louise stapelte das Geschirr vom Vorabend im Spülbecken und versuchte erfolglos, den Tisch sauber zu schrubben. Sie stieß gegen eine Teetasse, die jemand hinter der Tür abgestellt hatte, und trat auf eine Tomate, die beim Öffnen des Kühlschranks mysteriöserweise herausgefallen war. Kleine rote Kerne spritzten über die Fliesen, und an der Kappe ihres Hausschuhs blieb ein Stück der klebrigen Schale hängen.

»Hoppla!«, rief Jude fröhlich, und im selben Augenblick ertönte ein ohrenbetäubendes Krachen, ein hässliches Knirschen und Quietschen und das Geräusch von zersplitterndem Glas, das in einem melodischen Klirren ausklang, als sei ein Windstoß durch Hunderte von Windharfen gefahren.

»Was um Himmels willen …?«

»Hört sich an wie ein Unfall«, meinte Edie vorsichtig.

Alle drei liefen aus der Küche zur Haustür. Die Schnauze von Vics Auto hatte sich in der Flanke des Milchwagens verkeilt. Die verbeulte Motorhaube und das Dach waren mit Milch verschmiert, und an der zersplitterten Windschutzscheibe rann langsam ein Eigelb herunter. In weißen Pfützen rings um das Fahrzeug schwammen Glassplitter und Scherben, lagen umgekippte Milchkisten, und aus zerquetschten Eierkartons sickerte zähflüssiges Eigelb. Vic starrte aus dem Fenster seines Wagens.

Louise öffnete den Mund, brachte aber kein Wort heraus.

»Donnerwetter!«, sagte Jude. Sie lutschte an ihrer Füllerspitze. »Donnerwetter!«, wiederholte sie etwas lauter. Es klang geradezu ehrfurchtsvoll.

»Was für ein gottverdammter Idiot …?«, schrie der Milchmann, während er um den Wagen herumlief. Gesicht und Hals waren rot gefleckt. Er kickte den Boden einer zerbrochenen Milchflasche zur Seite und trommelte wütend an Vics Fenster. »He!«, schrie er. »Sie!«

Vic öffnete die Autotür. Er stieg aus, die Schultern hochgezogen, und drehte den Kopf langsam wie eine Schildkröte. Einige Flaschen waren heil geblieben, manche standen aufrecht in der Einfahrt. Er bückte sich und hob eine auf, wusste aber nicht, was er damit machen sollte. »Tut mir Leid«, sagte er, »es tut mir Leid. Du meine Güte! Ich hab keine Ahnung, wie …« Er stellte eine Kiste auf und ließ die Flasche hineingleiten. Unter seinen Schuhsohlen knirschten Glassplitter.

Und dann kam der Postbote auf seinem Fahrrad die Einfahrt herauf, eine Hand an der Lenkstange, mit der anderen die Briefe für die Familie Jennings herausfischend. Er musste den Lenker abrupt herumreißen, um den Scherben auszuweichen. Dabei flatterten einige Briefe zu Boden und blieben zwischen den Scherben liegen. Das Fahrrad geriet ins Schlingern und landete neben dem Zaun im hohen Gras, das noch nass war vom Regen der vergangenen Nacht.

Louise seufzte leise, zog ihren Morgenmantel zu und ging hinaus zu Vic.

»Was ist denn passiert?« Es klang aufrichtig neugierig.

»Ich war wohl mit meinen Gedanken woanders.« Vic sah sich um. »Tut mir wirklich Leid.«

»Der Wagen …«, sagte Louise matt. »Das ganze Durcheinander …«

»Ich weiß.«

»Ich muss meine Hausaufgaben zu Ende machen«, erklärte Jude. »In zwanzig Minuten fährt der Schulbus.«

Louise redete jetzt beschwichtigend auf den Milchmann ein, legte ihre schmale Hand auf seinen Arm. Ihr Morgenmantel öffnete sich ein klein wenig, und seine Augen wanderten von ihrem Gesicht hinunter zur Wölbung ihrer weißen Brüste. Edie trat heraus und ging, vorsichtig den Scherben ausweichend, hinüber zum Postboten. Sie nahm die Briefe entgegen.

»Danke«, sagte sie.

»Jemand muss das Zeug wegräumen«, sagte er. »An eurer Stelle würde ich mich an die Gemeinde wenden. Die Milch riecht ranzig, wenn sie trocknet. Besonders bei der Hitze.«

Aber Edie antwortete nichts. Sie betrachtete den weißen Briefumschlag in ihrer Hand. Ihr Name stand darauf. Sie wischte mit dem Ärmel einen kleinen Eiklecks weg und lächelte den Briefträger glückselig an. »Ja«, sagte sie. »Schrecklich, nicht?«

Seit über einer Woche wartete sie nun schon auf diesen Brief. Der Postbote kam gewöhnlich, während sie frühstückten, und sobald Edie draußen im Flur die Briefe durch den Schlitz fallen hörte, erhob sie sich langsam und scheinbar beiläufig von ihrem Stuhl und legte ihre Serviette neben den Teller. Dabei schlug ihr das Herz bis zum Hals. Tag um Tag war vergangen, ohne dass ein Brief eingetroffen war – nur die üblichen Rechnungen und ab und zu eine Postkarte, die ihre Mutter ihrem Vater vorzulesen pflegte, während er gewissenhaft seinen mit Himbeermarmelade bestrichenen Toast aß, auf seine Krawatte krümelte, lächelte, nickte und kein Wort von dem verstand, was sie sagte. Edie hatte sich an dieses Gefühl der Trostlosigkeit, die sie jedes Mal überfiel, schon gewöhnt, ließ sich aber nichts anmerken. Sie setzte sich wieder an ihren Platz, beendete ihr Frühstück, ging dann hinauf und machte sich für die Schule fertig.

Aber heute Morgen – endlich! – war der Brief gekommen. Einen Augenblick fühlte sie sich wie benommen, als habe sie seit Tagen nichts gegessen. Sie hielt den Brief einen Moment in der Hand, als könne sie dadurch, wie er sich anfühlte, auf seinen Inhalt schließen. Dann trug sie ihn zusammen mit den anderen Briefen ins Haus, den Milchmann hinter sich lassend, der ihrer Mutter mit dem Zeigefinger vor dem Gesicht herumfuchtelte, während Vic auf die in der Sonne glitzernden Scherben starrte. Eine Rechnung für Vic; zwei Briefe für ihre ältere Schwester Stella, die trotz des Lärms draußen noch im Bett lag und stundenlang weiterschlafen würde; ein von Hand beschrifteter Brief für ihre Mutter; für Jude war nichts dabei.

Edie fuhr mit dem Finger unter die gummierte Lasche und zog das Blatt Papier hervor. Durch die offene Haustür hörte sie den Milchmann sagen: »Man sollte Sie nicht auf die Straße lassen.« Sie warf einen Blick auf Jude; auf ihren Lippen prangte ein schwarzer Tintenfleck, der aussah wie die Schale einer Heidelbeere. Dann las sie den Brief. Er war sehr kurz. *»Liebe Edie«*, stand da, *»ich hatte versprochen, dir meine Adresse mitzuteilen, damit du mir eine Einladung zu deiner Party schicken kannst. Die Adresse lautet: Beckett Road 19, Kelsey. Ich freue mich, dich zu sehen. Bis dann. Liebe Grüße, Ricky.«* Das war alles.

Sie faltete den Brief zusammen und setzte sich. Sie tauchte ihren Löffel in den Porridge, den sie kaum angerührt hatte. Aber sie brachte keinen Bissen herunter. *»Ich freue mich, dich zu sehen.«* Das bedeutete, dass er auf jeden Fall kommen würde. Am Samstag in einer Woche würde sie ihn wiedersehen. Sie schloss für einen kurzen Moment die Augen. *»Liebe Grüße, Ricky.« Liebe* Grüße. Was hatte das zu bedeuten? Sie wusste, dass es nichts bedeutete, es war nur ein Wort, der übliche Briefschluss, aber sie musste trotzdem lächeln. Sie legte den Löffel aus der Hand und wischte sich über den Mund. Ihrer Kehle entrang sich ein kleines glückseliges Kichern.

»Jude, mach dich fertig. Edie? *Edie?*« Louise war wieder im Haus. Sie wirkte erschöpft.

»Ist draußen alles in Ordnung?«

»Du hast doch gesehen, was los ist.«

»Kann ich irgendwie helfen?«

»Nein. Sonst verpasst du noch den Bus und ich komme zu spät zur Arbeit. Vic muss zusehen, wie er allein zurechtkommt.«

»Geht es ihm gut?«

»Abgesehen davon, dass er auf einem anderen Stern lebt, meinst du? Ja, gut.«

»Er kann doch nichts dafür.«

»Jetzt geh schon, und mach dich fertig, Edie! Und vergiss deine Schwimmsachen nicht!«

»Okay.«

Oben in ihrem Zimmer steckte sie den Brief in ihre Schultasche. Auf ihrem Kopfkissen lag Tangle, die Katze, ausgestreckt in einem Rechteck aus Sonnenlicht, und schlief. Edie beugte sich zu ihr hinunter, drückte das Gesicht in ihr warmes Fell und spürte, wie sich der Bauch des Tieres bei jedem Atemzug hob und senkte. Dann stellte sie sich vor den bodenlangen Spiegel und betrachtete sich. Stella sah Louise ähnlich – aprikosenfarbenes Haar, ein gleichmäßiges Gebiss mit einer kleinen Lücke zwischen den Schneidezähnen und volle Lippen: eine Schönheit von Natur aus. Jude sah Vic ähnlich, groß und grobknochig, mit dem dichten dunklen Haar, der hohen Stirn und hellen Haut der Waliser. Edie war die kleinste und unscheinbarste der drei Schwestern. Sie fand ihr Gesicht ziemlich blass und viel zu rund. Sie hatte braunes Haar, ein paar Sommersprossen auf der Nase und einen abgeschlagenen Zahn, nachdem sie letzten Sommer einen Kopfsprung in das flache Wasser des Swimmingpools gemacht hatte. Aber Ricky hatte ihr einen Brief geschickt. Ihr. Sie lächelte ihrem Spiegelbild zu und legte zwei Finger auf den Puls an ihrem Hals. Äußerlich wirkte sie ruhig und gelassen, aber sie spürte das Pochen ihres Herzens, das Rauschen ihres Blutes, den elektrisierenden Schauder des Glücks.

»Von wem war denn der Brief?« Jude war ins Zimmer getreten. Sie nahm Edies Haarbürste und fuhr sich damit durch die zotteligen Strähnen.

»Von jemandem, den ich neulich kennen gelernt habe.« Aber sie konnte sich nicht verkneifen, den Namen auszusprechen. »Ricky.« Sie beobachtete sich dabei und begann dann ihr Haar zu einem Zopf im Nacken zu flechten, so wie es Stella für gewöhnlich tat.

»Ricky? Wer ist Ricky?«

»Er kommt zur Party.«

»Du bist in ihn verknallt, ich weiß es.«

»Ich hab ihn bei Fran kennen gelernt. Wir haben uns unterhalten.« Sie konnte ein Lächeln nicht unterdrücken. »Und da hab ich ihn zur Party eingeladen. Rose wird nichts dagegen haben, wenn eine Person mehr kommt.«

»Er gefällt dir«, wiederholte Jude.

»Du spinnst wohl.«

»Tut er doch!«

»Mädels!«, rief Louise von unten. »In sieben Minuten fährt der Bus.«

Zwei 2

Edie saß allein im hinteren Teil des Schulbusses und las den Brief noch einmal, obwohl sie die wenigen schlichten Worte bereits auswendig wusste. Sie hatte Ricky vor acht Tagen auf der Party eines Freundes kennen gelernt, zu der sie gar nicht hatte hingehen wollen. Partys waren nicht ihr Ding; sie hatte es einfach nicht raus. Sie beneidete Mädchen wie Rose, die lässig und ungezwungen kicherten und flirteten und ihrem Gegenüber die Hand mit den langen lackierten Fingernägeln auf die Schulter oder den Arm legten oder unablässig und unbekümmert plauderten, während ihre Ohrringe hin- und herschwangen und ihre Armreife klimperten. Edie dagegen war gehemmt; sie redete zu wenig und errötete zu oft. Beim Tanzen kam sie sich ungelenk und plump vor, obwohl sie zu Hause, wenn sie allein war, oft eine Schallplatte auflegte und im Wohnzimmer herumhüpfte. Sie beobachtete sich im Spiegel, wenn sie tanzte, und wünschte sich, genauso sein zu können, wenn andere dabei waren. Das war das Mädchen, das sie sein wollte, ein Mädchen, das seine weichen braunen Haare zurückwarf, über die nackte Schulter hinweg strahlend lächelte, voller Anmut. Manchmal trat sie ganz nah an den Spiegel heran und starrte ihr Gesicht so lange an, bis das Glas beschlug. Dann lehnte sie sich vor und küsste ihre verschwommenen Lippen.

Natürlich hatte Edie auch schon Jungs geküsst. Am Ende einer Party, wenn das Licht gedämpft war und langsame Musik gespielt wurde, legte der Junge, der zufällig neben einem stand, meistens seinen Arm um einen und zog einen an sich. So war es einfach, außer man gehörte zu den Mädchen, die am Rand standen, gesalzene Nüsse knabberten, an leeren Gläsern nippten, das Ganze beobachteten und sich den Anschein gaben, als mache es ihnen nichts aus, dass sie nicht zu den Auserwählten gehörten. Edie erinnerte sich an den Schock bei ihrem ersten Kuss; wie sie die Arme zaghaft um den breiten, verschwitzten Rücken eines Jungen geschlungen hatte, dessen Namen sie vergessen hatte; wie sie sich im Dunkeln im Takt der Musik wiegten und er sie dann plötzlich auf den Mund küsste; ihre Zähne schlugen aneinander, und sie spürte seinen warmen, nach Bier riechenden Atem in ihrem Mund und seine kühle Zunge, und sie hätte vor Schreck beinahe laut aufgeschrien. Später hatte Rose gekichert und gemeint, daran werde sie sich schon noch gewöhnen. Manchmal verschwand Edie auf dem Klo und wartete, bis die Musik aufhörte, das Licht anging und ihr Vater, der mit den anderen Eltern draußen gewartet hatte, hereinkam, um sie abzuholen. Er legte ihr dann immer den Arm um die Schulter und fragte, ob sie sich amüsiert habe, und sie sagte: »Ganz gut, Daddy.« Mehr nicht. Sie sagte immer noch »Daddy« zu ihm, obwohl Jude ihn mit »Dad« und Stella ihn neuerdings mit »Vic« anredeten.

Bei Ricky war es anders gewesen; er war nach der ersten Hälfte des Abends auf sie zugekommen. Er hatte sie nicht gefragt, welche Musikgruppen sie – in welcher Rangfolge – mochte, auf welche Schule sie ging oder woher sie Fran kannte. Er hatte sie in eine Ecke gezogen und ihr erklärt, dass Samuel Beckett und J.D. Salinger seine Lieblingsschriftsteller seien; dass er Filmregisseur werden wolle; dass sein Bruder im Alter von zwei Jahren gestorben sei. Er war mager und knochig, hatte braune Augen, dicke Brauen und strähniges, leicht fettiges Haar. Er wirkte unterernährt und war so blass, als verbringe er zu viel Zeit in dunklen Räumen. Während er redete, blickte er sie mit einer Eindringlichkeit an, als sei er völlig bekifft. Er tanzte ziemlich verrückt, aber ohne jede Verlegenheit. Edie sah sein am Hals aufgeknöpftes Jeanshemd, seine alten Jeans, seine dünnen Handgelenke, das linke mit einem Lederbändchen, seine knochigen Finger. Er hatte abgekaute Fingernägel, und aus irgendeinem Grund schöpfte sie daraus Hoffnung. Sie wünschte sich, die Musik möge langsamer werden, damit er seine Hand um ihre Hüfte legen und sie an sich drücken und sie seinen Atem auf ihrer Wange spüren würde.

Aber stattdessen holte er noch etwas zu trinken. Unterwegs sprach ihn ein Mädchen an, und er lächelte und wandte sich ihr zu. Edie beobachtete die beiden. Das Mädchen legte einen Finger auf seine Wange. Er holte eine Dose Tabak aus seiner Hosentasche und drehte gekonnt zuerst eine Zigarette für sie, dann für sich. Über dem aufflammenden Streichholz steckten sie die Köpfe zusammen, dass sie sich fast berührten, und sie legte ihre Hand auf die seine, als er die Flamme an ihre Zigarette führte. Edie ging auf die Toilette und starrte sich im Spiegel an. Ihre flachen Brüste und ihr braunes Haar. Ihre Wangen waren gerötet, und vom Lippenstift war nichts mehr übrig. Sie sah aus wie zwölf.

Als sie zurückkam, war Ricky verschwunden. Sie setzte sich auf einen Stuhl an der Wand und beobachtete die eng umschlungenen Paare, die aneinander gepressten Körper. Sie sah, wie Rose das Gesicht eines Jungen, für den sie schon seit einem Jahr schwärmte, in beide Hände nahm und ihn mitten auf den Mund küsste. Dann warf sie den Kopf zurück, und Matt küsste sie blindlings auf den Hals und drängte sie an eine Wand. Rose hatte die Augen geschlossen, das blonde Haar fiel ihr über den Rücken.

»Entschuldige. Hier, bitte.« Ricky war zurück und hielt ihr ein volles Glas hin. Sie versuchte zu lächeln. Der Abend war fast zu Ende. Draußen standen bereits Autos; die Eltern trudelten allmählich ein, um ihre Kinder abzuholen. Das Mädchen, das Rickys Gesicht mit dem Finger berührt hatte, war wieder aufgetaucht und steuerte zielstrebig auf Ricky und Edie zu, ein unerschütterliches, entschlossenes Lächeln auf dem Gesicht. »Ich muss mich irgendwo verstecken«, sagte Ricky. »Gibst du mir Deckung?« Und dann küsste er sie. Seine Lippen waren weich, und er roch nach Tabak und Bier. Edie schloss die Augen.

Dann war es vorbei. Das Licht ging an, die Paare auf der Tanzfläche lösten sich abrupt voneinander und blinzelten in der jähen Helligkeit. Die Mädchen ordneten ihre Kleider, die Jungs sahen einander an und grinsten. Vic stand in der Tür; Edie spürte seinen besorgten Blick, noch bevor sie aufschaute. Sie stand auf, strich sich den Rock glatt und schob die Haare hinter die Ohren.

»Ich muss gehen«, sagte sie. Sie zögerte. »Also dann, tschüs.«

»Tschüs, Edie. Bis bald.« Er blieb sitzen.

»Ja.« Sie wartete, aber er sagte nichts weiter. »Tschüs.«

Sie ging auf Vic zu, der einen Arm ausstreckte. »Hallo, Daddy«, sagte sie. Ihr war elend zumute, und sie kämpfte gegen den Drang umzukehren.

»Wie war's?« Er half ihr in den Mantel.

»Gut.«

Aber als sie beim Auto waren, sagte sie, sie habe etwas vergessen, und lief ins Haus zurück. Ricky saß noch an derselben Stelle, eine Zigarette im Mundwinkel. Er war allein; er starrte ins Leere.

»Möchtest du zu meiner Party kommen?«, fragte sie. »Das heißt, zu meiner und Roses Party. Wir feiern gemeinsam Geburtstag, nur dass meiner erst in ein paar Monaten ist. Die Party ist in einem Pub in Baylham. Im *Three Kings*.«

Er nahm die Zigarette aus dem Mund. »Ich habe gerade über dich nachgedacht«, sagte er. Und dann: »Klar. Wann?«

»Samstag in zwei Wochen. Ich schick dir eine Einladung, wenn du willst. Wo wohnst du?«

»Hast du was zum Schreiben?«

»Ich merk es mir so.«

»Wie wär's, wenn ich mir von Fran deine Adresse geben lasse und dir meine schicke? Ist das okay?«

Das verkomplizierte alles, wahrscheinlich war es nur eine elegante Art, sie loszuwerden. »Okay«, sagte sie. Bevor der Mut sie verließ, beugte sie sich zu ihm hinunter und küsste ihn noch einmal auf die schmalen, weichen Lippen, und er legte eine Hand an ihren

Hinterkopf und drückte sie an sich. Dann ließ er sie los und steckte die Zigarette wieder in den Mund.

Sie dachte unablässig daran. An die beiden Küsse; seine Hand in ihrem Haar. Im Bad, mitten im Unterricht oder wenn sie im Bett lag oder sich mit ihren Freundinnen unterhielt, rief sie sich die Berührung seiner Lippen in Erinnerung. Edie war fast siebzehn, aber es war das erste Mal, dass sie sich vor Sehnsucht ganz krank fühlte. Nun saß sie im Schulbus und starrte auf den Brief in ihrem Schoß. Wie er seinen und ihren Namen geschrieben hatte. Sie strich mit dem Finger über den Schriftzug.

Sehr sorgfältig schrieb sie ihre Adresse auf das Blatt, in schönsten Blockbuchstaben, darunter ihre Telefonnummer. *»Lieber Ricky, danke für deinen Brief, ich dachte schon, du hättest es vergessen …«* Nein. *»Lieber Ricky, ich habe mich gefreut, von dir zu hören, und ich freue mich auf …«* Nein. *»Lieber Ricky, hier ist die versprochene Einladung. Ich hoffe, du kannst kommen. Liebe Grüße, Edie.«* Das klang so kurz angebunden, dass er vielleicht denken würde, es wäre ihr egal, und nicht kam. Aber wenn sie allzu überschwänglich war, würde er womöglich auch nicht kommen. Sie las, was sie geschrieben hatte, steckte es zusammen mit der Einladung in einen Umschlag, klebte ihn zu und ging sofort los, um den Brief einzuwerfen. Louise war noch im Laden, sie machten Inventur, und Stella war mit Freunden unterwegs, die alle ab Oktober verschiedene Universitäten besuchen würden. Bis dahin lungerten sie zu Hause herum, schliefen bis weit in den Vormittag hinein, nahmen ausgiebige heiße Bäder, inspizierten ihren Kleiderschrank, packten Bücher in Kisten und trafen sich mit Freunden, um über das Leben zu reden, das vor ihnen lag.

In der Auffahrt stand das Auto mit der zerbeulten Motorhaube und der zerbrochenen, klebrigen Windschutzscheibe. Die Scherben waren weggeräumt, und jemand hatte den Asphalt und den Kiesweg mit dem Schlauch sauber gespritzt. Edie lief die Straße entlang zum Briefkasten, holte tief Luft, bevor sie den Umschlag in den Schlitz schob und ihn noch ein paar Sekunden an einer Ecke festhielt. Erst dann ließ sie ihn los und lauschte dem dumpfen Geräusch, mit dem er in den leeren Kasten fiel.

Du machst weiter, als würde sich nichts Neues ereignen, dachte sie. Erscheinst adrett und ruhig, zurückhaltend, schließlich halten die Leute dich dafür, die glauben, dass es in deinem Inneren so aussieht, wie du von außen erscheinst. Sie ahnen nichts von deinen aufgewühlten Gefühlen, deinem wilden Herzschlag, dem Rauschen deines Blutes, von der Angst und dem sehnsüchtigen Verlangen, die durch deinen Körper rieseln. Alles Wichtige ist verborgen, geheim. Sie saß in ihrem Schlafzimmer und löste ihre Physikaufgaben. Dabei schrieb sie sehr schön, unterstrich die Antworten mit dem Lineal, zeichnete den Graphen sorgfältig mit einem gespitzten Bleistift und tupfte ihr Werk mit Löschpapier ab. Ihr kleines Zimmer war tadellos aufgeräumt: Die Tagesdecke war über das Bett gebreitet, mit einem scharfen Knick, wo das Kopfkissen lag, ihre Kleidung war ordentlich gefaltet in den Schubladen verstaut, ihre Glasfiguren waren auf dem Tisch arrangiert, und die Bücher wurden nach der Lektüre ins Regal zurückgestellt.

Edie war seit jeher ein ordnungsliebender Mensch. Bei Rose zu Hause war alles behaglich, sauber und ordentlich. Wenn man eintrat, zog man auf der Fußmatte die Schuhe aus, hängte den Mantel an einen Kleiderhaken und gelangte über gewachste Dielen in das Wohnzimmer mit dem beigefarbenen Teppich, der noch die Streifen vom letzten Staubsaugen aufwies. Auf dem Sofa lagen frisch aufgeschüttelte Kissen, die Fensterscheiben waren makellos sauber, die Wände magnolienfarben gestrichen, und sechs Fotos der Familienmitglieder standen in Silberrahmen auf dem Kaminsims. In der Küche war alles auf Hochglanz poliert, der Toaster und die Küchenmaschine waren an der Wand aufgereiht, und der blank geputzte Küchentisch war leer, nur manchmal stand ein Väschen mit Blumen oder eine Schale mit vier grünen Äpfeln darauf. Alles war da, wo es hingehörte. Die Bücher standen alphabetisch sortiert im Regal. Das Haus, in dem Edie wohnte, war dagegen alt, verwinkelt und heruntergekommen. Die Dielen knarrten, die Fliesen in der Küche waren lose, und im Treppenhaus zog sich ein Riss über die Wand. Die Fenster mussten dringend geputzt werden, die Vorhänge waren über die Jahre im Sonnenlicht ausgebleicht, die Teppiche abgenutzt und mit Fusseln und Staubflocken übersät, und allerhand Krimskrams war wie von einer Flutwelle ins Haus gespült worden und türmte sich wie Strandgut in den Räumen. Selbst wenn Louise den Putzfimmel bekam, den sie soeben unten auszuleben schien, schaffte sie es nicht, die makellose Ordnung herzustellen, die in anderer Leute Häuser herrschte.

Heute hatte Louise angefangen aufzuräumen, noch bevor sie ihre Jacke ausgezogen hatte. Sie stürzte in die Küche, ließ ihre Tasche und ihre Schlüssel auf einen Stuhl fallen, griff sich einen Besen, fegte den Küchenboden und kehrte Staub, Krümel, zu Boden gefallene Münzen und Haarclips auf einen Haufen. Sie stieß mit dem Besen gegen Judes Füße, aber Jude wich nur ein paar Zentimeter zur Seite, ohne von ihrem Buch aufzusehen. Mit wüstem Scheppern räumte Louise Töpfe und Pfannen fort, ein Deckel fiel mit einem Paukenschlag zu Boden. Sie kippte abgeblühte Hyazinthen und verwelkte Pfingstrosen auf den Komposthaufen und klaubte verfaulte Pfirsiche aus der Obstschale. Sie sammelte Schulmappen auf, leere Briefumschläge, unvollständige Kartenspiele, alte Zeitschriften, Bücher, die mit gebrochenem Rücken aufgeklappt auf den Sofalehnen liegen geblieben waren, Armreifen und Lippenstifte ohne Kappe, Haarspangen, Bürsten und Handtücher, undichte Füller, zerbrochene Lineale und Winkeldreiecke, die hinter die Sessel gefallen waren. In Judes Schlafzimmer, wo die Vorhänge noch zugezogen waren, starrte Louise bestürzt auf die zusammengeknüllten Bettlaken und die Kleider, die auf dem Boden verstreut waren. In Stellas Zimmer öffnete sie die Fenster, damit der Mief von Schlaf, Schweiß, Parfüm und Kamillenshampoo entweichen konnte. Im Wohnzimmer verharrte sie einen Augenblick vor dem Hochzeitsfoto von sich und Vic. Mit zukunftsfrohem Lächeln strahlte sie in die Kamera. Vic – damals noch viel schlanker, mit einer glänzenden schwarzen Haarsträhne in der Stirn – blickte sie mit feierlichem Ernst an. Er hatte den linken Arm um sie gelegt, seine Hand verschwand in den Seidenfalten ihres Rocks. Sie war damals zwanzig Jahre alt gewesen, verliebt und verliebt in die Vorstellung, derart angebetet zu werden. Das war 1960 gewesen, vor zwanzig Jahren, als sie das Gefühl verspürt hatte, Flügel zu haben und der Zukunft entgegenzufliegen. Ein Jahr nach der Hochzeit war sie Mutter geworden. Zwei Jahre später waren sie in dieses Haus gezogen, wo der Wind nachts an den Fenstern rüttelte und im Winter innen an den Scheiben Eisblumen blühten.

Vic kam vom Garten herein. Ein rostfarbenes Blatt segelte aus seinem Haar hinunter auf den Tisch; seine Stiefel hinterließen Spuren auf den Fliesen. In seinen zusammengelegten Händen lagen vier Zwetschgen.

»Schau«, sagte er. An seinen Fingern klebte Fruchtsaft. »Probier mal eine.«

»Vic, hast du die Versicherung angerufen wegen des Wagens?«

»Die ersten in diesem Jahr.«

Louise seufzte. »Also gut.«

Sie öffnete den Mund und biss in die Zwetschge, die er ihr hinhielt, und spürte, wie der süße Saft ihr die Kehle hinunterrann.

»Morgen ruf ich an«, versprach er.

Drei 3

Louise und Edie gingen von einem Laden zum anderen. Parfümduft stieg ihnen in die Nase. Sie fuhren Rolltreppen hinauf und hinunter, vorbei an Ständern mit Kleidern, die aus der Ferne vielversprechend aussahen, bei näherem Hinsehen aber zu gerüscht, zu grell, zu nüchtern, zu bescheiden oder zu gesetzt wirkten. Louise hielt ständig Kleider in die Höhe und drängte Edie, sie doch wenigstens anzuprobieren, aber Edie schüttelte eigensinnig den Kopf. Rose würde einen langen schwarzen, seitlich geschlitzten Rock und ein rückenfreies schwarzes Top tragen; sie meinte, darin würde sie unwiderstehlich wirken. Edie hatte sich ein Wunderkleid in den Kopf gesetzt, das sie vollkommen verwandeln sollte. Wenn sie an die Party dachte, kribbelte es in ihrem Bauch. Aufregung und Furcht überfluteten sie.

»Probier das mal«, sagte Louise im siebten Geschäft.

»Oh, aber das ist zu teuer. Guck dir mal den Preis an.«

»Na und?«, gab Louise unbekümmert zurück.

Edie nahm das Kleid mit in die Kabine, schälte sich aus ihren Jeans und zog das T-Shirt über den Kopf. Es war ein langes, tief ausgeschnittenes rotbraunes Kleid mit einem ausgestellten Rock, der weit schwang, wenn sie herumwirbelte. Ihre Haut wirkte milchig weiß, ihr Hals lang. Sie raffte ihr Haar oben auf dem Kopf zusammen und betrachtete sich im Spiegel. Was würde er denken, wenn er sie so sah? Sie stellte sich auf die Zehenspitzen und lächelte.

»Edie? Lass mal sehen. Ja, das ist das Richtige! Du siehst großartig aus.« Und das stimmt, dachte Louise. Sie wirkt frisch und gertenschlank. Louise fasste Edie an den schmalen Schultern und gab ihr einen Kuss. »Wirklich entzückend«, wiederholte sie und bemerkte, wie ihre Tochter vor Freude rot wurde. »Das wird ihn umwerfen.«

»Mami!« Edie errötete bis zu den Haarwurzeln.

»Glaub nur nicht, dass ich blind bin.«

»Mama …«

»Ja?«

»Danke.«

Sie betrachtete noch einmal ihr Spiegelbild und lächelte ihm zu. Noch eine Woche.

Es waren heiße und trockene Tage – die letzten Atemzüge des Sommers. Das Gras wurde langsam gelb, die Blätter hingen kraftlos an den Bäumen. Jeden Morgen wachte Edie früh auf, blieb im Bett liegen, betrachtete durch die Gardinen den wolkenlosen Himmel und lauschte dem Zwitschern der Vögel im Garten. Um halb sieben stand sie auf und deckte den Frühstückstisch, fütterte Tangle, wartete auf das Weckerklingeln im Schlafzimmer ihrer Eltern und auf die Geräusche des erwachenden Tages: das Knarren der Fußbodendielen über ihr, das Rauschen der Wasserhähne, Vics unmelodisches Summen beim Duschen, eine rufende Stimme, ein Radio. Manchmal ging sie in den Garten hinaus, wo das Gras noch feucht vom Tau war und der Nebel in den Sträuchern hing, wo die Brennnesseln im Graben aufschossen und sich die Blätter in weichen goldgelben Haufen an der Mauer sammelten. Sie pflückte eine Zwetschge und aß sie auf der Schaukel, die Vic aufgestellt hatte, als sie hierher gezogen waren, eine Schaukel mit einem schmierigen grünen Sitz und zerschlissenem Seil. Sie beobachtete, wie das Grau des Himmels einem lichten Türkis wich und die Sonne durch die dünne Wolkendecke brach.

Für gewöhnlich verließen sie und Jude um Viertel nach acht das

Haus und liefen die staubige Straße entlang, durch die Allee mit den welkenden Buchen, zum Schulbus. Um Viertel vor fünf waren sie wieder daheim, bis auf die Tage, an denen Edie schwimmen ging. Dann kochte sie eine Kanne Tee und erledigte ihre Hausaufgaben in dem stillen Haus. Ihr Füllfederhalter kratzte übers Papier. Bienen prallten an die Fensterscheibe. Die Schatten im Garten wurden immer länger und hüllten die Rosen und die Fliederbüsche schon früh in Dunkelheit. Sie fühlte sich seltsam – träge und lustlos und doch innerlich aufgewühlt. Sie wartete. Wartete, dass das Leben ernsthaft begann.

Am Tag der Party kam Rose am späten Nachmittag vorbei. Sie zupfte sich die Augenbrauen in Edies Zimmer, während Edie in der Badewanne lag. Vic war draußen und mähte den Rasen. Das Fenster stand offen, und Edie konnte das frisch gemähte Gras riechen. Unten spielte Jude Klavier, immer und immer wieder dieselben fünf Takte, metallisch und schrill. Edie sah an sich hinunter, auf ihren flachen weißen Bauch, den Rippenbogen, die knochigen Knie und die langen Füße. Zum ersten Mal fiel ihr auf, dass sie Haare auf den Zehen hatte. Sie wusch sich das Haar zweimal und seifte sich am ganzen Körper gründlich ein. Dann stieg sie aus der Wanne, putzte sich die Zähne und gurgelte ausgiebig. Jede Bewegung, jeden Handgriff vollführte sie ganz bewusst.

Die beiden Mädchen saßen im Bademantel da und lackierten sich gegenseitig die Nägel. Rose fönte Edies Haare, steckte sie hoch, befestigte sie mit einer Schildpattspange und löste ein paar Strähnchen, damit sie Edies Gesicht umrahmten. Sie besprühten sich mit Parfüm, bis das ganze Zimmer stank. Die Füße puderten sie sich mit Talkum, das beim Gehen auf dem Teppich weiße Tapser hinterließ. Dann schminkten sie sich, indem sie, nebeneinander vor dem Spiegel kniend, Grundierung, Lidschatten, Lidstrich, Mascara und Lippenstift auftrugen. Rose tupfte zuerst Rouge auf die eigenen, dann auf Edies Wangen. Sie nahmen die Sache sehr ernst und sprachen nicht viel dabei. Dann betrachteten sie ihr herausgeputztes Spiegelbild: zwei strahlende Gesichter mit leuchtend roten Lippen.

»Wir sehen fabelhaft aus«, sagte Rose. Sie küsste Edie auf die Wange und hinterließ ein rotes Oval.

Frische Unterwäsche, in die Schuhe geschlüpft, dann das Kleid vorsichtig über den Kopf gezogen, noch ein wenig Lippenstift, ein Tupfer Parfüm hinter die Ohren und auf die Handgelenke, noch ein wenig Parfüm, denn schließlich würde es noch fast eine Stunde dauern, bis die Party begann, und das Parfüm würde verfliegen, das Make-up verwischen, die Gesichter würden allmählich verblassen und wieder alltäglich werden. Sie traten einen Schritt vom Spiegel zurück und begutachteten sich erneut.

»Irgendwie will ich gar nicht hin«, sagte Edie. Sie kam sich selbst fremd vor, wie eine Person, von der sie nicht wusste, ob sie sie mochte, strahlend und hart.

»Du spinnst. Es wird toll. Sei optimistisch.«

Sie gingen die Treppe hinunter, schwankend auf ihren hohen Absätzen und plötzlich ungeheuer selbstbewusst. Vic und Louise warteten schon. Gemeinsam mit Roses Eltern Simon und Alison würden sie den ganzen Abend unten im Pub sitzen und ab und zu heraufkommen, um sich zu vergewissern, dass sich niemand danebenbenahm. Louise riss dramatisch die Augen auf.

»Ihr seht wunderbar aus, alle beide«, sagte sie. »Hinreißend.«

»Danke«, sagte Edie. Sie schaute zu Vic, der sie anlächelte, aber er wirkte eher verdutzt. Er hatte sich beim Rasieren geschnitten und trug ein Pflaster am Hals.

»Entzückend«, sagte er. »Ich hätte euch beinah nicht erkannt.«

Edie tanzte zweieinhalb Stunden lang. Sie hatten eine Diskothek gemietet, die einem Freund von Roses Cousin gehörte. Später erinnerte sie sich nicht mehr an die Musik, nur daran, wie todunglücklich sie in all ihrer Ausgelassenheit war. Sie tanzte mit ihrem Mitschüler Jonathan, danach mit seinem großen Bruder Tom, dann mit einem Jungen, den sie noch nie gesehen hatte und der sie zu küssen versuchte, als die Musik aufhörte, doch sie wich zurück; darauf tanzte sie mit Bob, der über das Wochenende von der Universität nach Hause gekommen und erst spät mit Stella aufgetaucht war, dann wieder mit Jonathan. Sie hüpfte im Rhythmus der Punk-Musik auf und ab, während in ihrem Schädel ein dumpfer Schmerz dröhnte. Sie wiegte sich hin und her, drehte sich im Kreis. Sie spürte, dass ihre Füße in den hochhackigen Schuhen allmählich Blasen bekamen. Ricky saß am Ende des Raums und rauchte selbst gedrehte Zigaretten. Sie hatte ihn zusammen mit ein paar anderen Jungs kommen sehen und so getan, als bemerke sie ihn nicht. Sie tanzte weiter, immer wilder, obwohl sie nicht den richtigen Rhythmus fand und unbeholfen herumhopste. Sie versuchte zu flirten und schenkte jedem x-Beliebigen ein übertriebenes Lächeln. Ihre Wangen brannten, ihr Kopf schmerzte, und ihr Mund war trocken. Sie sehnte sich danach, seine Hand auf ihrer Schulter zu fühlen. Aber er kam nicht. Er saß mit einem Glas Bier in der Hand da und beobachtete die Leute, die sich in der Mitte des Raums drängten. Er trug dasselbe wie bei ihrer letzten Begegnung, aber seine Haare waren kürzer und gepflegter. Sie beobachtete ihn die ganze Zeit aus den Augenwinkeln und spürte ihn hinter sich, auch wenn sie ihm den Rücken zuwandte.

Schließlich ging sie auf die Toilette, setzte sich auf den geschlossenen Deckel und stützte den heißen Kopf in die Hände. Alles war falsch; all ihre dummen, kindischen Träume. Er machte sich nichts aus ihr. Es kam ihr nicht in den Sinn, dass er vor den fremden Leuten vielleicht seine Schüchternheit nicht überwinden konnte. Sie wusste nur, dass die Party fast vorüber war und sie sich noch nicht einmal begrüßt, ja, noch nicht einmal Blicke getauscht hatten. So lange hatte sie auf diesen Abend gewartet, und nun sollte es damit enden, dass sie in einem stinkenden Klo saß und heulte.

Als sie herausgekommen war, ging sie an die Bar und bestellte sich ein Glas Wein. Die Musik spielte jetzt langsamer. Sie trank den Wein in hastigen Schlucken. Jemand forderte sie zum Tanzen auf, aber sie schüttelte den Kopf und stolperte die Treppe hinunter.

Louise und Vic saßen mit Simon und Alison an einem kleinen Tisch, tranken Wein und aßen Sandwiches. Louise plauderte angeregt, lachte und gestikulierte. Das Silberarmband rutschte ihr vom Handgelenk auf den Unterarm. Sie beugte sich zu Simon hinüber, legte ihre Hand auf die seine und nahm ihm die Zigarette aus dem Mund, um einmal zu ziehen, obwohl sie sonst nie rauchte. Sie sahen Edie nicht, die nach draußen ging, in die kalte Dunkelheit. Sie überquerte den Parkplatz und trat ans Flussufer. Sie hob den Kopf. Der Mond war ein verschwommener Lichtfleck hinter durchscheinenden Wolken. Eine kühle Brise strich ihr über das glühend heiße Gesicht. Oben in der Diskothek spielten sie gerade »Without You«. Eines Tages, dachte sie, ohne richtig daran zu glauben, obwohl sie wusste, dass es höchstwahrscheinlich so sein würde – eines Tages werde ich verheiratet sein und Kinder haben und an diesen Abend zurückdenken und lächeln bei dem Gedanken, wie unglücklich ich gewesen bin, weil ein Junge, den ich so gut wie gar nicht kenne, mich nicht aufgefordert hat, mit ihm zu »Without You« zu tanzen. Vielleicht werde ich mich nicht einmal mehr an seinen Namen erinnern. Ricky.

Sie hörte das Knirschen von Schritten auf dem Kies, aber sie rührte sich nicht. Sie spürte, dass sich eine Hand zaghaft auf ihre Schulter legte. Da drehte sie sich um. Die Tränen auf ihren Wangen trockneten. Er strich ihr eine Strähne hinters Ohr, und sie lächelte ihn mit feuchten Augen an.

»Ich dachte, du amüsierst dich prächtig«, sagte er.

»Nein, gar nicht.«

Er legte ihr den Arm sanft, beinahe unmerklich um die Taille, und sie machte einen Schritt auf ihn zu, sodass ihre Wange leicht seine Brust berührte. Dann legte sie ihre Hand auf seinen Rücken, eigentlich nur die Finger, und presste sie auf sein Jeanshemd.

»Ich hab die ganze Zeit an dich gedacht«, sagte Ricky in ihr Haar.

»Und ich an dich«, erwiderte sie. Ein Glücksgefühl durchströmte sie.

»Aber du hast mich gar nicht beachtet. Als ich reinkam.«

»Ich hatte Angst.«

»Angst?«

»Dass du dir nichts aus mir machst.«

Sie küssten sich ganz sanft auf den Mund, nur ein einziges Mal, um den Bann nicht zu brechen. Sie ließ die Finger über seinen Rücken gleiten. Er zog sie enger an sich. Die letzten rührseligen Takte von »Without You« verklangen, »Hi, Ho, Silver Lining« setzte ein.

»Wollen wir tanzen?«, fragte er.

»Gern.«

Hand in Hand gingen sie wieder hinein. Schon der Druck seiner Finger elektrisierte sie. Ihr ganzer Körper schmolz dahin; jeder Atemzug ein Prickeln. Vic saß am Tisch, das Kinn in die Hand gestützt, und sah sie an, als sie hereinkamen, dann verengten seine Augen sich und wanderten zu Ricky. Auf seiner Stirn erschien eine Falte, aber das war ihr egal. Sie lächelte ihm zu und zog Ricky die Treppe hinauf. Undeutlich nahm sie wahr, dass Louise mit Simon an der Bar stand und ihr nachblickte.

Sie tanzten und lächelten sich an. In einer Ecke saß einsam Jude, eine Packung Kartoffelchips auf dem Schoß, aber Edie schaute weg; das war ihr Abend. Ricky fuhr ihr mit der Hand ins Haar und küsste sie auf Mund und Hals. Er sagte, er würde sie gern wiedersehen, und sie sagte, sie würde ihn auch gern treffen. Sehr gern, flüsterte sie und legte die Hand auf seine Wange. Plötzlich wusste sie genau, wie sie sich zur Musik bewegen musste. Als das Licht wieder anging, blinzelten sie einander an.

»Ich hab deine Telefonnummer«, sagte er. »Steht auf deinem Brief, oder?«

Sie nickte. Vic und Louise waren heraufgekommen. Die Gäste brachen auf und strömten die Treppe hinunter zu ihren Mänteln und den Eltern, die sie abholten. Sie traten zu ihr, um sich von ihr zu verabschieden: »Danke, war eine nette Party, also dann, bis Montag …« Edie nahm Rickys Hand mit den gelb gefleckten

Fingern und den abgekauten Nägeln, drehte die Handfläche nach oben und küsste sie.

»Ich warte.«

Vier 4

»Edie? Hier ist Ricky.«

»Hallo, Ricky.« Ihre Stimme klang heiser. Sie räusperte sich. Eine kurze Stille trat ein. Ihr fiel nichts ein, was sie hätte sagen können. Kein einziges Wort.

»Vielleicht könnten wir uns morgen nach der Schule treffen. Wenn du Lust hast.«

»Ich habe Lust«, sagte sie.

»Also dann, bis um vier.«

»Okay. Ich trage eine Schuluniform, weißt du.« Sie errötete wegen ihrer ungeschickten Bemerkung.

»Ich werd dich trotzdem erkennen, keine Angst. Dann bis morgen.« Er hatte aufgelegt.

»Wisst ihr schon, Edie hat einen Freund.«

Edie stocherte mit der Gabel in ihrem Omelette. Es war in der Mitte zu weich und mit fein gehacktem Schnittlauch bestreut.

»Einen Freund?«

»Er hat sie gerade angerufen. Dick.«

»Ricky«, sagte Edie. Sie lächelte, als sie den Namen nannte; sie konnte nicht anders. »Ricky Penrose.«

»Der Junge von gestern Abend?«

»Ja«, sagte Edie. »Ich treff ihn morgen nach der Schule. Ich komme also später als sonst.«

»Ein verrückter Typ«, sagte Jude plötzlich.

»Red keinen Blödsinn. Du kennst ihn doch gar nicht.«

»Aber ich weiß, dass er komisch ist. Sarah Caldecotts Bruder kennt ihn. Er war auch auf der Party.«

»Komisch inwiefern?«, fragte Louise.

»Na ja, *sonderbar* eben«, sagte Jude. »Er treibt sich mit Leuten rum, die die Schule abgebrochen haben und so. Das hat Greg jedenfalls gesagt.«

»Warum lädst du ihn nicht zu uns ein?«, sagte Louise. »Damit wir ihn auch kennen lernen. Der Gedanke, dass du dich nach der Schule mit ihm irgendwo herumtreibst, gefällt mir nicht.«

»Nein.«

»Warum nicht?«

»Ehrlich, Mami. Ich werd ihn doch nicht bitten, sich bei unserer ersten Verabredung von meinen Eltern begutachten zu lassen!«

»Edie, es ist doch nur, weil ...«

»Nein!«

»Ich will nicht, dass du mit einem komischen Jungen losziehst, von dem wir überhaupt nichts wissen.«

»Er ist nicht komisch. Und außerdem bin ich sechzehn. Fast siebzehn. Andere ziehen mit sechzehn zu Hause aus.«

»Aber du wohnst noch zu Hause, nicht wahr?«

»Wir leben doch nicht im Viktorianischen Zeitalter. Und bei Stella hast du nicht so ein Theater gemacht.«

»Das war was anderes.«

»Wieso? Warum war es was anderes?«

»Ich kannte Bob schon länger«, sagte Stella ruhig. »Und Louise und Vic kannten sogar seine Eltern flüchtig.«

»Danke für deine Unterstützung, Stella. Ich werde ihn nicht mit nach Hause bringen, und damit basta. Und ich werde mich morgen nach der Schule mit ihm treffen. Dagegen könnt ihr gar nichts machen.«

»Wir verbieten dir doch nicht, dich mit ihm zu treffen, wir sagen nur ...«

»Ich bin sechzehn. Und ich treffe mich nach der Schule mit

einem Jungen. Ich habe nicht vor, Drogen zu nehmen oder mit ihm durchzubrennen oder sonst was. Ich treffe mich mit ihm, und danach komme ich heim und mache meine Hausaufgaben und bin eine gehorsame Tochter. Genau wie immer.« Sie erschrak selbst über die Wut in ihrer Stimme.

»Sarah Caldecotts Bruder hat gesagt …«

»Hör auf mit Sarah Caldecotts idiotischem Bruder! Es ist mir egal, was er oder sonst jemand sagt.«

»Du bist ja richtig verknallt in ihn«, sagte Jude hämisch. »So hab ich dich noch nie erlebt.«

»Hör endlich auf damit! Ich bin nicht verknallt. Ich treffe mich nur nach der Schule mit ihm. Das ist alles. Reden wir von was anderem, okay?«

»Okay«, sagte Louise, und alle schwiegen.

Er lehnte an der Mauer, die Selbstgedrehte im Mundwinkel. Sie ging auf ihn zu und war sich im Klaren darüber, wie sie bei Tageslicht in ihrer Schuluniform – dem marineblauen Wollrock, der am Bund kratzte, und der graublauen Bluse – aussehen musste. Sie trug kein Make-up, und ihr Haar war zu einem strengen Pferdeschwanz zusammengebunden, wie immer, wenn sie Chemie hatten. Sie roch nach Labor.

Ricky nickte ihr nur zu und nahm ihr die Tasche ab. Dann gingen sie, ohne sich zu berühren oder zu sprechen, hinunter zum Fluss, wo sie sich ein Stück vom Ufer entfernt auf eine Bank setzten. Auf der Lehne war eine Inschrift angebracht: »Zum Gedenken an unseren geliebten Gareth, 1949–1970, der die Sonnenhitze nicht mehr zu fürchten braucht.« Sie verspürte einen Moment lang Panik und wäre am liebsten in Tränen ausgebrochen. Sie presste die Lippen zusammen, atmete ein paarmal tief durch und überlegte krampfhaft, was sie sagen könnte – etwas Eindrucksvolles, einfach irgendwas. Aber ihr fiel nichts ein. Sie starrte auf das träge dahinfließende braune Wasser, das Unrat und totes Holz mit sich führte. Ein Mann in einem schmalen Boot ruderte an ihnen vorbei. Er legte sich in die Riemen und rutschte auf seiner Bank vor und zurück, und selbst vom Ufer aus sah Edie, wie sich seine Armmuskeln beim Pullen anspannten.

Ricky fischte einen Joint aus seiner Hemdtasche, ohne sich um die Frau zu kümmern, die einen roten Setter an der Leine führte, oder um den Mann, der mit großen Schweißflecken unter den Achseln vorbeijoggte.

»Den habe ich vorhin gedreht«, sagte er, und Edie lächelte, obwohl ihr Mund vor Aufregung trocken war. Sie hatte bisher nur ein einziges Mal Dope geraucht, mit ein paar Schulfreundinnen, und hatte keine Wirkung gespürt, außer dass ihr schwindelig und übel geworden war. Sie beobachtete, wie Ricky sich vorbeugte, während er ein Streichholz anritzte, die Flamme mit der hohlen Hand schützte und den Joint anzündete. Er nahm einen tiefen Zug und behielt den Rauch eine Weile in der Lunge, bevor er ausatmete. Sie wollte ihm nicht sagen, dass sie eigentlich gar keine Ahnung hatte, wie man es machte. Beschämt dachte sie daran, dass sie ihren Vater »Daddy« nannte, einen Heidenrespekt vor ihrer Mutter hatte und zu ihren Lehrern höflich war; dass sie für ihren Fleiß und ihre Mitarbeit in der Schule Auszeichnungen erhielt; dass sie nicht rauchte, keine Drogen nahm, nur selten fluchte und sich bislang bloß auf Küssen und dieses komische, lästige Gefummel eingelassen hatte. Wie viel hatte sie doch bisher versäumt! Die Unbeschwertheit ihres Lebens erschien ihr jetzt wie eine Last.

Er reichte ihr den Joint. Sie bemühte sich, es ihm gleichzutun, schloss die Hand zu einer hohlen Faust und inhalierte tief. Sie musste husten, und eine leichte Übelkeit überkam sie, als sie den Rauch in der Lunge behielt. Dann atmete sie aus, ganz langsam, genau wie er es gemacht hatte. Sie nahm noch einen Zug und gab ihm den Joint erleichtert zurück.

Als sie zu Ende geraucht hatten, stand Ricky auf und trat die Kippe mit dem Absatz aus.

»Wollen wir ein bisschen spazieren gehen?«

»Gut.« Sie machte einen Schritt, und die Welt verschwamm vor ihren Augen. Sie streckte die Hand aus, um sich auf ihn zu stützen, und kicherte.

»Sieh mal an!«, sagte Ricky. »Du bist ja schon völlig bekifft.«

»Nein, bin ich nicht. Ich bin nur – glücklich.« Und kaum hatte sie dieses leichtsinnige Wort ausgesprochen, ertönte Roses Stimme in ihrem Kopf, die ihr einschärfte, sich ganz cool zu geben.

Aber Ricky nahm ihre Hand und hob sie an seine Lippen, die sich ganz trocken anfühlten. Sie blickte ihn an. Seine Pupillen waren geweitet, wie damals, als sie ihn kennen gelernt hatte, und sie sah ihr Gesicht darin gespiegelt.

»Hallo«, sagte sie, trat so nah an ihn heran, dass sie sich nicht mehr in seinen Augen spiegelte, und legte die andere Hand auf seine Wange.

Da nahm er sie in die Arme und ließ seine Hand unter ihre Jacke und über ihre Schulbluse gleiten. Sie griff in sein weiches Haar und zog sein Gesicht zu sich. Ihre Lippen berührten sich, und er stieß einen Laut aus wie ein schmerzliches Stöhnen. Ein Glücksgefühl stieg in ihr auf wie ein Vogel, der sich in die Lüfte erhebt. Eine Frau machte im Vorbeigehen eine missbilligende Bemerkung.

»Weißt du was«, sagte er, als sie sich voneinander lösten. »Ich habe zwanzig Briefe an dich geschrieben, bevor ich diesen einen abgeschickt habe.«

»Tatsächlich? Und was stand drin?«

»Ich schreibe sie dir noch einmal, wenn du willst.«

»Das wäre schön.«

Sie fassten sich an den Händen und schlenderten weiter, blieben aber immer wieder stehen und schmiegten sich aneinander. Ihre Hüften, ihre Schultern berührten sich. Seine Haare strichen über ihre Wange. Ein paar gelbe Blätter segelten zu Boden, eines landete in seinem Haar. Sie nahm es und steckte es heimlich in die Tasche ihres Blazers.

»Ich wollte nicht, dass du mich in meiner Schuluniform siehst«, sagte sie.

»So ein Quatsch«, antwortete er. »Du bist hübsch.«

»Nein«, sagte sie und errötete vor Freude. »Rose ist hübsch und andere Mädchen in der Schule. Ich nicht. Letzte Woche haben ein paar Jungs die ersten zehn gewählt, und ich war nicht dabei. Ich hatte auch gar nicht damit gerechnet.«

Kaum hatte sie das ausgesprochen, bereute sie ihre Worte auch schon. Sie wollte nicht, dass Ricky sie mit ihren Augen sah und plötzlich entdeckte, wie durchschnittlich sie war. Aber er zuckte nur die Schultern. »Die sind beschränkt. So beschränkt, dass sie Listen aufstellen und die Leute mit Punkten bewerten. Alles, was sie wollen, sind blonde Haare, große Titten und kurze Röcke. Einen Schmollmund und einen Fick-mich-Blick wie die Frauen in dem Miss-World-Wettbewerb. Aber das ist keine Schönheit; das ist nur Oberfläche.«

»Das ist gut«, sagte sie und kicherte.

»Im Ernst. Man sollte die Dinge wie ein Geheimnis hüten. Und bewahren. Wie ein Geschenk.«

»Okay, ich schenk dir meine Schönheit, so wie sie ist«, sagte sie fröhlich. »In Ordnung?«

»Wirklich?« Er blieb stehen und hielt sie an den Schultern fest. Sie war überrascht von seiner Eindringlichkeit, von seinem wilden Blick, dem Druck seiner Hände.

»Ja«, sagte sie. Und in diesem Moment hätte sie ihm alles auf der Welt geschenkt.

Als Edie aufwachte, war es dunkel und still im Haus, nur das Knacken von Rohren und das Ächzen des Windes vor ihrem Fenster waren zu hören. Sie stand auf und zog ihren abgetragenen Morgenmantel an. Alle Lichter im Haus waren gelöscht, die Schlafzimmertüren geschlossen. In Hausschuhen tappte sie in die Küche und setzte den Wasserkessel auf.

Plötzlich merkte sie, dass sie Hunger hatte. Seit Tagen, ja Wochen hatte sie nichts Richtiges gegessen. Sie schob eine Scheibe altbackenes Brot in den Toaster, und als es herausschoss, bestrich sie es mit Butter und Himbeermarmelade. Sie hatte die Marmelade vor einigen Monaten gemeinsam mit Vic gemacht. Die Himbeeren hatten sie auf einer Plantage ein paar Meilen entfernt selbst gepflückt. Edie erinnerte sich noch genau: Es war ein wolkenloser, heißer, ruhiger Tag gewesen, das ausgetrocknete Erdreich war staubig und rissig, und das Schilfrohr welkte in der staubigen Hitze. Sie hatte sich niedergekauert, die unter den Blättern verborgenen Beeren gesucht und vorsichtig gezupft, damit sie von den weißen Achsen glitten. Sie erinnerte sich noch an den Geruch ihrer Sonnencreme und an den Duft der süßen, überreifen Früchte. Über ihr Victor mit seinem breitkrempigen Sonnenhut, der unermüdlich pflückte und sich nicht gestattete, auch nur eine einzige Beere in den Mund zu stecken. Unterhalb der kurzen Ärmel färbten sich seine blassen Arme allmählich rot. Sie trugen zwei randvolle Körbe nach Hause – weiche, dunkelrote Himbeeren, die unter ihrem eigenen Gewicht matschig wurden. Und noch am selben Abend setzten sie die Früchte mit Zucker auf, brachten die rote Flüssigkeit zum Kochen, bis sie sprudelte. Mehrmals ließen sie einen Löffel davon auf einer Untertasse abkühlen, um zu prüfen, ob die Marmelade gelierte. Auf dem Etikett des Glases prangte Victors krakelige Handschrift, und als Edie in ihr Toastbrot biss, sah sie ihn wieder vor sich wie an jenem Tag: in seinem blauen T-Shirt, unter dem sich sein Bauch wölbte – sie kannte es, seit sie denken konnte –, mit seinen blassen dünnen Beinen in den weiten weißen Shorts, seinen sonnenverbrannten Unterarmen und dem albernen Hut über der weißen Stirn. Sie biss in den Toast und blickte hinaus auf die dunklen Schatten der Bäume im Garten.

Der Kater lag mit geschlossenen Augen zusammengerollt auf einem Stuhl und schnurrte leise. Edie strich ihm über den Rücken und spürte, wie ein Beben durch seinen Körper ging. Sie öffnete die Hintertür, verharrte einen Moment und schaute hinaus. Der Wind ächzte in den Bäumen. Welkes Laub raschelte am Boden. Über den Baumwipfeln stand die Sichel des Mondes, und daneben leuchtete ein einziger weißer Stern. Als Kind hatte Vater ihr immer ein Lied vorgesungen, wenn er ihr gute Nacht wünschte. Er hatte ihr die

Bettdecke übers Kinn gezogen, ihr das Haar zurückgestrichen und ihre Wangen gestreichelt.

I see the moon,
The moon sees me,
The moon sees the one
That I want to see …

Dieses Lied sang sie jetzt ganz leise vor sich hin. Ein Glücksgefühl durchströmte sie. Der Wasserkessel hinter ihr dampfte wie verrückt. Sie zog die Tür wieder zu, gab zwei Löffel Teeblätter in die Kanne und goss Wasser darüber. Die Küchenuhr zeigte zwei Uhr morgens.

»Edie? Was um Himmels willen machst du hier? Ich dachte, es ist ein Einbrecher.« Stellas Gesicht war zwar vom Schlaf verquollen, aber selbst dann war es strahlend schön.

»Ich konnte nicht schlafen. Möchtest du eine Tasse Tee?«

»Ja, gern. Ich hab schreckliche Schmerzen wegen meiner Tage. Etwas Warmes wird mir gut tun.« Stella setzte sich an den Tisch und umfasste die Tasse mit beiden Händen.

»Hab ich dich geweckt?«

»Nein, nein. Alles in Ordnung?«

»Ja. Ich bin nur etwas nervös, das ist alles.«

»Warum denn bloß?«

Plötzlich wollte Edie Stella alles erzählen, und sie öffnete bereits den Mund. Aber was sollte sie sagen? Ricky hat mich geküsst. Ich habe Ricky geküsst. Ich wäre beinahe ohnmächtig geworden vor Glück. Diese Angst und dieses Kribbeln in der Magengrube. Ich kann nicht schlafen, ich kann nichts essen, ich denke immerzu nur an ihn. Alle diese Gefühle, reduziert auf ein paar dürre Worte, die sie jung und albern wirken ließen. Daher zuckte sie nur die Schultern und nahm noch einen Schluck Tee, während Stella sie liebevoll ansah.

»Morgen in zwei Wochen ist es so weit«, sagte Stella nach einer Weile.

»Was?«

»Dass ich von zu Hause ausziehe natürlich.«

»So bald schon?«

»Ja. Genieß es noch mal richtig, dass ich noch da bin.«

»Und wie?«

»Och, zum Beispiel, indem du mir das Frühstück ans Bett bringst. Mir hilfst, mein Zimmer auszuräumen. Und so weiter.«

»Bist du aufgeregt?«

»Irgendwie schon. Aber ich hab jetzt schon Heimweh. Sonderbar, nicht? Seit meinem dreizehnten Lebensjahr hab ich mich darauf gefreut, von zu Hause wegzuziehen und zu studieren. Und plötzlich geht mir alles viel zu schnell. Ich liege im Bett, und der Duft von frisch gebrühtem Kaffee steigt mir in die Nase; ich laufe im Morgenmantel herum, trödle, mache nichts Richtiges und will einfach nur hier sein. Alles verändert sich, nicht wahr? Man wartet und wartet, dass endlich alles anders wird, und wenn es dann so weit ist, wünscht man sich, dass alles beim Alten bleibt.«

»Mami bedrückt es sehr, dass du gehst.«

Stella blies auf ihren Tee und runzelte die Stirn. »Ja, ich weiß, aber es liegt auch daran, dass sie nie so leben konnte wie ich. Ich hab ein schlechtes Gewissen, weil ich weggehe.«

Edie und Stella hatten bisher nur selten solche Gespräche geführt. Obwohl Stella nur zwei Jahre älter war, hatte sie immer ganz entschieden die älteste Tochter gespielt: verantwortungsvoll, selbstsicher und den jüngeren Schwestern gegenüber in einer Weise großzügig, die betonte, dass die beiden keine Bedrohung für Stella darstellten. Ihren Weg ins Erwachsenenleben war sie selbstbewusst gegangen; sie hatte sich mit ihren Freundinnen in ihrem Zimmer die Nägel lackiert, ihre Eltern mit dem Vornamen angesprochen und Illustrierte gelesen. Sie ging diskret mit ihrer Periode um, kaufte sich weiße Spitzen-BHs, die sie selbst wusch und über der Badewanne aufhängte, traf sich mit ziemlich netten Jungen, bestand die Prüfungen mit ziemlich guten Noten, kam stets vor Mitternacht nach Hause oder rief an, um Bescheid zu sagen, dass es später wurde, und verlor ihre Jungfräulichkeit erst, nachdem sie die Familienberatungsstelle aufgesucht hatte.

»Das stimmt«, sagte Edie jetzt zu Stella, nickte und nahm einen Schluck von dem lauwarmen Tee. »Aber alle werden dich vermissen.«

»Ihr werdet schnell drüber wegkommen.«

»Das glaube ich nicht. Du wirst uns fehlen. Wir werden alle darauf warten, dass du wieder nach Hause kommst. Besonders Mami.«

Mit einem Mal kam sie sich sehr weise und alt vor, wie sie da mit Stella in der Küche saß, die Lippen noch ganz wund vom Küssen. Es ist möglich, dachte sie, dass man gleichzeitig glücklich und traurig ist.

»Wie bitte?« Sie realisierte plötzlich, dass Stella erneut etwas gesagt hatte.

»Ich sagte, du kennst ihn eigentlich überhaupt nicht.«

»Nein«, erwiderte Edie. Dann lächelte sie. »Aber ich werde ihn kennen lernen. Jedes Mal ein bisschen besser.«

Fünf 5

Er war das einzige Kind einer allein erziehenden Mutter. Sein Vater, der oft betrunken und manchmal gewalttätig war, hatte die Familie verlassen, als Ricky drei Jahre alt war, kurz nach dem Tod seines jüngeren Bruders, und dachte nun nicht einmal mehr daran, Ricky eine Geburtstagskarte zu schicken. Sie lebten in einer Sozialwohnung, und ungefähr einmal die Woche wurde eines der Fenster eingeschlagen oder ein Farbbeutel gegen die Mauer geschleudert. Seine Mutter hatte alle möglichen Gelegenheitsjobs – sie putzte, nähte Vorhänge, war Babysitterin und half ab und zu im Fish-and-Chips-Imbiss aus. In ihrer Freizeit las sie Illustrierte und Biografien von Schauspielerinnen. Sie wünschte sich, dass Ricky einmal Buchhalter oder Lehrer wurde, in irgendeinem sicheren Mittelschichtberuf unterkam. Ricky dagegen wollte reisen und Filme machen, die der Welt den Spiegel vorhielten. Sein bester Freund Cal war nach der mittleren Reife von der Schule abgegangen und verbrachte die Tage im Bett und die Nächte mit Drogen und Alkohol. Seine erste Freundin war anderthalb Jahre älter als er; jetzt war sie magersüchtig und wog nur noch fünfunddreißig Kilo.

Er rauchte Dope, nahm LSD, und zur Abwechslung trank er manchmal codeinhaltigen Hustensaft, der ihn dösig machte, friedlich stimmte und weit weg trug. Er spielte Saxophon und Gitarre, aber beides nicht besonders gut, aß kein Fleisch und war Linkshänder. Er rauchte zwei Dutzend Zigaretten am Tag, die er mit einer Hand drehen konnte. Er hatte Migräneanfälle, die ihm Übelkeit verursachten; dann fühlte er sich richtig krank. Aber wenn es vorüber war, kam er sich wie neugeboren vor, wie eine Landschaft nach dem Sturm.

Er klaute, aber nur in großen Läden. Die Schule fand er bescheuert und das ganze System korrupt. Er kaute an den Fingernägeln. Er masturbierte im Bett, aber nicht jede Nacht. Er litt unter Schlaflosigkeit. Manchmal spielte er mit dem Gedanken, sich umzubringen. Er mochte Katzen, besaß aber keine. Er mochte Raubvögel, Baudelaire (in Übersetzung) und Neil Young. Frühmorgens, wenn die Straßen noch leer waren, ging er gern spazieren. Er glaubte nicht an Gott, aber wenn das Religiöse für ihn eine Bedeutung gehabt hätte, wäre er Buddhist geworden. Er hasste Anzüge und Krawatten. Er hasste Fußball, Heavy Metal und Bärte. Und er hasste seinen Vater.

Auf dem Bauch hatte er eine Narbe von einer Blinddarmoperation, die zwei Jahre zurücklag. Er hob sein Hemd hoch, um sie Edie zu zeigen, und sie starrte auf seinen flachen weißen Bauch und die wulstige Linie, die sich bis unter seinen Gürtel zog. Der Anblick ließ sie ängstlich erschaudern. Noch nie zuvor hatte sie sich den Körper eines Mannes vorgestellt.

Außerdem hatte er eine Narbe am Daumen, die von dem Versuch stammte, eine Bierflasche mit einem Stein zu öffnen. Sie hob seinen Daumen an ihre Lippen und ertastete die Wulst mit der Zunge.

Sie saßen in dem Café unweit der Schule, hatten die Beine unter dem Tisch verknäult, und ihre Hände streiften sich. Draußen regnete es unablässig; auf der Straße waren überall Regenschirme. Sie lehnten sich näher zueinander und starrten sich ins Gesicht, auf den Mund.

Er kam ins Schwimmbad und sah ihr beim Schwimmen zu. Sie trug einen schlichten schwarzen Badeanzug und eine schwarze Badekappe, die an den Schläfen drückte und Kopfschmerzen verursachte. Über der Mütze trug sie eine blaue Schwimmbrille, die in die Haut einschnitt, sodass sich um ihre Augen Ringe bildeten. Er beobachtete sie von der Zuschauertribüne aus – eine von gut zehn Schwimmenden, die in dem türkisfarbenen Wasser unter ihm gleichförmig ihre Bahnen zogen: Kraulen, Brust-, Rückenschwimmen. Mit ihrem flachen Bauch, den kräftigen Schultern und den großen Händen und Füßen war sie eine exzellente Schwimmerin. Es hatte den Anschein, als müsse sie sich gar nicht anstrengen. Als sie fertig war, ging sie zu ihm, schlang ein gelbes Badetuch um sich, zog die schwarze Kappe ab und schüttelte ihr feuchtes Haar. Er legte die Hand auf ihr knochiges Schlüsselbein und fingerte an dem Träger ihres Badeanzugs herum.

»Du riechst nach Chlor«, sagte er.

»Ja, ich geh mich gleich duschen.«

»Ich mag den Geruch.«

Sie schluckte und drängte sich näher an ihn. Ihr Körper verzehrte sich schmerzlich nach ihm.

Ihre Sonnentage. Sonne drinnen und draußen, und Edie wusste kaum zu sagen, wo die eine endete und die andere begann. Sie lag im Garten, trug Jeansshorts und ein Bikini-Oberteil und tankte die letzte Wärme der Abendsonne. Sie legte die Hand auf ihren Bauch, berührte ihre Rippen und ihr Becken, ihren Hals und ihr Gesicht, sehr sanft, wie Ricky es tat. Sie ließ die Finger über ihre leicht geschwollenen Lippen gleiten. Ihre Glieder waren schwer, und in den Achselhöhlen und in der Mulde ihres Bauchs hatte sich ein dünner Schweißfilm gebildet. Unter dem Gebälk des Schuppens im Garten flogen Hausschwalben ein und aus. Edie beobachtete sie eine Weile, dann schloss sie schläfrig die Augen. In ihrem Kopf brannte die Sonne weiter – eine verschwommene goldene Scheibe.

Louise und Vic saßen mit Roses Eltern Simon und Alison am Gartentisch. Sie hörte, wie die Stimmen lauter und leiser wurden, hörte das Klirren der Gläser, Louises Lachen; sie roch das Geißblatt, den Duft der Levkojen, der sich erst abends entfaltete, und den Rauch des Grills. Jemand stieß einen schrillen Schrei aus, aufgeregte Stimmen – etwas war verbrannt; jemand war wütend. Aber das spielte keine Rolle. Nichts spielte eine Rolle. Nur das eine.

Rose fragte, ob sie und Ricky nicht mit ihr und Matt zusammen ausgehen wollten.

»Vielleicht«, sagte Edie ausweichend.

»Kommt doch mit, es wird bestimmt lustig.«

»Vielleicht demnächst.«

»Ihr könnt euch doch nicht die ganze Zeit anschmachten. Das wird auf die Dauer langweilig. Kommt doch am Wochenende mit zum Schlittschuhlaufen nach Birmingham. Wie wär's nächsten Samstag?«

»Mal sehen.«

»Wenn du keine Lust hast, sag es einfach. Dann frag ich Laura.«

»Okay.«

»Du hast dich verändert, weißt du?«

»Wie meinst du das?«

»Du kannst deine Freunde nicht einfach links liegen lassen. Es ist nicht so, dass wir dasitzen und warten, bis du zurückkommst.«

»Das tue ich doch nicht.«

»Wirklich nicht?«

»Nein.«

»Irgendwann kriegst du die Folgen schmerzlich zu spüren, weißt du. Du musst lernen, dich ein bisschen zurückzuhalten, und kapieren, wie das Spiel läuft.«

»Es ist kein Spiel.«

»Genau das meine ich.«

Rose drehte sich um und schlenderte zu einer Gruppe von Mädchen, die kichernd auf dem Schulhof standen.

Edie erzählte Ricky auch von sich, obwohl sie manchmal das Gefühl hatte, als gebe es nicht viel zu berichten. Sie erzählte ihm von ihren Schwestern und dass sie sich immer als die mittlere gefühlt hatte – Stella war schön, liebenswert und wurde von allen gemocht, Jude war dick, schwierig und intelligent. Sie selbst stand genau dazwischen – einigermaßen klug, einigermaßen fröhlich, einigermaßen beliebt, sodass man sich keine Sorgen zu machen brauchte. Sie erzählte ihm, dass sie Ärztin werden würde – entweder praktische Ärztin oder Kinderärztin. Sie wolle Menschen heilen und ihren wirren Krankheitsbildern einen Namen geben. Als Ärztin könne man die Ursachen des Leids feststellen und Schmerzen lindern. Das alles erklärte sie ihm, aber auf einmal erschien ihr die Zukunft unwichtig. Was zählte, war allein das Hier und Jetzt. Sie war aus den Schatten hinausgetreten in das helle Licht der Gegenwart.

Sie berichtete von den Ferien, die sie erlebt hatte. Von Wanderungen in Schottland, violettem Heidekraut, Nebel und vom Schwimmen in den eiskalten Lochs. Vom Zelten in der Bretagne und den Häusern dort, die alle Fensterläden hatten, von den Städten mit ihren Alleen gestutzter Bäume, von Croissants zum Frühstück und Crêpes zum Abendessen. Ricky war nie im Ausland gewesen; er war nie mit einer Fähre oder in einem Flugzeug gereist. Er fuhr so gut wie nie in die Ferien – bis auf das eine Mal, als er und Cal sich per Anhalter nach Devon aufgemacht, am Strand geschlafen und sich sechs Tage lang nur von Käse und Brot ernährt hatten.

Während sie redeten, wurde ihr zunehmend bewusst, dass sie in ein Geflecht von Menschen eingebunden war – Eltern, Schwestern, Großeltern, besorgte Erwachsene –, während er nirgendwo dazugehörte. Sie wohnte in einem Haus, in dem es Lärm und Reibereien gab, in dem jeder sich der anderen bewusst war und morgens vor dem Badezimmer anstehen musste; sie war eingebunden in ein Netz von Verantwortungen und Erwartungen. Er dagegen lebte in einer winzigen Wohnung und war oft allein. Er konnte tun, was er wollte, und gehen, wohin er wollte. Niemand schrieb ihm vor, was er zu glauben hatte. Niemand gab ihm Regeln vor; er gab sich selbst welche – es war eine kuriose Mischung aus Romantik, Existenzialismus, jugendlichem Pessimismus und schierer Not.

Sie erzählte ihm von ihren Eltern – dass Louise jung geheiratet hatte und jetzt bei einem Innenausstatter arbeitete, wo sie Stoffe und Messingtürknöpfe verkaufte. Als sie erwähnte, dass Vic Immobilienmakler war, runzelte Ricky die Stirn.

»Er ist nicht so, wie du denkst«, sagte sie verteidigend.

»Wie: nicht so?«

»Wie man sich einen Immobilienmakler so vorstellt, du weißt schon. Das ist bloß sein Job.«

»Und wie ist er dann?«

»Er ist …« Sie suchte nach dem richtigen Wort. Einen Immobilienmakler stellte man sich im Allgemeinen aalglatt, dynamisch, sonnenstudiogebräunt und mit einer großen goldenen Uhr vor. Vic dagegen war ein schüchterner und wortkarger Mensch. Er dachte nach, bevor er sich äußerte, wobei er die Stirn runzelte und den Zeigefinger an die Nase legte. Oft waren die Leute viel zu ungeduldig, um seine Antwort abzuwarten, sie redeten einfach weiter, während er noch überlegte.

»Süß«, sagte sie schließlich. »Ein hoffnungsloser Fall«, fügte sie hinzu und kam sich wie eine Verräterin vor.

Als sie auf der Bank am Fluss saßen, erzählte sie Ricky von den Jungs, die sie geküsst hatte, bemüht, sie wichtiger darzustellen, als sie waren.

Und sie sagte ihm, dass sie noch Jungfrau war. Dabei hielt sie den Blick auf den Boden geheftet, während sie Hand in Hand die Straße entlanggingen. Sie schaute nicht auf. Sie wollte ihm nicht ins Gesicht sehen. Ihre Worte schienen zwischen ihnen in der Luft zu verharren. Der Druck seiner Hand veränderte sich nicht und auch nicht sein Schritt.

»Dann werde ich also der Erste sein.«

Sie gingen schweigend weiter. Ihr Herz schlug wie eine Trommel.

»Ja.«

Am folgenden Wochenende kam ihre Großmutter zu Besuch, und Louise bestand darauf, dass die Familie gemeinsam zu Abend aß.

»Und außerdem ist es Stellas letztes Wochenende. Du solltest zusehen, dass du hier bist. Wenn sie erst einmal weg ist, dann …« Sie spickte einen Schinken mit Knoblauch. Der intensive Geruch erfüllte die Küche. Dann setzte sie hinzu: »Warum lädst du diesen Jungen nicht ein …«

»Ricky.«

»Ja, lad Ricky doch für Samstag zum Abendessen ein. Wir würden ihn gerne kennen lernen.«

»Zum Abendessen?«

»Ja. Was ist los? Isst er denn nicht zu Abend?«

»Also gut.«

»Wirklich? Ich meine, du musst nicht, wenn du nicht willst. Es ist nur … meine Mutter, sie möchte … na ja …«

»Sehen, wie ich bin.«

»Ja.«

»Um wie viel Uhr?«

»Weiß nicht. So gegen sieben?«

»Okay.«

Sie verkniff sich, ihm zu sagen, er solle saubere Jeans anziehen, sich die Haare waschen, Louise mit einem kräftigen Händedruck begrüßen und ihr dabei in die Augen sehen. Denn was spielte es schließlich für eine Rolle, ob sie ihn mochten oder nicht?

»Danke«, sagte sie.

6 Sechs

Ellen war eine umtriebige Frau. Sie war untersetzt, flott gekleidet, ihr braungraues Haar trug sie kurz geschnitten und streng hinter die Ohren gekämmt. Um ihren Mund lag ein Ausdruck, in dem man ein Lächeln vermuten konnte. Sie hielt sich kerzengerade, mit durchgedrückten Schultern, und hatte es immer eilig. Untätig herumzusitzen war ihr ein Gräuel; vielleicht fürchtete sie sich auch davor. Den Ablauf ihrer Woche plante sie im Voraus bis ins kleinste Detail. Haus und Garten hielt sie makellos sauber, sie lernte Italienisch in Abendkursen, las Bücher über Geschichte, Politik und herrliche Landhäuser, unternahm lange, kräftige Wanderungen und traf sich mit Freunden. Jeden Tag kochte sie sich ein vollständiges Abendessen und deckte den Küchentisch mit dem passenden Besteck. Auch gönnte sie sich ein Gläschen Whisky – nur einen Fingerbreit eingeschenkt – und eine drittel Flasche Wein, freitags und samstags eine halbe. Beim Essen klapperten Messer und Gabel auf ihrem Teller, sie hörte sich sogar selbst kauen und schlucken und vernahm das Summen der hinter der Fensterscheibe gefangenen Fliege. Erst wenn sie den Tisch abgeräumt hatte, gestattete sie sich, im Fernsehsessel zu entspannen. Sie missbilligte übermäßiges Fernsehen, und in ihrem ganzen Leben hatte sie tagsüber noch nie ferngesehen – abgesehen von den Tennismeisterschaften in Wimbledon. Sie war vierundsechzig und fürchtete sich davor, eine alte Frau zu werden, die vor dem flimmernden Bildschirm einnickte. Nur ungern dachte sie an die ereignisreiche

Vergangenheit zurück, und auch die Zukunft mit den regelmäßig anberaumten Aktivitäten und langen, ereignislosen Nächten schreckte sie.

Louise machte eine entschuldigende Geste, als sie mit Ellen, die eine kleine Reisetasche trug, das Haus betrat.

»Ich fürchte, ich habe den Haushalt ein wenig vernachlässigt. Ich hätte aufräumen sollen, bevor du kommst. Aber ich – ich hatte so viel zu tun, die Arbeit, und dann zieht Stella ja am Montag aus, alles Mögliche. Du weißt ja, wie das ist.«

»Ja, natürlich«, sagte Ellen, die keinen Schimmer hatte. »Aber das kann ich im Nu in Ordnung bringen.«

»Nein, Mutter. Ich habe dich nicht eingeladen, damit du die Hausarbeit machst. Das brauchst du wirklich nicht. Ich hätte ein schlechtes Gewissen.«

»Ich mach es gern«, gab Ellen in entschiedenem Ton zurück. »Wozu sind Mütter schließlich da?«

Sie krempelte die Ärmel hoch, stemmte die Hände in die Hüften und sah sich um. Die schmutzige Wäsche türmte sich neben einer uralten Waschmaschine, die nicht mehr richtig schleuderte, die Betten waren nicht gemacht, die Unordnung nahm langsam überhand. Die Küche war offenbar kürzlich geputzt worden, aber im Schrank war Reis aus einer undichten Tüte gerieselt, auf der Anrichte lag eine dicke Schicht Haferflocken, und überall waren Kekskrümel verstreut. Der Heizkessel werde bald seinen Geist aufgeben, meinte Louise entschuldigend, er gehe ständig aus. An den Wänden blätterte die Farbe ab, das Holz verrottete, das Eisen rostete.

Louise brachte Ellens Tasche hinauf in Edies Zimmer, wo Ellen übernachten sollte. Es war das einzige ordentliche Zimmer im Haus. Die Wände waren nicht mit Postern gepflastert, es gab nur ein Bild – eine Zeichnung mit zwei Rehen, die aber so verblasst war, dass es aussah, als sei ein leeres Blatt Papier gerahmt worden. Die Kleider lagen säuberlich gefaltet in Schubladen oder hingen im Schrank; die Schuhe standen paarweise unter dem Heizkörper, der jetzt ein gurgelndes, klopfendes Geräusch von sich gab. Auf dem Fensterbrett hatte Edie ihre Glasfigürchen aufgereiht, die sie seit ihren Kindertagen sammelte. Sogar der Elefant mit dem abgebrochenen Rüssel stand da und die pinkfarbene Katze, die nicht größer als ein Fingernagel war. Auf dem Tisch unter dem Fenster stapelten sich die Schulbücher, gespitzte Bleistifte und ein Lineal steckten in einem Becher.

Auf dem Tisch war eine Postkarte aufgestellt, eine Schwarz-Weiß-Fotografie eines Mannes in einem dunklen Türrahmen. Ellen drehte die Karte um. *»Edie«*, las sie, *»hier eine der Nachrichten, die ich dir nicht geschickt habe: Ich muss immer an dich denken. Ich sehe dich in meinen Träumen. R.«*

Ellen stellte die Karte behutsam an ihren Platz zurück und spitzte die Lippen. Hier hatte sich in der Tat einiges verändert. In diesem kahlen kleinen Zimmer ging irgendetwas vor sich. Sie setzte sich aufs Bett, zog die Schuhe aus und streifte die mitgebrachten Hausschuhe über ihre schmerzenden Füße. Die unscheinbare, zurückhaltende Edie hatte einen Freund namens »R.«, der von ihr träumte. Ellen überlegte, wer je von ihr geträumt hatte. Bill? Wenn, dann hatte er es ihr nie gesagt; solche Geständnisse hatte es in ihrer Ehe nicht gegeben. Und sie, hatte sie je von ihm geträumt? Wohl eher nicht. Sie hatte von Schiffen, Flugzeugen und Zügen, von langen Reisen geträumt.

Sie stand auf und strich sich den Rock glatt. Sie würde mit dem Wohnzimmer anfangen.

»Edie hat einen Freund.«

Jude spießte ein Stück Schinken auf ihre Gabel und häufte dicke Bohnen in Petersiliensauce und eine ganze neue Kartoffel obendrauf. Sie sperrte den Mund weit auf, stopfte alles hinein und kaute angestrengt.

Vic goss jedem am Tisch Wein ein, sogar Jude. Er trug einen uralten braunen Pullover mit grünem Zickzackmuster und eine blaue Baumwollhose, was nach Ellens Überzeugung nicht besonders gut zusammenpasste.

»Tatsächlich, Edie?«, fragte Ellen. »Wie heißt er denn?«

Edie errötete. »Ricky«, murmelte sie.

»Er kommt morgen zum Abendessen«, fuhr Jude fort, nachdem sie den Bissen zu Ende gekaut und hinuntergeschluckt hatte. »Mama will ihn unter die Lupe nehmen.«

»Der arme Junge«, sagte Stella. Sie zwinkerte Edie zu und lehnte sich zurück. Ihr schwarzer Rollkragenpullover spannte über der Brust; sie hatte ihr Haar hochgesteckt.

»Ich würde ihn einfach nur gern kennen lernen«, protestierte Louise. »Das ist doch in Ordnung, Edie, oder? Ich werde ihn bestimmt nicht verhören.«

»Ist schon gut«, erwiderte Edie in gleichgültigem Ton.

Sie hat sich wirklich verändert, dachte Ellen und musterte sie. Edie strahlte, leuchtete geradezu. Ellen trank ihren Wein aus, und Vic schenkte nach. Warum ist er bloß so still? Hat er heute Abend überhaupt schon was gesagt? Sie erinnerte sich an kein einziges Wort. Sie sah ihn an. Er müsste sich dringend die Haare waschen. Und dann dieser schauerliche Aufzug. Er hatte gerade die Lesebrille abgenommen, und auf seinem Nasenrücken zeichnete sich eine kleine Delle ab. Ellen beschloss, sich einen Ruck zu geben.

»Was macht die Arbeit, Vic?«

»Gut«, sagte er. »Danke.« Er lächelte ihr zu, schnitt sich dann einen dicken Bissen rosaroten Schinken und ein Stück Kartoffel ab und schob beides auf die Gabel. Obendrauf schippte er eine einzelne Bohne und führte die Gabel vorsichtig zum Mund.

»Aber in der Immobilienbranche muss man zur Zeit ziemlich kämpfen, nicht wahr?«

Er kaute mehrmals, bevor er antwortete: »Das war schon immer so.«

»Ah.« Dazu fiel ihr nichts mehr ein.

»Es ist die Zeit im Jahr, wenn die Schwalben in den Süden aufbrechen«, fügte er unvermittelt hinzu.

»Ach, wirklich, Vic?« Sie trank einen Schluck Wein. »Das wusste ich nicht.«

Am anderen Ende des Tisches traf Louise Absprachen mit Stella: Sie müsse am nächsten Tag früher als sonst aufstehen, um rechtzeitig beim Friseur zu sein, und in der Apotheke seien die letzten Kleinigkeiten zu besorgen. Ob sie sicher sei, dass zwei Koffer ausreichten? Und ob sie wirklich einen elektrischen Heizstrahler mitnehmen müsse?

»Was macht denn dein junger Mann, Edie?«, erkundigte sich Ellen. Sie fühlte sich leicht benommen. Sonst trank sie nie so viel Wein. Vorsichtig nahm sie noch ein Schlückchen.

»Abitur«, sagte Edie. »Er ist eine Klasse über mir.«

»In deiner Schule?«

»Nein, in der Gesamtschule für Jungen am anderen Ende der Stadt.«

»Ah«, sagte Ellen. Sie wusste nicht, wie sie die Unterhaltung fortsetzen sollte. Gern hätte sie über Politik gesprochen, über Außenpolitik – über etwas Unpersönliches und Handfestes. Sie wollte, dass ihre Ansichten in Frage gestellt wurden und alle am Tisch sich leidenschaftlich über Dinge ereiferten, die sie nicht wirklich etwas angingen. Vic schenkte ihr erneut nach; sie hatte gar nicht bemerkt, dass sie ihr Glas leer getrunken hatte. Sie hörte sich sagen: »Es geht alles so viel schneller als damals, als ich ein Mädchen war. Bill war der erste Mann, der mich geküsst hat.«

»Wie alt warst du da?«, fragte Jude.

»Achtzehn, glaube ich.«

»Mich wollte noch nie einer küssen«, erklärte Jude. Ihre Stimme klang geradezu triumphierend. »Aber warum sollten sie auch. Sieh mich doch an.«

»Du bist ein ausgesprochen hübsches Mädchen«, sagte Ellen.

Jude grinste sie an. »Ich bin dick, Oma.«

»Das würde ich nicht sagen, es ist nur …«

»Und ich werde immer dicker …«

»Und wie steht's bei dir, Mutter?«, schaltete sich Louise ein. »Erzähl ein bisschen. Hast du dieses Jahr schon deinen Urlaub geplant?«

»Ich dachte, ich fahre auf die Isle of –«

»Du bist nicht dick, Jude«, warf Vic ein. »So etwas darfst du nicht sagen.«

»Warum nicht? Das sagen doch alle.«

»Wer sagt das?«

»Das spielt doch keine Rolle, Dad. Ich *bin* dick. Edie ist dünn, ich bin dick, und Stella ist genau richtig.«

»Niemand ist genau richtig«, widersprach Stella selbstgefällig. »Jeder hat so seine Schwachstellen.«

»Du redest wie diese Kummerkastentante in deinen blöden Illustrierten. Was sind denn deine Schwachstellen?«

Stella schürzte die Lippen. »Ach, da gibt's viele«, erwiderte sie vage. »Viel zu viele.«

»Ha!«

»Aussehen ist nicht alles«, erklärte Ellen, um die Wogen zu glätten.

»Danke, Oma«, sagte Jude. »Apropos dick, was gibt's zum Nachtisch?«

»Zwetschgenkompott«, verkündete Edie. »Daddy hat die Zwetschgen gepflückt, und ich habe sie gekocht.«

»Donnerwetter! Mal was anderes als Obstsalat.«

»Ich erweitere allmählich mein Repertoire«, erklärte Edie. »Ich habe auch noch eine echte Eiercreme gemacht. Sechs Eigelb, etwas Zucker und einen halben Liter Milch. Man muss alles vorsichtig auf niedriger Flamme erwärmen, sonst gerinnt es. Die Creme ist fertig, wenn sie sämig am Löffel kleben bleibt.«

»Wenn du etwas weniger essen würdest …«, begann Louise.

»Da habt ihr's. Ich bin also doch dick, seht ihr? Mama zumindest ist der Meinung.«

»Das habe ich nicht gesagt. Jeder Mensch hat eine andere Figur, und du …«

»… bist dick.«

»Die Mädchen heutzutage machen sich zu viele Gedanken über ihre Figur«, schaltete sich Ellen tapfer ein. »Ihr wisst doch, dass ich letztes Jahr einen Kurs in Kunstgeschichte gemacht habe. Unter anderem ging es darum, wie sich der weibliche Körper im Laufe der Zeit verändert hat. Unsere Dozentin war eine Frauenrechtlerin oder wie man das nennt …«

»Eine Feministin«, sagte Jude.

»Ja. Sie lehrt Frauenforschung und Kunstgeschichte. Nehmen wir zum Beispiel die Frauen bei Rubens. Sie waren sehr korpulent. Aber das war eben das Schönheitsideal damals: dicke Schenkel und üppige Brüste.« Ellen errötete und trank hastig einen Schluck Wein.

»Das Problem ist nur«, entgegnete Jude, »dass wir nicht in der damaligen Zeit leben, sondern heute. Wer möchte schon eine Rubens-Frau küssen?«

»Ich habe Rubens immer gemocht«, warf Vic ein.

»Was hast du in deinem Kurs sonst noch gelernt?«, fragte Louise, und Ellen lehnte sich dankbar zurück und begann, über Ideengeschichte zu reden, obwohl sie ein wenig ins Nuscheln verfiel. Sie hatte auch das Gefühl, dass ihr die Daten etwas durcheinander gerieten. Aber das war egal. Die Nacht kam, allmählich wurde es dunkel und kalt, und bald würde sie in Edies schmalem Bett liegen.

Sieben 7

Ricky hatte sich alle Mühe gegeben. Er trug eine ausgebeulte braune Hose, ein weißes Hemd, das er über dem T-Shirt zugeknöpft hatte, und eine Wolljacke, die an den Ärmeln zu kurz war, sodass seine Handgelenke hervorschauten. Er hatte sich rasiert. Seine noch feuchten Haare waren nach hinten gekämmt, wodurch sein Gesicht schmaler wirkte. Einen flüchtigen Moment lang betrachtete Edie ihn mit den Augen der anderen: einen mageren, unbeholfenen, blassen Jungen mit abgekauten Fingernägeln und billiger Kleidung. Er sah ärmlich aus. Ärmlich und sonderbar.

Und nervös. Seine Hand fühlte sich kalt an, und er lächelte gezwungen. Ein Gefühl inniger Liebe durchströmte sie. Sie hob seine Hand, küsste sie und legte sie an ihre heiße Wange.

»Hi.«

Auch sie war nervös. Den ganzen Tag hatte sie an diesen Abend gedacht wie an eine Mauer, die sie überwinden musste. Am Morgen hatte sie mit Ellen einen flotten Spaziergang gemacht; der Wind fegte ihnen das abgestorbene Laub vor die Füße und peitschte ihnen ins Gesicht. Sie hatte Vic im Garten geholfen und Steine zu einem Steingarten aufeinander geschichtet, bis ihr Rücken wehtat und Schweiß zwischen ihren Brüsten hinunterrann. Sie hatte sich Rose und die anderen beim Schlittschuhlaufen in Birmingham vorgestellt – wie die Kufen ins Eis schnitten, wie sie übereinander purzelten und vor Lachen kreischten, sich aneinander festhielten und mit verdrehten Füßen zur Seite kippten. Einen Moment lang wünschte sie sich, dabei zu sein, bei ihren Freunden, und nicht hier, wo sie mit einem flauen Gefühl im Magen auf Ricky wartete. Aber sie hatte diesen Gedanken rasch verscheucht, zwischen Essenskrümeln und Schmierpapier an Judes Schreibtisch ihre Hausaufgaben gemacht und durch das Fenster in den stürmischen, strahlend blauen Tag hinausgeblickt. Derweil lag Jude auf ihrem ungemachten Bett, las zum dritten Mal *Der Herr der Ringe* und kaute Bonbons.

Edie brauchte ewig, um zu entscheiden, was sie anziehen sollte. Ihr Zimmer war zu Ellens Schlafzimmer geworden, überall lagen Ellens Sachen herum, und in der Luft hing der Geruch von Ellens Lavendelseife und Cold Cream. Edie begutachtete die wenigen Kleidungsstücke, die gefaltet in der Schublade lagen. Meine Lieblingsjeans, dachte sie, aber was dazu? Sie probierte die blaue Bluse aus indischer Baumwolle mit den vielen kleinen Knöpfen und Knopfschlaufen an. Sie hatte sie für den passenden Anlass aufgehoben, aber jetzt, da sie die Bluse endlich trug, sah sie darin anders aus, als sie es sich vorgestellt hatte. Sie zog sie über den Kopf, und ein Knopf sprang ab. Sie probierte ihren eng anliegenden Pulli an, hatte aber sofort das Gefühl beklemmender Enge und Hitze. Ihre weiße Bluse hatte einen dunklen Fleck auf der Schulter und ließ sie überdies blass aussehen. Schließlich zog sie eine schwarze Flanellbluse an, die schon alt und ausgeleiert war, ihr aber gut stand. Ihr Haar flocht sie zu einem dicken Zopf. Sie trug Wimperntusche, dann Lippenstift auf und tupfte sich Rosenwasser hinter die Ohren, das sie für fünfzig Pence die Flasche bei *Boots* gekauft hatte. Silberne Ohrstecker. Einen Armreif. Sie begutachtete sich im Spiegel, rieb sich etwas die Wangen, damit sie Farbe bekamen, und schnitt ihrem Spiegelbild eine Grimasse.

Unten in der Küche hörte sie Ellen und Louise hantieren. Das Klappern der Töpfe und das Scheppern der Teller wurden von Gemurmel untermalt – Louises Stimme klang leise und ruhig, Ellens Stimme heller und entschiedener. Und als es an der Tür klingelte und sie hinunterlief, um zu öffnen, fiel ihr plötzlich ein: Sie hatte

Louise ja gar nicht gesagt, dass Ricky Vegetarier war! Der Geruch von Knoblauch und Rosmarin erfüllte die Luft. Lamm, dachte sie, als sie die Tür aufriss.

»Hi.«

»Hi.« Seine Pupillen waren etwas vergrößert; er war leicht bekifft.

»Wie bist du hergekommen?«

»Zu Fuß. Es sind nur ein paar Meilen.«

»Ah.« Ihr fiel nichts weiter ein. Ihr Kopf schmerzte vor Anstrengung. »Komm doch rein.«

Er trat in den Flur und putzte sich unnötig lange die Schuhe ab. Das Stimmengewirr in der Küche schwoll an und ebbte wieder ab.

»Komm, ich stell dich vor.«

In der Küche schlug ihnen der Geruch von Lammbraten entgegen. Die beiden Frauen drehten sich um. Louise trug ein silbergrünes Kleid, das ihren Augen einen grünlichen Schimmer verlieh, und hatte sich eine Schürze umgebunden. Ihr Haar war zu einem Knoten geschlungen, ihr rosa geschminkter Mund lächelte. In der Hand hielt sie ein langes Messer.

»Das ist Ricky«, sagte Edie. »Ricky, meine Mutter und meine Großmutter. Ähm, Louise und Ellen, denk ich mal.« Sie kicherte überrascht, fasste sich aber gleich wieder.

Louise reichte ihm die Hand. Edie roch ihr Parfüm.

»Hallo, Ricky«, sagte sie, noch immer lächelnd. »Ich freue mich, dich kennen zu lernen. Ich habe so viel von dir gehört.«

Edie zuckte nervös zusammen und blickte auf den Tisch. Eine Vase mit Lilien stand da, die ihren schweren Duft verströmten, Kerzen, die darauf warteten, angezündet zu werden, und zwei Flaschen Wein. Sie versuchte, die Küche, Louises höfliches Lächeln, ihre Worte und Rickys gemurmelte Antwort einfach auszublenden.

»Hallo, Ricky«, sagte Ellen. »Nett, dich kennen zu lernen.«

Sie gaben sich über den Tisch hinweg die Hand.

»Seit Edie dich kennt, sehen wir sie kaum mehr«, sagte Louise.

»Also …«, sagte Ricky. Er schaute Edie an. »Ich, ähm …« Er verstummte.

»Ich habe vergessen zu sagen, dass Ricky Vegetarier ist«, platzte Edie heraus.

»Oh«, sagte Louise. Sie blickte auf das Tranchiermesser in ihrer Hand. »Tja …«

»Das macht nichts«, sagte Ricky. »Ich hab sowieso keinen Hunger. Ein paar Kartoffeln …«

»Warum bist du Vegetarier, Ricky?«, fragte Ellen fröhlich. »Ich weiß, dass viele junge Leute heutzutage Vegetarier sind, aber ich muss sagen, mir würde Fleisch wirklich fehlen. Ein Essen ohne Fleisch oder Fisch ist einfach nichts Richtiges.«

»Könnten Sie das Lamm töten, das Sie später essen?«, gab Ricky in lautem Ton zurück.

»O nein, ich glaube nicht. Es sei denn, ich wäre allein auf einer Insel und müsste verhungern, und niemand würde es für mich tun. Wenn ich keine andere Wahl hätte, dann schon, aber ich müsste wirklich keine andere Wahl haben.«

»Man sollte das, was man isst, auch töten können. Ich würde kein Tier töten, also esse ich es auch nicht. Die meisten Leute kaufen am liebsten Fleisch, das gar nicht aussieht wie Fleisch – es liegt in Folie eingeschweißt in den Supermarktregalen.«

»Ich muss sagen, das ist äußerst bedenkenswert«, meinte Ellen.

Sie blickten einander ratlos an. Ellen räusperte sich.

»Ich wollte dazu einen grünen Salat machen«, sagte Louise. »Würdest du mit Ricky ein paar Kräuter für mich ernten, Edie?«

»Gern.«

Edie lächelte sie dankbar an, und Louise lächelte zurück.

»Ich glaube, Vic werkelt immer noch an seinem Steingarten herum. Sag ihm, dass wir in etwa einer halben Stunde essen.«

Sie gingen durch die Küchentür hinaus in den Garten. Der Wind hatte sich gelegt, und am klaren Abendhimmel zogen ein paar Wölkchen vorüber. Später würde es kalt werden, aber noch lag Wärme in der Luft und der Geruch von Blumen, gemähtem Gras, gefallenen Blättern. Vic war im hinteren Teil des Gartens; sie entdeckten ihn zwischen den Sträuchern. Doch sie blieben bei der Schaukel und den Rosenbüschen stehen. Ricky holte seine Tabakdose hervor und drehte sich eine Zigarette. Edie hielt die Hand schützend vor die Flamme des Feuerzeugs, während er einen tiefen Zug nahm. Sie wünschte, er wäre nicht hier; sie wünschte, er würde sich nicht mit an den Tisch setzen, Kartoffeln essen und Fragen über seine Schule, seine Pläne (unrealisierbar), seinen Vater (abgehauen), seine Mutter (eine Putzfrau), seine Ansichten (konfus) beantworten. Er war ihr Geheimnis gewesen, das nur ihr allein gehörte. Sie wollte nicht, dass er auf etwas Gewöhnliches und Quantifizierbares reduziert wurde oder dass irgendjemand sich eine Meinung über ihn oder über sie beide bildete. Plötzlich spürte sie ganz stark, wie verwundbar sie waren. Sie mussten ihre Beziehung vor dem grellen Licht der Welt schützen.

»Ricky.«

»Ja.«

»Geht's dir gut?«

»Ja.«

Sie küssten sich flüchtig auf den Mund. Kein sehnsuchtsvoller oder auch nur liebevoller Kuss; aber ein Kuss, der ihnen die Gewissheit gab, dass alles weiterging, bis sie wieder fern von allen anderen zusammenkamen.

Edie mochte Jude. Sie mochte ihre Art zu reden, auch wenn sie den Mund voll Bratkartoffeln, Lamm und Minzsauce hatte und ihre Stimme das Gespräch zwischen Stella und Louise übertönte. Sie trug ein eigenartiges orangefarbenes Hemdblusenkleid ohne Gürtel, das ungekämmte Haar hatte sie hinter die Ohren geschoben, und ihre Wangen waren von der Wärme im Zimmer gerötet. Sie sprach mit Ricky über *Der Herr der Ringe*, ein Buch, das er ebenfalls dreimal gelesen hatte. Es war ein echtes Gespräch, nicht dieses künstliche Frage-und-Antwort-Spiel, das vorausgegangen war und bei dem sich alle von ihrer besten Seite gezeigt hatten. Jeder Versuch, eine richtige Unterhaltung in Gang zu bringen, war gescheitert – es war, als versuche man, ein Auto anzulassen, dessen Batterie leer war.

»Es ist eine Reise«, sagte Jude soeben. »Alles ist furchtbar kompliziert, aber es ist durchweg eine Reise, auf die wir mitgenommen werden. Eine Suche. Und es geht um Macht, findest du nicht auch? Um Macht und den Verzicht auf Macht. Deshalb ist es nicht einfach nur ein Kinderbuch. Im Gegenteil, ich finde, es ist gar kein Kinderbuch. Kaum jemand in meiner Klasse schafft es, es ganz zu lesen. Die meisten geben auf. Wer glaubt, es geht darin nur um Hobbits und Elben und Zauberer, liegt völlig daneben.«

»Es geht darum, etwas aufzugeben«, sagte Ricky. Sein Gesicht zeichnete sich hell im Schein der tropfenden Kerzen ab. »Man muss nein sagen zu Dingen, die man liebt und haben möchte. Frodo gibt alles auf.«

»Das ist sehr traurig«, meinte Ellen, ein halbherziger Versuch, sich einzuschalten und den ganzen Tisch in das angeregte Gespräch einzubeziehen. »Wirklich sehr traurig.« Eigentlich ist er gar nicht so übel, Edies Freund, dachte sie. Ein bisschen eigenartig und unbeholfen, aber er war ihr sympathisch. Und er tat ihr Leid, wie sie überrascht feststellte. Am liebsten hätte sie ihn getröstet, obwohl sie nicht mehr über ihn wusste als das, was er soeben erzählt hatte – dass er bei seiner Mutter lebte, Englisch, Geschichte und Französisch fürs Abitur lernte und Filme drehen und reisen wollte. Aber seine Not war mit Händen zu greifen. Vielleicht hatte sich Edie deshalb in ihn verliebt, angezogen von Rickys Einsamkeit, seinen sehnsuchtsvollen braunen Augen.

Sie nahm noch einen Schluck Wein. Wenn sie wieder zu Hause war, würde sie sich ein paar Tage lang mäßigen. Keinen Alkohol trinken und früh schlafen gehen – die alten Gewohnheiten wieder aufnehmen. Sie kämpfte die Trübsal nieder, die sie befiel, wenn sie an ihr hübsches kleines Haus dachte, in dem alles seine Ordnung hatte, an ihren geregelten Tagesablauf, in dem sich nichts Unvorhergesehenes ereignete.

Ricky sagte gerade etwas von Reinheit, und Ellen beobachtete, wie Louise beim Essen innehielt und ihn anstarrte. Sie wirkte etwas bedrückt, und Ellen konnte sich gut vorstellen, warum: Louise wurde älter, ihre Töchter wurden allmählich erwachsen und traten an ihre Stelle; sie bekam graue Haare, Tränensäcke unter den Augen und Falten in den Mundwinkeln; ihr Mann war wortkarg, und sie hatte Geldsorgen; Edie war in einen finster dreinschauenden Jungen verliebt; ihre älteste Tochter verließ das Elternhaus, und nichts würde mehr so sein wie zuvor. Sie empfand eine unstillbare Sehnsucht nach unbekannten Welten und träumte von Dingen, die nicht in Erfüllung gingen und niemals in Erfüllung gehen würden.

Es kommt der Punkt, dachte Ellen, an dem man plötzlich weiß: Es ist zu spät. Das ist dein Leben, und du kannst dir nicht mehr einreden, dass es sich schon bald ändern wird. Sie richtete sich noch gerader auf und lehnte den Nachschlag ab, den Louise ihr anbot. Ihr Kopf dröhnte.

Louise schlug mit dem Messer gegen ihr Glas.

»Ich würde gern einen Toast ausbringen«, sagte sie. »Ich möchte auf Stella anstoßen, die am Montag ihr Studium beginnt.« Stella lächelte. Im flackernden Kerzenlicht schien sie auf geheimnisvolle Weise zu strahlen, ihre Augen glänzten. »Auf die Zukunft!«, sagte Louise. Sie hob ihr Glas. Man spürte, wie sie mit den Tränen kämpfte.

»Auf die Zukunft!«, wiederholten alle am Tisch und hoben ihre Gläser.

Stella langte über den Tisch und ergriff die Hand ihrer Mutter. »Ich komme bald wieder. Eigentlich gehe ich gar nicht wirklich fort, weißt du.«

Rickys und Edies Blicke trafen sich – zum ersten Mal, seit sie sich an den Tisch gesetzt hatten. Sie lächelten einander zaghaft zu. Alles würde gut werden.

Louise setzte sich neben Edie auf das Bett.

»Störe ich?«

»Nein«, sagte Edie, ließ ihr Buch sinken und setzte sich auf.

»Ich dachte, wir sollten miteinander reden.«

»Gut.« Edie wartete, dann fragte sie: »Ist was nicht in Ordnung?«

»Nein. Ich habe nur gerade über dich und Ricky nachgedacht.«

»Warum?«

»Ich will nicht, dass du den Boden unter den Füßen verlierst.«

»Was meinst du damit?«

»Edie …«

»Nein, wirklich. Ich weiß nicht, was du meinst.«

»Ich möchte nicht, dass du eine Dummheit begehst, das ist alles.«

Edie wusste natürlich, was Louise meinte. Sie verschränkte die Hände fest ineinander.

»Habt ihr beide, hast du …«

»Was?«

»Mit ihm geschlafen?«

»O bitte nicht, Mami.«

»Ich mach mir nur Sorgen um dich, Edie.«

»Das brauchst du nicht. Sieh mal, in ein paar Wochen bin ich siebzehn. Ich bin kein Kind mehr. Ich weiß Bescheid über Kondome, wenn du das meinst.«

»Ich verstehe. Dann hast du also …«

»Nein, hab ich nicht. Zufrieden?«

Louise seufzte. »Es geht nicht nur darum, Edie. Ich mag Ricky, aber – na ja, er ist irgendwie seltsam, nicht?«

Edie stellte sich Rickys Gesicht vor, stellte sich vor, wie er sie mit seinen braunen Augen ansah und wie er den Mund zu einem schiefen Lächeln verzog, wenn er glücklich war. »Du solltest so etwas nicht sagen. Ich liebe ihn.«

»Liebe ist ein großes Wort, Edie, und du bist viel zu jung …«

»Ich *liebe* ihn.«

Dieses Wort hatten sie noch nie benutzt, wenn sie miteinander sprachen. Sie sagten: Du *fehlst* mir, ich *brauche* dich, ich *will* dich, und sahen sich in die Augen, während die Welt ringsum versank.

»Du fehlst mir«, sagte Ricky und drückte sie an sich, als sie am Fluss standen, da, wo er die Stadt verließ und sich zwischen Feldern hindurchschlängelte. Es waren kaum Spaziergänger unterwegs; sie konnten sich fast einbilden, allein zu sein.

»Wie kann ich dir fehlen, wo ich doch da bin?«

»Ich weiß nicht, aber es ist so.«

Sie hatten sich stundenlang geküsst. Sie hatten sich geküsst und gestreichelt und ab und zu solche Dinge gesagt. Edies Haut war wund, und ihre Lippen brannten. Er ließ eine Hand unter ihre Bluse und unter ihren BH gleiten. Seine Lippen berührten ihr Ohr.

»Neulich, als du gesagt hast, ›noch nicht‹, was hast du da gemeint? Wie lange noch?«

»Ich weiß nicht«, erwiderte sie.

»Hast du Angst?«

»Nein. Ja. Ja, ich habe Angst. Ich weiß nicht, warum.«

»Du brauchst keine Angst zu haben.«

8 Acht

Ricky war mager, er hatte eine gebeugte Haltung, und seine Haut war käsig weiß. Er hatte Sommersprossen auf den Schultern, und vom Bauch abwärts verlief ein schmaler Streifen dunkler Haare. Sie zwang sich, ihn anzusehen. Noch nie zuvor hatte sie einen nackten Mann gesehen, bis auf Vic, und das lag Jahre zurück, bevor er anfing, Pyjamas zu tragen. Und natürlich hatte sie noch nie einen Penis gesehen, der nicht klein und weich war. Sie starrte ihn an und schaute schließlich weg. Ihre Wangen glühten. Das alles kam ihr so unwirklich vor. Sie saß in seinem Bett, das Laken bis zu den Schultern hochgezogen. Es war ein schmaler, kahler Raum; nur eine Kommode in einer Ecke unter einem kleinen Fenster ohne Gardinen. An den Wänden stapelten sich Bücher, und in der Ecke lag eine zerbrochene Gitarre. Die Tapete hing in Fetzen herunter. Es roch muffig, und das Bettzeug war ungewaschen. Edie zog die Knie an und zitterte. Sie wünschte, es wäre schon morgen – oder noch gestern.

Ricky berührte ihre Schultern. Seine Hand war kalt. Wahrscheinlich ist auch er nervös, dachte sie. Sie versuchte zu lächeln. Sie hätten es einfach tun sollen, als sie unter dem Baum standen und vor Verlangen bebten. Dort, wo sie niemand sah, hätten sie sich ins nasse Gras legen sollen. Jetzt war das Verlangen verschwunden. Edie fror, sie war angespannt und verkrampft. Sie beobachtete, wie Ricky mit den Zähnen die Kondompackung aufriss. Er schlüpfte unter die Decke, und sie legte sich neben ihn.

Ihre kalten Füße berührten sich. Sie zitterte, als er den Arm um ihre Taille legte. Ihr Körper fühlte sich trocken an, eng und nicht aufnahmefähig.

»Du hast die Arme einer Schwimmerin«, sagte er.

»Wirklich?«

»Edie?«, fragte er.

»Ja.«

»Du musst nicht, wenn du nicht willst.«

»Aber ich will.«

»Bist du sicher?«

»Deswegen bin ich doch hier, oder?«

Sie legte ihre Hand auf seine Wange, streichelte sie und schloss dann die Augen. Wenn es doch nur Vorhänge gäbe! Es war viel zu hell im Zimmer; sie wollte nichts sehen. Er küsste ihren Hals und ihre Schultern, und sie hielt die Augen geschlossen. Er küsste erst eine, dann die andere ihrer Brüste, und sie hörte ihn leise stöhnen. Sie berührte sein Haar und seine knochigen Schultern und ließ ihre Finger über den unebenen Grat seiner Wirbelsäule gleiten. Sein Mund war jetzt auf ihrem Bauch. Sie schlug die Augen auf und starrte an die schmutzige Zimmerdecke. Dann legte er sich wieder neben sie, seine Hand war nun zwischen ihren Beinen. Er blickte sie an, als er sich auf sie rollte, den Mund leicht geöffnet, die Augen zu Schlitzen verengt.

»Tut es weh?«

»Ja. Nein. Das macht nichts.«

Einige Mädchen in der Schule redeten ständig über Sex, als wüssten sie genau Bescheid und würden alle Tricks kennen. Sie behaupteten, sie könnten auf Anhieb erkennen, ob jemand noch Jungfrau sei oder nicht. Sie wussten, dass Edie noch nie mit einem Mann geschlafen hatte. Alles an ihr verriet, dass *sie es noch nie gemacht hatte*. Edie fragte sich, ob sie es merken würden. Könnte man ihr morgen in der Schule ansehen, dass sie jetzt eine von ihnen war? Und Louise und Vic? Würden sie es ebenfalls wissen, wenn sie heute Abend nach Hause kam, den Schwimmbeutel unterm Arm, und belanglose Dinge über ihren Tag in der Schule erzählte, während sie am Tisch saß, in ihrem Essen aber nur herumstocherte? Würde Louise sie kritisch mustern, die Augen zusammengekniffen, die Lippen gespitzt?

»Edie?«

Ein keuchender Laut. Ricky drang mit einer stoßenden Bewegung in sie ein, das Gesicht verzerrt, den Mund noch immer leicht geöffnet. Auf seiner Stirn hatten sich Schweißperlen gebildet. Seine Hände lagen auf ihrer Brust, dann auf ihrer Hüfte, er zog sie an sich.

»Edie?«, sagte er noch einmal. »Meine liebe, liebe Edie.«

Es kam ihr vor, als weine er, aber vielleicht waren es keine Tränen, sondern nur der Schweiß.

Sie war froh, als es vorbei war und er sich mit einem leisen Stöhnen neben sie legte, als sei er erschöpft. Immer noch fror sie. Sie starrte wieder an die Decke. Immer noch schien ihr alles so unwirklich. Da war er, er ging aus dem Zimmer, nackt wie er war, und sie lag noch immer nackt unter der Decke, und nun war sie keine Jungfrau mehr. Sie bemerkte, dass sie leicht geblutet hatte, genau wie es zu erwarten war. Das war's also, dachte sie. In diesem trübseligen kleinen Zimmer hatte sie eine Art Grenze überschritten.

Als Ricky wiederkam, hatte er geduscht und sich etwas anderes angezogen. Er hatte einen großen Joint gedreht und reichte ihn nach ein paar Zügen an sie weiter. Sie setzte sich auf, sog den beißend scharfen Rauch in die Lunge und hielt den Atem an. Er beobachtete sie, bis sie die Augen niederschlug.

»Hast du Schmerzen?«

»Ein wenig.«

»Aber sonst ist alles in Ordnung?«

»Ja.«

Er strich ihr das Haar hinter die Ohren. »Du bist schön«, sagte er. »Ich muss gehen. Sie glauben, ich bin schwimmen.«

»Geh nicht. Noch nicht. Ich hol dir was zu trinken.«

»Also gut. Kaffee – dann muss ich aber wirklich gehen.«

»Ich bring ihn dir.«

»Nein, ich zieh mich jetzt an.«

Als er hinausgegangen war, stand sie auf und ging ins Bad. Sie wusch sich zwischen den Beinen und spritzte sich Wasser ins Gesicht. Dann zog sie ihre Schuluniform an, die auf der Haut kratzte, und ging zu Ricky in die Küche, die zugleich das Wohnzimmer war. Sie setzte sich auf das Sofa, er stellte einen Becher Kaffee vor sie auf den Tisch und kramte im Schrank nach Keksen, fand aber keine. Sie sah sich um: Die Wände waren beige, über dem Herd hing eine nackte Glühbirne, das Sofa war hart, das Linoleum schmutzig, das Fenster, das auf einen kleinen Hof und eine Treppe hinausging, hatte einen Sprung. Sie dachte an ihr Zuhause, das trotz aller Schäbigkeit gemütlich und einladend war, und fröstelte. Ricky saß auf dem Boden zu ihren Füßen, hielt ihre Hand und verschränkte seine Finger mit ihren. Sie küsste ihn auf den Kopf, und er lehnte sich gegen ihre Knie und schloss die Augen.

»Ich will nicht, dass du gehst«, sagte er.

»Ich muss.«

»Ich denke dauernd, dass du nicht mehr wiederkommst.«

»Das ist doch Blödsinn. Du weißt, dass das völliger Blödsinn ist.«

»Hmm«, sagte er. »Vielleicht. Ich könnte so einschlafen, während du mein Haar streichelst. Das wäre schön. Ich habe in letzter Zeit nicht viel geschlafen, aber jetzt könnte ich schlafen.«

»Das geht aber nicht, weil ich gleich aufstehen muss.«

»Beim nächsten Mal wird es besser.«

»Ricky.«

»Hmm.«

»Alles ist bestens.«

»Wirklich?«

»Ja, ganz bestimmt.«

»Dann geh jetzt. Geh.«

Sie schlang von hinten ihre Arme um ihn und beugte sich zu ihm hinunter; seine Haare kitzelten ihr Gesicht. »Bis dann.«

Er legte den Kopf zurück, und sie küsste ihn auf den Mund.

»Du bist mein Geliebter«, sagte sie.

Neun 9

Ein paar Tage später schliefen sie wieder miteinander, bei einer Party, die ein Freund von Ricky veranstaltete, als seine Eltern verreist waren. Louise sorgte sich, weil Edie hinging. Sie bestand darauf, dass Edie ein Glas Milch trank, damit sie etwas im Magen hatte, aber Edie goss die Milch ins Spülbecken, als Louise ihr den Rücken zukehrte. Um neun Uhr fuhr Louise sie hin und sagte, dass Vic sie pünktlich um halb zwölf abholen würde.

Als Edie den Raum betrat, sah sie, dass Ricky mit dem Mädchen sprach, mit dem sie ihn schon einmal gesehen hatte, auf der Party, auf der sie sich kennen gelernt hatten. Sie war groß, hatte die Augen dick mit Kajal umrandet und helles, lockiges Haar. Sie wirkte robust und unersättlich. Sie hielt Ricky am Unterarm fest und lachte zu laut über etwas, was er sagte. Ricky lachte ebenfalls. Er tippte ihr mit dem Zeigefinger auf die Nase. Edie ging in die Küche und holte sich eine Dose Bier vom Tisch. Sie riss den Verschluss auf und nahm einen kräftigen Schluck. Nun bereute sie, dass sie nicht mehr Make-up aufgelegt, keine hochhackigen Schuhe und kein so freizügiges Top wie dieses Mädchen angezogen hatte. Sie nahm noch einen Schluck. Es kam ihr vor, als sehe sie ihn zum ersten Mal – aus einiger Entfernung, während er einer anderen zulächelte.

Als Ricky sie entdeckte, schlang Edie die Arme um seinen Hals und küsste ihn; dann schob sie die Hand unter sein Hemd auf seinen warmen nackten Rücken. Das Bier und die Eifersucht machten sie nachgiebig. Sie sprachen nicht. Er nahm sie bei der Hand und führte sie nach oben in ein Zimmer voller Mäntel. Er schloss die Tür und schob einen Stuhl davor. Seine Hände berührten ihre weichen Brüste, sein Mund küsste ihren Hals. Sie tastete nach seinem Gürtel. Er schob sie gegen die Wand und presste sich an sie. Dann taumelten sie aufs Bett, und er war auf ihr, zerrte an ihren Kleidern und rief ihren Namen.

Danach lagen sie zwischen den Mänteln, lächelten sich an und streichelten sich sanft mit den Fingerspitzen. Von unten dröhnte die Musik herauf. Ein- oder zweimal versuchte jemand die Tür aufzudrücken. Eine heisere Stimme rief: »Hey! Wir wissen, was ihr da drin macht!« Aber Edie war es egal, was sie dachten oder wonach es aussah. Die anderen hatten keine Ahnung. Was sie machten: Sie lagen nebeneinander und liebten sich. Am liebsten wäre sie für immer in dieser glückseligen Dunkelheit geblieben.

Als Vic kam – zehn Minuten zu früh –, waren sie bereits wieder unten, inmitten der anderen Tänzer, bewegten sich kaum und hielten einander umschlungen. Jemand rief ihren Namen, sie holte ihren Mantel von dem Bett, auf dem sie und Ricky gelegen hatten, und ging, ohne auf das vielsagende Grinsen des Jungen an der Tür zu achten. Vic stand mit hochgezogenen Schultern im Türrahmen, die Hände in den Taschen. Im Vorgarten übergab sich gerade ein Mädchen, während ihr Freund hilflos daneben stand.

»Hallo, Daddy«, sagte Edie.

»Hallo? Hast du dich gut amüsiert?«

»Ja«, sagte sie. Ihre Haut brannte. Sie hakte sich bei ihm unter. »Gehen wir heim.«

Am folgenden Tag blieb sie bis elf im Bett liegen, wie benommen vor Verlangen und Liebe. Am Himmel standen graue, tief hängende Wolken. Unten in der Küche hantierte Louise mit Pfannen. Es roch nach Essen – nach Toast, Speck, Kaffeebohnen, und etwas duftete süßlich wie frisch gebackenes Brot. Und sie hörte Vic im Garten hämmern, in gleichmäßigem Rhythmus.

Schließlich stand sie auf. Mittags wollte sie sich unter dem alten Kastanienbaum am Ende der Straße mit Ricky treffen. In einer Stunde würden seine Lippen wieder auf ihren liegen, seine Hände an ihren Sachen zerren. Sie putzte sich kräftig die Zähne, wusch sich, zog Jeans und ihre schwarze Flanellbluse an. Keinen BH. Kein Make-up. Sie stand vor dem Spiegel und bürstete ihr Haar, bis es knisterte. Sie strich Creme auf ihre wunde Haut, trug Lippenbalsam auf und lächelte sich zu. Krank vor Sehnsucht und Vorfreude.

»Edie.«

Es war Jude, die noch im Pyjama in ihrer Schlafzimmertür stand, Marmelade am Kinn.

»Hi.«

»Gehst du raus?«

»In einer Minute.«

»Kann ich mitkommen?«

»Ich treff mich mit Ricky.«

»Ach so. Ich dachte, es wäre schön, einen Spaziergang zu machen. Ein bisschen zu reden, das haben wir seit Ewigkeiten nicht mehr gemacht. Und außerdem möchte ich dich was fragen. Dir etwas erzählen. Etwas, was ich getan habe.«

Edie hörte den flehentlichen Ton in der Stimme. »Wär nett gewesen«, sagte sie. Sie warf einen Blick auf ihre Uhr. »Wir holen es bald nach, ja? Aber jetzt muss ich mich beeilen.«

»Kommst du bald wieder?«

»Wahrscheinlich.«

»Edie?«

»Hmm?«

»Ach nichts. Ich erzähl's dir später.«

»Bis dann.« Aus einem plötzlichen Impuls heraus gab sie Jude einen Kuss. »Mach's gut.«

»Bis bald«, rief sie Louise zu, griff sich die Jacke und lief aus dem Haus.

»Wohin gehst du?«

»Ich treffe mich mit Ricky. Bin bald wieder da«, rief sie über die Schulter.

»Du hast ja nicht mal gefrühstückt, und du hast…« Aber Edie war schon fort; sie rannte bereits die Straße hinunter.

Sie begrüßten sich nicht. Sie verließen die Straße beim Kastanienbaum, kletterten über den Zaun und stapften durch den dichten Herbstwald. Zweige schnellten Edie ins Gesicht, Dornen verhakten sich in ihrer Kleidung. Der Wind ließ es von den Bäumen regnen. Sie roch das Erdreich, faulende Früchte, Verfall, spürte die feuchte, schwere, weiche Erde, als sie sich hinlegten. Zweige piksten in Edies Haar. Durch die Äste über ihnen sah sie die Wolken dahintreiben.

Ricky zog ihr die Jacke aus, knöpfte ihre Bluse auf und stieß einen erstaunten Laut aus, als er entdeckte, dass sie darunter nackt war. Er band ihre Turnschuhe auf und streifte sie ab, schälte ihre Füße aus den Socken, knäulte sie zusammen und steckte sie in einen Schuh. Sie legte sich flach auf den Rücken, während er ihr die Jeans über die Hüften zerrte und sie sorgfältig zusammenfaltete, bevor er sie zu den anderen Sachen legte. Er zog ihr die Unterhose aus, hakte sehr vorsichtig ihre Ohrringe aus und steckte sie in seine Hosentasche. Während Regentropfen von den Bäumen auf ihre Haut rieselten, beobachtete sie, wie er aufstand, seine Kleider auszog und ordentlich aufeinander geschichtet neben die ihren legte. Er war knochig, schief gewachsen und bleich, der schönste Mensch auf der Welt.

»Frierst du?«, fragte er und kniete sich neben sie.

»Das macht nichts.«

Es spielte wirklich keine Rolle. Nichts spielte mehr eine Rolle. Es zählte nur, dass sie hier waren und er sie mit schmerzlichem Blick anschaute.

»Ich werde nie über dich hinwegkommen«, sagte er.

»Das brauchst du auch nicht. Du hast mich doch.«

Sie sahen einander an, sehr feierlich, sehr jung. Auf der Straße jenseits der Bäume fuhr ein Auto vorbei, aber sie achteten nicht darauf.

Er holte ein Kondom aus seinen Jeans. »Letztes Mal haben wir keins benutzt.«

»Ich krieg bald meine Tage. Keine Sorge.«

Sie lächelten sich an. Alles wird gut werden, dachte sie. Nichts kann uns jetzt etwas anhaben.

Am folgenden Tag nach der Schule kam Ricky zu ihnen nach Hause. Jude und Edie waren schon da, und Jude war eifrig damit beschäftigt, für alle einen Kuchen zu backen. Sie saßen in der Küche, und es war warm, weil der Heizkessel am Vormittag repariert worden war. Jude holte ihr Schachbrett von oben und brachte Ricky die Regeln bei. Edie bemerkte, dass sie sich die Haare gekämmt und Lipgloss und blauen Lidschatten aufgelegt hatte, aber ihr Gesicht war verquollen, als habe sie geweint.

Später, als der Kuchen im Ofen war, gingen sie hinauf in Edies Zimmer, ohne Judes untröstlichen Blick zu beachten. Sie setzten sich aufs Bett, küssten sich, sahen einander dabei in die Augen und lächelten. Ricky löste Edies Pferdeschwanz und ließ seine Finger durch ihr Haar gleiten. Er seufzte.

»Was hast du?«

»Das war ein glücklicher Seufzer«, sagte er.

»Dann bist du also glücklich?«

»Ja. Ich kann mich nicht erinnern, wann ich jemals so glücklich gewesen bin.«

»Oh«, sagte sie tief gerührt. »Ist das wahr?«

»Ja.«

»Meinetwegen?«

»Muss wohl so sein.«

Sie küssten sich wieder, und er fing an, ihre blaue Schulbluse aufzuknöpfen. Sie zuckte zurück.

»Ich glaube, das ist keine gute Idee, nicht hier … Jude ist unten in der Küche und …«

»Ich möchte dich nur anschauen.«

Er zog ihre Bluse auf, öffnete ihren BH und legte den Kopf auf ihre Brust. »Eines Tages werden wir die Nacht zusammen verbringen. Wir werden irgendwohin gehen, in irgendein Hotel.«

»Ja«, sagte sie. Sie strich ihm durchs Haar und schloss die Augen.

»Ich dachte gerade, dass ich den Winter normalerweise hasse, Weihnachten und diesen ganzen Scheiß. Aber dieses Jahr bist du da. Deshalb wird alles anders sein.«

»Ach, Ricky«, sagte sie.

Er drehte den Kopf zur Seite und nahm ihre linke Brustwarze in den Mund, und sie begann sein Hemd aufzuknöpfen.

Da ging die Tür auf.

»Ich hab euch …«, sagte jemand und verstummte.

Edie schlug die Augen auf, und Ricky hob den Kopf. Vic stand in der Tür, einen Teller in der Hand. Er starrte die beiden mit offenem Mund an, starrte auf Edie, die mit entblößter Brust dasaß. Er trug seinen grauen Anzug, aber keine Krawatte, und sein Hemd war am Kragen schmutzig. Der Teller kippte, und ein Stück Schokoladenkuchen fiel zu Boden.

Ricky stand auf. Edie begann sich die Bluse zuzuknöpfen. Eine ganze Weile sagte niemand ein Wort, aber Vic stand noch immer mit starrem Blick da. Und plötzlich fühlte Edie, dass eine Woge des Abscheus in ihr aufstieg. Sie empfand Abscheu vor Vic, weil er so niedergeschmettert wirkte, weil er ihre nackten Brüste angestarrt hatte, weil er schuld war, weil sie sich nun schämte, wo sie doch gerade so glücklich und fröhlich gewesen war, weil er so traurig und schäbig, elend und hilflos aussah …

Sie fixierte ihn und sagte dann mit einer Stimme, die sie selbst an sich nicht kannte – hart und konturiert wie eine frisch geprägte Münze: »Warum glotzt du so? Ich bin keine Jungfrau mehr, damit du's weißt.« Sie hielt inne, von Entsetzen gepackt, und fügte dann hinzu: »*Vic.*«

Vic bückte sich und hob das Stück Kuchen vom Boden auf. Er legte es behutsam neben das zweite Stück auf den Teller und stellte ihn auf Edies Tisch. Dann verließ er das Zimmer und zog die Tür mit einem Klick hinter sich zu.

»Du meine Güte«, sagte Ricky unbekümmert.

»Sei still! Du verstehst gar nichts.«

»Edie…«

»Sag nichts.«

»Okay.«

Ricky nahm ein Kuchenstück und biss hinein. Auf seinem Kinn blieb ein Schokoladenfleck zurück, und in Edie flammte eine Feindseligkeit auf, die so heftig war, dass es ihr den Atem verschlug.

»Ich glaube, du solltest jetzt besser gehen«, sagte sie, bemüht, ihre Stimme unter Kontrolle zu halten.

»Edie, was soll das? Nur weil du deinen Vater aus der Fassung gebracht hast?«

»Ich möchte nicht darüber reden. Geh jetzt, ja?«

»Na dann, bis morgen.«

Sie zögerte. »Sagen wir, übermorgen, okay?«

»Wenn dir das lieber ist.«

»Ich glaube, ich sollte morgen zu Hause sein, das ist alles.«

»Okay.« Er küsste sie auf die Wange und ging.

Edie und Louise bereiteten gemeinsam das Abendessen zu und warteten auf Vic. Edie machte überbackenen Blumenkohl, während Louise die Pommes frites in die Fritteuse gab. Im Nu roch die Küche nach heißem Öl. Es begann zu regnen. Dicke Tropfen fielen von dem wolkenverhangenen, dämmerigen Himmel.

»Gleich fängt es an zu gießen. Er wird klatschnass werden«, meinte Edie.

»Wenn er reinkommt, kann er sich abtrocknen«, sagte Louise gelassen. Sie schüttelte den Frittierkorb, und das Öl zischte und blubberte. »Willst du mir nicht sagen, was passiert ist?«

»Eigentlich nichts. Na ja, er ist in mein Zimmer geplatzt, als Ricky und ich… Wir haben nichts gemacht – sieh mich nicht so an. Aber er wirkte völlig am Boden zerstört und… ich… ich hab was zu ihm gesagt, weil ich wütend geworden bin, und er ist gegangen. Aber er hat ein Gesicht gemacht, als hätte ich ihm eine Ohrfeige verpasst. Ich fühle mich schrecklich.«

»Mmm«, sagte Louise. Sie sah aus dem Fenster. Es regnete jetzt in Strömen.

»Er hält mich für ein kleines Mädchen«, sagte Edie, um sich nachträglich zu rechtfertigen.

»Ach, Liebling, aber das bist du doch. Du bist *sein* kleines Mädchen.«

»Ich bin fast siebzehn.«

»Stimmt. Aber manchmal fällt es uns schwer, uns das bewusst zu machen.«

Sie hörten, wie die Haustür geöffnet wurde und mit einem Knall ins Schloss fiel. Edie lief in den Flur hinaus. Vic stand da und streifte seine Schuhe gründlich auf der Matte ab. Sein nasses Haar klebte an der Stirn, und sein grauer Anzug triefte.

»Daddy«, sagte Edie. Sie ging auf ihn zu und umarmte ihn. »Daddy. Es tut mir so Leid, wirklich.«

Er tätschelte ihr geistesabwesend die Schultern. »Das brauchst du nicht zu sagen.«

»Doch. Es gibt vieles, was ich sagen muss, aber zuallererst muss ich mich entschuldigen. Ich war gemein.«

»Ich hätte anklopfen sollen.«

Louise kam aus der Küche. »Du bist ja klatschnass, Vic. Zieh dir trockene Sachen an, und dann gibt's Essen. Gönn dir zur Ablenkung mal einen gemütlichen Familienabend.«

Ein gemütlicher Familienabend. Pommes und überbackener Blumenkohl und zum Nachtisch Bananenmus mit Sahne und karamellisiertem Zucker. Vic saß benommen am Tischende. Er sah aus wie ein Unfallopfer, das mit einer blutenden Kopfwunde aus dem zerbeulten Auto stolpert und sich für unverletzt hält. Jude spülte das Geschirr, und Edie trocknete ab, während Louise die Bügelwäsche sortierte und einen Zettel für den Milchmann schrieb.

Vic saß am Tisch vor einem Stapel Rechnungen, blätterte darin und betrachtete die Zahlen mit zusammengekniffenen Augen, als werde er von der Sonne geblendet. Louise stellte sich hinter ihn, und er lehnte sich an sie, sein dickes schwarzes Haar hob sich von ihrer weißen Bluse ab. Sie beugte sich über ihn und küsste ihn auf die Stirn, und er schloss die Augen, als wolle er schlafen.

10 Zehn

Edie wachte mit dumpfen Rückenschmerzen auf. Sie bekam ihre Periode und hatte das Gefühl, dass auch eine Erkältung im Anzug war. Ihr Hals tat weh, sie hatte rasende Kopfschmerzen, und als sie das Licht anmachte, brannten ihre Augen. Am liebsten wäre sie im Bett geblieben. Sie wünschte sich, wieder zehn Jahre alt zu sein. Dann hätte Louise ihr heißes Zitronenwasser und Toast mit Honig ans Bett gebracht, ihr eine kühle Hand auf die Stirn gelegt, sich über sie gebeugt und den Duft von Parfüm und frisch gebackenem Kuchen, Mütterlichkeit, Schönheit und Güte verströmt. Aber Edie schrieb an diesem Vormittag einen Physiktest, und Louise musste zur Arbeit. Sie setzte sich im Bett auf. Durch den schmalen Schlitz der Vorhänge wirkte der Tag nach dem nächtlichen Regen grau und kalt. Bald würden die Bäume völlig kahl sein. Wenigstens würde Stella über Weihnachten nach Hause kommen. Widerwillig schwang Edie die Beine aus dem Bett und stand auf. Ihr Kopf dröhnte. Sie zog die Vorhänge ein Stück weiter auf und sah hinaus; hinter den Wolkenschleiern lugte eine bleiche Sonne hervor, und die Erde wirkte feucht.

Jemand war im Garten, am Zwetschgenbaum. Vic – aber was tat er da morgens um halb acht? Sie kniff die Augen zusammen. Er pflückte Zwetschgen. Sie beobachtete, wie er sich streckte und die prallen Früchte abdrehte, sich dann hinunterbeugte und sie vorsichtig in einen Korb legte. Jetzt schüttelte er behutsam einen dicken Ast. Zwar hörte sie das gedämpfte Geräusch der herabfallenden Zwetschgen nicht, konnte es sich aber genau vorstellen. Vic bückte sich, klaubte die Früchte aus dem hohen Gras und wischte sie am Hosenbein seines grauen Anzugs trocken.

Sie wandte sich ab und zog sich vor dem Spiegel an, bürstete dann lange ihr Haar und flocht es zu zwei dicken, mädchenhaften Zöpfen. Sie war froh, dass sie Ricky heute nicht traf. Sie empfand kein Verlangen nach ihm.

Louise und Jude waren schon in der Küche, als sie herunterkam, Louise noch im Morgenmantel. Auf dem Tisch stand eine Kanne Kaffee, und im Toastständer steckten geröstete Brotscheiben.

»Möchtest du was Besonderes?«, fragte Louise. »Ich könnte dir Porridge machen.«

»Ich esse Toast.« Sie bestrich eine Scheibe dünn mit Butter. Vic kam durch die Küchentür herein, in der Hand den Korb, der bis zum Rand mit feucht glänzenden Zwetschgen gefüllt war. Der Saum seiner Hosenbeine hatte sich voll Wasser gesogen, und seine Haare waren vom Regen durchnässt, der von den Bäumen getropft war. Grashalme klebten an seinen Händen. Er stellte den Korb mitten auf den Tisch und trat einen Schritt zurück.

»Es sind fast keine Zwetschgen mehr am Baum. Nur ganz oben hängen noch ein paar, die ich nicht herunterschütteln konnte.«

»Super, Daddy«, sagte Edie übertrieben begeistert. Er schaute sie nicht an.

»Toast und Kaffee? Ich glaube, ich habe gerade den Briefträger gehört.«

Edie stand auf und holte die Briefe herein: zwei Rechnungen, sonst nichts. Vic würdigte sie keines Blickes. Er schenkte sich eine Tasse Kaffee ein und trank sie im Stehen.

»Ich muss heute früh los«, sagte er.

»Viel zu tun?«, fragte Louise.

Er antwortete nicht, trank seinen Kaffee und starrte aus dem Fenster.

»Ja«, sagte er plötzlich, stellte seine Tasse mit einem lauten Klirren auf den Tisch und nahm seinen Aktenkoffer. »Ich gehe.«

Er küsste sie alle auf die Stirn: zuerst Jude, dann Edie und zuletzt Louise. »Passt auf euch auf«, sagte er, drehte sich um und ging. Sie sahen ihm nicht nach.

Edie schrieb ihren Physiktest. Und sie erzählte Rose, dass sie mit Ricky geschlafen hatte. Eigentlich hatte sie es für sich behalten wollen, aber dann sprudelte es einfach so aus ihr heraus; sie erzählte sogar, dass Vic in ihr Zimmer geplatzt war. Und seltsamerweise erschien alles gleich weniger dramatisch, wenn man es nur laut ausgesprochen hatte: dass es wehgetan und geblutet hatte, dass sie bei einer Party zwischen den Mänteln noch einmal miteinander geschlafen hatten, dass ihr Vater sie angestarrt hatte, als Rickys Kopf auf ihrer nackten Brust lag. Rose schnappte nach Luft, umarmte Edie und erkundigte sich nach Einzelheiten. Es ist alles halb so schlimm, dachte Edie. Es bedeutet nicht das Ende der Welt. Ich bin jetzt nicht plötzlich ein anderer Mensch. Liebe musste nichts Gefährliches sein. Sex musste nichts Tragisches, Intensives sein, bei dem einem die Sinne schwanden. Er konnte ebenso gut einfach nur Spaß machen und auch unbeschwert sein, etwas, was andere Leute auch taten.

Gleich nach der Schule fuhr sie mit Jude im Bus nach Hause. Ihre Periode hatte eingesetzt, deshalb nahm sie ein Bad, auch wenn das heiße Wasser mittendrin ausging. Sie wusch sich die Haare und zog alte Leggings und das ausgebeulte gelbe Sweatshirt an, das Stella gehört hatte. Sie hatte Louise versprochen, sich um das Abendessen zu kümmern. Deshalb durchstöberte sie den Kühlschrank und die Schränke. Sie beschloss schließlich, zur Abwechslung einmal etwas Neues zu kochen. Gemüse-Lasagne, dachte sie; die macht satt und glücklich. Ellen hatte ihr erklärt, wie es geht. Es klang nicht allzu kompliziert.

Sie schnitt eine Zwiebel klein, die sie in einer schweren Pfanne mit gepresstem Knoblauch in Öl dünstete. Dann fügte sie Zucchini- und Karottenwürfel und getrocknete Kräuter hinzu. Die Küche war erfüllt vom Duft des gebratenen Gemüses und Knoblauchs. Sie gab eine Dose geschälte Tomaten hinzu und zerkleinerte die Früchte in der Pfanne. Dann bereitete sie eine Béchamelsauce, die tatsächlich einmal glatt und geschmeidig wurde. Sie schmeckte die Sauce ab, verfeinerte sie mit Muskatnuss und stellte sie beiseite. Als der Käse gerieben war, schichtete sie ihn abwechselnd mit Lasagnenudeln, dem Gemüse und der Sauce in eine feuerfeste Form, stellte sie in den Ofen und spülte alle benutzten Utensilien. Später würde sie noch einen grünen Salat mit frischen Kräutern aus dem Garten anrichten, und Vic würde eine Flasche Wein öffnen. Sie wusch sich die Hände und trocknete sie an einem Küchentuch ab, erfüllt von dem wunderbaren Gefühl, dass sie es allein geschafft hatte.

Gegen sechs kam Louise nach Hause. Sie setzte sich in ihrem cremefarbenen Kostüm und den halbhohen braunen Stiefeln in die Küche und trank Tee. Das Haar fiel ihr in glänzenden Locken auf die Schultern. Edie erinnerte sich, wie gern sie als Kind ihrer Mutter zugesehen hatte, wenn sie sich zum Ausgehen fertig machte. Wie sie vor ihrem dreiteiligen Spiegel saß und sich die Haare so lange bürstete, bis sie, elektrisch aufgeladen, knisterten, Louise sie ineinander verschlang und mit langen Haarnadeln hochsteckte. Außerdem hatte Louise schon immer großen Wert auf ihr Make-up gelegt; Schminken nannte sie »sich was ins Gesicht schmieren«. Grundierung, Rouge auf die Wangenknochen, Lidschatten, ein Pinselstrich über die geschwungenen Augenbrauen, während sie konzentriert in den Spiegel blickte. Anschließend trug sie Lippenstift auf und presste den geschlossenen Mund auf ein Kosmetiktuch, auf dem ein an den Rändern ausgefranstes rotes Oval zurückblieb – für Edie ein Symbol des Erwachsenseins. Noch ein paar Tupfer Parfüm hinter die Ohren und auf die Innenseite der Handgelenke, dasselbe Parfüm, das sie heute noch benutzte. »Wie seh ich aus?«, hatte sie stets gefragt, während sie sich triumphierend zu Edie umdrehte, und Edie hatte jedes Mal geantwortet: »Du siehst wunderbar aus.« Und das stimmte.

So wie Edie ihre Mutter abends beim Schminken beobachtete, so hatte sie, in der Ecke des Badezimmers vor dem Heizkörper kauernd, ihrem Vater morgens beim Rasieren zugesehen. Er besaß ein hübsches Rasierset in einem Lederetui, und nachdem er die Seife mit Hilfe eines kleinen Rasierpinsels mit Holzgriff aufgeschäumt hatte, verteilte er den Schaum in seinem Gesicht, sodass sein Mund rosarot herausstach. Dann kratzte er den Schaum mit gleichmäßigen Bewegungen ab, und darunter kamen glatte Streifen Haut zum Vorschein. Zum Schluss spritzte er sich kaltes Wasser ins Gesicht und tupfte sich etwas Rasierwasser auf die Haut, das nach Kiefernnadeln und Bergen roch.

Sie hatte das Bild lebhaft vor Augen: Louise vor dem Frisiertisch, Vic vor dem Waschbecken und sich selbst als Zuschauerin, erfüllt von einem Gefühl der Geborgenheit.

Um halb acht war Vic immer noch nicht da. Louise schenkte sich einen Gin Tonic ein, Edie schaltete den Backofen auf die niedrigste Stufe zurück, damit die Lasagne warm blieb. Sie gab Salat, Gurken und Sellerie in die große Schüssel und bereitete in einem Marmeladenglas das Dressing zu. Oben übte Jude wieder Maschinenschreiben; die Tastatur hämmerte über ihren Köpfen.

Louise rief im Immobilienbüro an, aber das Telefon läutete, ohne dass jemand abhob. Das Büro war geschlossen.

»Mach dir keine Sorgen«, sagte Edie.

»Es ist lächerlich«, sagte Louise um halb neun. »Wirklich, er hätte anrufen und Bescheid sagen können. Wir essen ohne ihn, ja?«

»Aber …«

»Los, deck den Tisch, Jude! Edie, es sieht wunderbar aus.«

Und das war es. Der überbackene Käse warf kleine Blasen, und an den Rändern blubberte die ölige Tomatensauce. Edie servierte drei Portionen und machte den Salat an. Louise schenkte sich ein großes Glas Rotwein ein.

»Wo um alles in der Welt kann er bloß stecken?«

»Da gibt's viele Möglichkeiten«, meinte Louise. »Vielleicht hat er noch eine späte Wohnungsbesichtigung.«

»Aber dann hätte er doch angerufen.«

»Vielleicht hat er nirgends ein Telefon gefunden. Oder er ist noch mit einem Kollegen etwas trinken gegangen.«

»Aber er hat doch noch nie …«

»Iss! Es schmeckt köstlich.« Louise häufte sich eine extragroße Portion auf die Gabel und kaute kräftig.

Edie und Louise aßen ihren Teller leer, Jude aber schob die Lasagne von einer Seite ihres Tellers auf die andere. Draußen blies der Wind durch die Bäume, und die Äste wiegten und neigten sich in der grauen Dunkelheit. Es erinnerte Edie an das Meer, an Wellen, die ans Ufer schwappten.

Um halb zehn rief Louise einen von Vics Kollegen an.

»William, hier ist Louise Jennings … ja, genau … Entschuldige, wenn ich so spät noch störe, aber ich bin etwas besorgt, weil Vic noch nicht von der Arbeit zurück ist und nicht gesagt hat, dass er später kommt, und da wollte ich fragen, ob … Wie bitte? … Ja … nein … nein, ich verstehe. Ich verstehe. Auf Wiederhören.«

Sie legte den Hörer sehr langsam auf die Gabel und drehte sich zu Edie und Jude um. Ihr Gesicht war so leer, als habe jemand zu einem Tuch gegriffen und jeglichen Ausdruck daraus fortgewischt.

»Mama?« Jude trat zu ihr. »Mama, was ist?«

»Er hat gesagt …« Sie schüttelte den Kopf, um ihre Verwirrung zu überwinden.

»Was? Sag doch!«

»Er hat gesagt, sie haben Vic gekündigt. Schon vor Monaten, und er war seit über zwei Wochen nicht mehr im Büro.«

»Nein!« Jude presste die Hand vor den Mund.

»Aber das ist nicht wahr!« Edie ballte die Hände zu Fäusten und grub die Nägel ins Fleisch. Sie wusste, dass sie schrie, konnte aber nicht anders. »Das kann nicht sein. Er ist jeden Morgen zur Arbeit gefahren, wie immer. Und er hätte es doch erzählt. Er hätte es uns doch erzählt, nicht wahr? Mami?«

»Was soll ich jetzt machen?«, flüsterte Louise und griff sich an die Kehle.

In Edie stieg Panik auf – wenn Louise nicht mehr weiterwusste, dann waren sie verloren. »Die Polizei anrufen«, sagte sie, nahm den Hörer ab und streckte ihn Louise entgegen. »Wir müssen ihn suchen.«

»Ich kann doch nicht die Polizei anrufen, nur weil er seit zwei Stunden überfällig ist. Sie werden mir sagen, ich soll mich nicht so anstellen.«

»Aber wir können doch nicht einfach hier herumsitzen.«

»Wahrscheinlich stelle ich mich tatsächlich an.« Sie lächelte ihre Töchter an und gab sich sichtlich einen Ruck. »Ihr werdet sehen, er kommt gleich zur Tür herein.«

»Warum hat er uns das bloß nicht erzählt?«, fragte Edie.

»Tja, das weiß ich auch nicht, Kinder. Vielleicht ging es ihm nicht gut, oder er hatte das Gefühl, uns zu enttäuschen. Alles wird gut.«

»Könnt ihr euch vorstellen, wie das für ihn gewesen sein muss?«, sagte Jude. Sie hatte dunkelrote Flecken auf beiden Wangen. »Jeden Morgen so zu tun, als würde man zur Arbeit gehen. Könnt ihr euch das vorstellen? Verdammte Scheiße.«

»Hör auf, Jude.«

»Er muss total verzweifelt sein«, fuhr sie fort.

»Jude.«

»Und einsam. Stellt euch vor, wie einsam er sein muss. Was haben wir bloß gemacht?«

»Hör auf.«

»Was haben wir bloß gemacht?«, wiederholte Jude.

»Jetzt reicht's!« Louise funkelte sie wütend an. »Verstanden? Wir können später über all das sprechen, aber jetzt hör auf. Wir müssen Ruhe bewahren.«

»Ruhe! Ach ja, richtig, wir müssen Ruhe bewahren. Unser Vater ist verschwunden, aber wir sollen so tun, als wäre nichts passiert.«

»Er ist nicht verschwunden. Werd jetzt nicht hysterisch! Er ist nur noch nicht nach Hause gekommen, das ist alles.«

»Ha!« Jude stürzte aus dem Zimmer und rannte die Treppe hinauf. Sie knallte die Tür zu. Louise sank in einen Stuhl und stützte den Kopf auf die Hände. Edie setzte sich ihr gegenüber.

»Bist du böse auf ihn?«

»Böse?« Louise sah Edie an. »Nein, ich bin nicht böse.«

»Bist du sicher, dass alles gut werden wird?«

»Aber natürlich.«

»Ich mach uns Tee, ja?«

»Das wäre schön.«

Sie setzte den Wasserkessel auf. »Jude hat Recht«, sagte sie leise.

»Hmm?«

»Er muss sich furchtbar gefühlt haben.«

Louise hob den Kopf. »Bin ich denn so ein schrecklicher Mensch?«

»Nein!«

»Warum hat er dann nicht gewagt, es mir zu erzählen?«

»Das darfst du nicht so sehen. Alles wird wieder in Ordnung kommen, jetzt, wo wir es wissen. Nicht wahr, Mami? Jetzt, wo wir es wissen, können wir alles wieder gutmachen.«

»Das Wasser kocht.«

Edie bereitete den Tee zu und goss ihn in drei Becher. Sie holte Schokoladenplätzchen aus dem Schrank, und dann saßen sie am Tisch und tunkten Kekse in den Tee.

»Geh jetzt schlafen«, sagte Louise, als sie ausgetrunken hatten.

»Ich möchte aufbleiben, bis er kommt.«

»Nein. Warten ist das Allerschlimmste. Und du bist erkältet, ich hör es an deiner Stimme. Geh schlafen.«

»Sagst du mir Bescheid, wenn er kommt?«

»Ja. Und jetzt geh.«

Edie lag im Bett und lauschte. Ihr ganzer Körper war angespannt vom Horchen und Warten. Autos fuhren am Haus vorbei, und manchmal glaubte sie, dass sie hielten, und bekam vor Erwartung Gänsehaut. Sie stellte sich die Erleichterung vor, die ihren verkrampften Körper durchströmen würde. Aber kein Wagen hielt. Sie hörte Louise unten herumwandern. Einmal telefonierte sie, aber

Edie verstand nicht, mit wem. Dann kam sie die Treppe herauf, langsam, mit schweren Schritten. Edie drehte sich auf die andere Seite und sah auf die grünen Zeiger ihres Weckers, die im Dunkeln leuchteten. Es war fast Mitternacht, und Vic war immer noch nicht zu Hause. Der Wind fegte durch den Garten, rüttelte an den Fensterscheiben, ächzte in den Bäumen. Edie fror. Sie hatte Bauchschmerzen, spürte ein Kratzen im Hals, und ihre Nase war zu. Sie lag in der Dunkelheit ihres Zimmers und lauschte.

Sie musste eingeschlafen sein, denn als sie hochfuhr und auf die Uhr schaute, war es fast drei. Sie lauschte, aber nur der Wind war zu hören. Sie stand auf und ging auf Zehenspitzen zum Treppenabsatz. Alle Türen waren geschlossen. Einen Augenblick blieb sie vor dem Schlafzimmer ihrer Eltern stehen und spitzte die Ohren. Nichts. Vorsichtig öffnete sie die Tür einen Spaltbreit. Es war zu dunkel, als dass sie hätte erkennen können, ob ein oder zwei Personen im Bett lagen. Sie schlich ins Zimmer und tastete vorsichtig die Stelle ab, an der sich Vics Füße befinden müssten, fand aber nur die flache Decke. Sie schob die Hand weiter nach oben. Louise stöhnte im Schlaf und wälzte sich unruhig auf die andere Seite.

Vic war nicht da. Natürlich nicht. Sie hätte doch den Wagen gehört, hätte gehört, wie er den Schlüssel im Schloss umdrehte. Es hätte sie aus ihrem leichten Schlaf gerissen, wenn er die Treppe hochgestiegen wäre. Auf jeden Fall hätte Louise sie geweckt, wenn er heimgekommen wäre.

Sie legte sich wieder ins Bett. Wenn Stella nur hier wäre mit ihrer ruhigen und praktischen Art! Edie erinnerte sich, wie oft sie die Hand in Vics Hand gelegt und beobachtet hatte, wie sich seine großen braunen um ihre schlanken weißen Finger schlossen. Er hatte sie immer hochgehoben und auf seine Schultern gesetzt, und sie hatte sich an seinen kräftigen schwarzen Haaren festgehalten und sich – hoch über allen thronend – vollkommen sicher gefühlt. Sie wusste, er würde sie niemals fallen lassen.

11
Elf

»Ich geh heute nicht in die Schule.«

»O doch!«

»Aber wie kann ich in die Schule gehen, wenn …«

»Du gehst in die Schule, und damit basta. Das gilt auch für dich.« Der zweite Satz war an Jude gerichtet, die am Küchenfenster stand und in den vom Regen aufgeweichten Garten hinausschaute.

»Mir geht's nicht gut«, beharrte Edie, und es entsprach schließlich der Wahrheit. Ihre Beine taten weh, sie hatte rasende Kopfschmerzen, und ihre Augen brannten.

»In der Kanne ist frisch aufgebrühter Tee, bedient euch. Und ich habe für uns alle Porridge gemacht. Das wird uns gut tun. Komm und setz dich, Jude.«

Louise häufte zähflüssigen, dampfend heißen Porridge in drei Schälchen. Sie träufelte einen Löffel Zuckersirup in ihre Schale und sah zu, wie sich die Flüssigkeit auf dem Brei verteilte. Es war noch nicht einmal sieben Uhr, und sie war noch im Morgenmantel. Das unfrisierte Haar hatte sie hinter die Ohren gestrichen, ihr Gesicht wirkte zerknittert und verquollen. Sie sah müde aus.

»Gehst du heute zur Arbeit?«

»Nein.«

»Wie kannst du dann verlangen …?«

»Weil ich erwachsen bin, mein Gott, und ihr meine Kinder.«

»Und was wirst du tun?«

Louise legte den Löffel aus der Hand und blickte Edie an. Sie zögerte, überlegte, wie viel sie ihr sagen sollte, dann wurde ihr Gesicht weich. »Ich weiß nicht«, sagte sie. »Aber ich glaube, als Erstes sollte ich die Polizei anrufen.«

Und obwohl Edie schon am Abend diesen Vorschlag gemacht hatte, packte sie jetzt die nackte Angst.

»Was ist mit ihm?«, fragte sie. »Es geht ihm doch sicher gut, oder?«

»Ja«, sagte Louise. »Iss dein Frühstück.«

Edie streute braunen Zucker über ihren Porridge, wo er zu dunkelbraunen Schlieren schmolz. Sie führte den Löffel an den Mund und verspürte einen Würgereiz. Sie sah zu Jude hinüber, die in ihrem Porridge rührte; er hatte einen unappetitlichen Beige-Ton angenommen.

»Sollten wir Stella nicht Bescheid sagen?«, fragte Jude.

»Nein! Wozu? Damit sie gleich zu Beginn ihres ersten Semesters vor Sorge krank wird?«

»Wahrscheinlich hast du Recht.«

»Es ist nur ...«, sagte Edie, »es kommt einem alles so verkehrt vor.«

»Ich weiß, mein Kleines«, sagte Louise.

Bei diesem Kosenamen füllten sich Edies Augen mit Tränen. Jude stand unvermittelt auf und warf ihren Stuhl um. Sie sah verstört und elend aus, an Gesicht und Hals hatte sie rote Flecken. Louise hielt sie am Arm fest.

»Alles wird gut werden«, sagte sie. »Jude? Ich verspreche dir, alles wird gut.«

»Du redest Scheiße!«, schrie Jude.

»Jude!«

»Scheiße! Und an allem bist du schuld.«

»Sag so was nicht.«

»Du weißt genau, dass es stimmt.«

Den ganzen Tag fühlte sich Edie merkwürdig benommen. Sie hatte das Gefühl, dass sich alles, was sie erlebte, in weiter Ferne abspielte. Die Schulstunden vergingen, aber sie hätte nicht sagen können, was sie gelernt hatte. In ihrer zierlichen Handschrift schrieb sie fein säuberlich Formeln in ihr Heft, ihr Füller kratzte über das Papier. Mit dem frisch gespitzten Bleistift und ihrem alten Holzlineal, auf dem die Regierungsjahre der englischen Könige und Königinnen verzeichnet waren, malte sie korrekte Graphen. Im Chemielabor hantierte sie, vorschriftsmäßig im weißen Kittel und mit Schutzbrille, zwischen Bunsenbrennern und Reagenzgläsern, es roch nach Gas und Chemikalien. Sie wanderte durch die langen Korridore ins nächste Klassenzimmer, den Blick auf ihre glänzenden Schuhe gesenkt, die auf dem Holzboden klackten. Mittags ging sie mit den anderen aus der sechsten Klasse in den Aufenthaltsraum, aß nichts und trank schwarzen Kaffee. Niemandem fiel auf, dass sie nur stumm dasaß. Sie war ja sonst auch eher still, hörte lieber zu, hielt sich im Hintergrund. Selbst Rose bemerkte es nicht, und wenn, dann schob sie Edies Schweigsamkeit auf ihre Erkältung, denn sie hatte eine rote Nase und tränende Augen. Ab und zu sah sie Jude, die allein im Pausenhof stand oder auf dem Weg war zur nächsten Unterrichtsstunde – eine Nachzüglerin, die hinter den anderen Mädchen hertrottete. Aber sie wechselten kein Wort miteinander. Hin und wieder schaute sie auf ihre Uhr, beobachtete den Stundenzeiger, der immer weiter vorrückte, bis der Tag endlich vorbei war. Sie verdrängte den Gedanken, dass Louise doch gewiss eine Möglichkeit gefunden hätte, ihnen Bescheid zu geben, wenn Vic nach Hause gekommen wäre.

Als es um zehn vor vier klingelte, packte sie ihre Sachen und schlüpfte in ihren Regenmantel. Erst als sie Ricky sah, der vor der Schule auf sie wartete, erinnerte sie sich, dass sie sich mit ihm verabredet hatte. Er lehnte an einer Mauer und rauchte wie üblich, aber sobald er sie entdeckte, richtete er sich auf und winkte ihr zu. Sein Gesicht strahlte vor Freude. Edie ging auf ihn zu.

»Du siehst mitgenommen aus«, sagte er und streckte die Hand nach ihr aus. Er war durchnässt vom Regen, und sein Haar klebte am Kopf. Er wirkt irgendwie geschrumpft, dachte sie. Sie zuckte vor seiner Berührung zurück.

»Ich kann heute nicht«, sagte sie.

»Warum? Was ist los?«

»Daddy ist verschwunden.«

»Wie meinst du das: verschwunden?«

»Er ist nicht nach Hause gekommen. Und er war seit Tagen nicht mehr bei der Arbeit, obwohl er so getan hat, als ob. Sie haben ihn gefeuert, aber er hat es nicht erzählt, und jetzt ist er nicht nach Hause gekommen.«

»So ein Mist.«

»Ja.«

»Soll ich mit zu dir kommen?«

»Nein.«

»Wie kann ich dir helfen?«

»Gar nicht.« Sie wollte nur, dass er endlich ging.

»Ruf mich an.«

»Okay.«

»Wenn er wieder da ist.«

»Ja.«

»Versprochen?«

»Ja.«

»Er kommt bestimmt wieder.«

»Woher weißt du das?«

Er schaute sie an und verzog den Mund zu einem Lächeln. »Du hast Recht, ich weiß es nicht.«

»Tschüs«, sagte sie. Es kam ihr vor, als sei es lange her, dass sie Ricky geliebt hatte.

Als Edie und Jude zu Hause eintrafen, sahen sie durchs Fenster, dass zwei Personen im Wohnzimmer saßen.

»Er ist wieder da!«, sagte Edie, erkannte aber bereits im nächsten Augenblick, dass der Mann nicht Vic, sondern ein Fremder war, ein Mann mit einer dunkelgrünen Jacke und schütterem braunem Haar, der ihrem Vater kein bisschen ähnelte.

Als Louise hörte, dass ihre Töchter zur Tür hereinkamen, ging sie ihnen entgegen. Sie trug einen alten roten Pullover, der ihr Gesicht blass erscheinen ließ, und hielt eine Zigarette zwischen den Fingern, obwohl sie das Rauchen vor vielen Jahren aufgegeben hatte. Noch bevor die Mädchen die Frage stellen konnten, schüttelte sie den Kopf.

»Kommt ins Trockene«, sagte sie mit tonloser, sanfter Stimme.

»Wer ist im Wohnzimmer?«, fragte Jude.

»Jemand von der Polizei«, sagte Louise. »Ich mache uns Tee. Dann können wir reden.«

»Sag es uns gleich«, verlangte Jude.

Aber Louise drehte sich um und ging in die Küche, und sie folgten ihr noch in Regenmänteln, die Schultaschen über der Schulter.

»Sie haben Vics Auto gefunden«, sagte Louise. Sie hatte ihnen den Rücken zugekehrt und füllte Wasser in den Kessel.

»Aber …«

»Wo?«

Sie drehte sich um und schaute sie an. »An der Crossley-Brücke.«

»Das versteh ich nicht«, sagte Edie in die entstandene Stille hinein.

»Er hat den Schlüssel hinter die Sonnenblende über dem Beifahrersitz geklemmt, und seine Brieftasche lag im Handschuhfach.«

»Das versteh ich nicht«, sagte Edie noch einmal.

Jude knallte ihre Schultasche so fest auf den Küchentisch, dass die Tassen klirrten. »Was verstehst du nicht?«, schrie sie mit einer Stimme, die heiser war vor Wut und Verachtung. »Bist du wirklich so dumm und blind? Willst du, dass ich es ausspreche? Soll ich? Soll ich?«

»Es gibt noch nichts zu verstehen«, sagte Louise nun mit schleppender Stimme.

»Bitte«, sagte Edie, ohne zu wissen, worum sie eigentlich bat.

»Euer Vater war ziemlich depressiv«, sagte Louise. »In letzter Zeit war er nicht mehr er selbst.« Und dann wiederholte sie es noch einmal, sehr langsam und leise, wie in Bann geschlagen von diesem Satz: »Er war nicht mehr er selbst. Nicht mehr er selbst.«

»Die Brücke«, sagte Edie. »Das muss gar nichts heißen. Schau mich nicht so an, Jude!«

»Heute Abend kommt Ellen«, sagte Louise. »Und ich habe Graham und Rona Bescheid gesagt. Ich hielt es für meine Pflicht.« Das waren Vics Eltern, die Louise stets mit einer Mischung aus Scheu und Argwohn begegnet waren.

»Und was ist mit Stella?«, fragte Jude.

»Ich habe ihr eine Nachricht hinterlassen. Sie wird anrufen.«

»Aber Daddy…«, sagte Edie. »Daddy…« Sie hörte die eigene Stimme wie aus weiter Ferne, die zittrige Stimme eines kleinen Mädchens. Alles ist nur ein Traum, sagte sie sich. Wir leben in einem Traum, einem Albtraum. Es ist gar nicht die Wirklichkeit. Es kann nicht die Wirklichkeit sein. »Er würde uns nie verlassen«, sagte sie im hohlen Tonfall der Verzweiflung.

»Ich muss jetzt wieder zu Inspektor Shaw«, erklärte Louise. Sie erhob sich wie eine alte, von Arthritis geplagte Frau, und Edie fiel auf, dass ihre Hände stark zitterten. »Aber ich hab euch beide sehr lieb.«

Edie und Jude blieben sitzen. Es herrschte ein gespenstisches Schweigen. Sie sahen sich nicht einmal an. Schließlich stand Jude auf und kramte in Louises Tasche. Sie holte ein Päckchen Zigaretten hervor. Sechs fehlten. Sie zog eine Zigarette heraus und betrachtete sie, bevor sie ein Streichholz anriss und sie anzündete. Sie sog den Rauch ein, lief dunkelrot an und begann heftig zu husten. Doch sie hörte nicht auf, sondern paffte entschlossen weiter. Nach einer Weile machte Edie es ihr nach, sog den Rauch in die Lunge und stippte die Asche in ihre Tasse, wo sie in dem Rest Tee zischte. Edie wurde schwindelig und übel vom Rauchen; ihre Halsschmerzen wurden schlimmer, ihr Kopf dröhnte, aber das spielte keine Rolle. Es war besser als die eisige Angst, die von ihr Besitz ergriff.

Sie bemühte sich, an nichts zu denken. Sie wollte nicht daran denken, wie er sie angestarrt hatte, als sie mit entblößter Brust neben Ricky im Bett saß, und was er für ein Gesicht gemacht hatte, als sie mit all der Grausamkeit, die sie aufbieten konnte, »Vic« gerufen hatte. Sein blasses, sanftes, rundes Gesicht; seine flehenden braunen Augen; sein massiger Körper und seine spindeldürren Beine. Sie bekam kaum Luft. Sie versuchte, nicht an ihn zu denken und sich ganz auf die glimmende Zigarette zwischen ihren Fingern und auf den Schmerz beim Inhalieren zu konzentrieren. Sie versuchte, nicht daran zu denken, wie er das zerbeulte Auto geparkt, den Zündschlüssel hinter die Sonnenblende geklemmt, die Brieftasche ins Handschuhfach gelegt und allein die Brücke betreten hatte ... Sie waren gemeinsam über diese Brücke gegangen, viele Male. Sie hatte einen steil geschwungenen Bogen. In dunkler Nacht, wenn das Scheinwerferlicht der Autos auf den schwarzen Asphalt fiel, konnte man meinen, der Weg führe in den Himmel und ende dort. Der Wind peitschte über die Brücke, unter der der braune Fluss dahinbrauste. Wenn man durch das hohe, eisenbewehrte Geländer hinunterblickte, sah man den Unrat, der von der Strömung mitgerissen wurde. Manchmal trat der Fluss über die Ufer. Dann standen die Wege, die Edie und Ricky gegangen waren, und die wuchernden Sträucher, wo sie sich geküsst hatten, unter Wasser.

Denk nicht an die Brücke, an den Fluss, an die reißende Strömung! Denk nicht an Vic, an seinen verletzten Blick, seinen schwarzen Schopf!

Sie wusste, warum er an der Brücke geparkt hatte. Natürlich wusste sie das.

»Er wird bald nach Hause kommen«, sagte sie laut. »Du wirst sehen.«

Jude starrte sie an. »Er wird nie mehr nach Hause kommen«, erwiderte sie.

»Sag das nicht!«

»Er wird nie mehr nach Hause kommen. Er wird nie mehr nach Hause kommen. Er wird nie mehr nach Hause kommen.« Jude klang immer hysterischer.

»Hör auf!«

Er hatte alle Zwetschgen vom Baum gepflückt, erst gestern, und den Korb wie ein Geschenk ins Haus getragen. Der Korb stand auf der Anrichte neben dem Kühlschrank, randvoll gefüllt mit den fleischigen, überreifen Früchten. Sie schloss die Augen. Sie spürte noch den Kuss, den er ihr auf die Stirn gedrückt hatte.

»Du hast Glück«, sagte Jude mit belegter Stimme, als habe sie eine halbe Flasche Gin hinuntergekippt. Edie schlug die Augen auf. »Du hast wenigstens Ricky, der dich liebt.«

Aber Edie wollte von Ricky nichts wissen, nicht mehr. Sie würde Ricky sofort gegen Vic eintauschen. Sie würde Gott versprechen, Ricky nie mehr wiederzusehen, ihn nie wieder zu berühren, wenn mit Vic nur alles in Ordnung war. Käme Vic jetzt herein, wäre sie für den Rest ihres Lebens zufrieden. Mehr bräuchte sie nicht. Nur das. Es war ihr egal, ob sie Ärztin werden würde oder nicht, sie wollte nie wieder mit einem Mann schlafen, nie wieder tanzen gehen und warmes Bier trinken und spüren, wie die Erde sich unter ihren Füßen drehte, nie wieder mit ihren Freundinnen kichern, tief ausgeschnittene Kleider tragen und Make-up auf ihr blasses Gesicht tupfen, nie wieder Jungs küssen und abends lange wegbleiben und zulassen, dass sie sich in sie verliebten … Nie wieder. Nichts von alldem. Sie würde zu Hause bleiben, bis Daddy mit seinem lustigen Lächeln hereinkam, das nur für sie bestimmt war; sein Gesicht anschauen, wenn er glücklich war und so aussah, als werde er gleich anfangen zu weinen; die ganze Familie würde sich zum Essen an diesen Tisch setzen, wo sie und Jude jetzt saßen, vor Entsetzen erstarrt. Es würde überbackenen Blumenkohl mit Pommes frites geben, und Daddy würde schweigen, weil er ein stiller Mensch war. Nie, niemals hätte sie gedacht, dass sein Schweigen so enden würde: dass er eines Morgens jedem von ihnen einen Kuss auf die Stirn drücken und verschwinden würde, ohne zu erfahren, dass es überhaupt keine Rolle spielte, dass er seinen Arbeitsplatz verloren hatte; dass es keine Rolle spielte, wenn der Heizkessel kaputt war oder sich die Rechnungen stapelten; es spielte keine Rolle, all das spielte überhaupt keine Rolle …

»Er kommt bestimmt nach Hause«, sagte sie noch einmal. Sie schaute auf die Uhr an der Wand. Es war erst sechs. Ihr schwindelte bei der Vorstellung, noch länger warten zu müssen. »Warten ist das Schlimmste.«

Immer noch war es dunkel. Immer noch ruhig. Äste schlugen gegen ihr Fenster. Edie blickte zum Himmel, der nun klar und mit Sternen übersät war. Blätter erhoben sich in die Luft wie Fledermäuse. Es wird kalt sein draußen, dachte sie. Kalt und dunkel und sehr windig. Er war irgendwo da draußen, bei diesem trostlosen Wetter. Sie drückte ihr Kopfkissen an sich und umklammerte es. Auf einmal hatte sie das Gefühl, auf einem hohen Felsen zu liegen, ringsum ein gefährlicher Abgrund. Eine falsche Bewegung, und sie würde in die Tiefe stürzen. »Ich will gut sein, ich will von nun an immer gut sein«, flüsterte sie. »Wenn ihm nur nichts passiert ist. Mach, dass es ihm gut geht! Mach, dass es ihm gut geht!« Dann fügte sie hinzu: »Daddy, komm heim. Bitte, komm heim!«

12 Zwölf

Der Leichnam war von der Strömung mehrere Meilen flussabwärts getrieben worden. Eine junge Mutter, die mit dem Kinderwagen den Uferweg entlangging, hatte ihn entdeckt: ein graues Etwas im Schilf, eine Hand.

Die Polizei kam, um die Nachricht zu überbringen. Louise öffnete die Tür. Vor ihr standen zwei Beamte, die eine kummervolle Miene aufgesetzt hatten. Sie wich vor ihnen zurück, die Faust auf das Herz gepresst. Sie floh in die Küche, wo Ellen mit einem weichen Tuch Fenster putzte. Das Radio lief, und der Wasserkessel zischte. Die beiden Polizisten in schweren schwarzen Schuhen folgten ihr zögernd über den frisch gewischten Fußboden. Der Wind stieß die Haustür mit einem lauten Knall zu.

»Nein«, sagte Louise. Die eigene Stimme erschien ihr fremd. »Nein.«

Aber Ellen trat zu ihr und schlang die Arme um sie, als sei Louise wieder ein kleines Mädchen und als werde alles gut, wenn sie sie nur fest genug drückte.

Louise identifizierte den Toten durch eine Glasscheibe. Sie warf einen Blick auf den grauen Anzug, den er seit mehr als einem Jahr jeden Werktag getragen hatte. Ein Knopf fehlte, und der linke Ärmel hatte einen Riss. Sie sah die gestreifte Krawatte, die sie ihm vor drei Jahren zu Weihnachten geschenkt hatte. An seinem Handgelenk die Uhr mit dem abgetragenen Armband, deren Zeiger um neunzehn Minuten vor zehn stehen geblieben waren. Das weiße Hemd. Die alten Schuhe mit den gerundeten Kappen. Sein aufgedunsenes Gesicht, seine starren Augen und seinen aufgerissenen Mund wollte sie nicht sehen. Sie durfte das alles nicht sehen, denn sonst würde sie später, wenn sie an ihn dachte, immer nur den Ertrunkenen vor sich sehen, und nichts bliebe außer dem toten Blick aus den trüben braunen Augen.

Wie war es so weit gekommen? Einst war sie eine junge Frau gewesen, die lachend am Arm ihres verliebten Mannes hing, während man sie mit Konfetti bewarf und ihnen applaudierte und die Sonne hoch in den Himmel stieg, Blumen erblühten und Glück ein Wort war, das ihnen leicht von den Lippen ging. Und nun starrte sie auf den Leichnam ihres Mannes. Er hatte gewartet, bis er sicher war, dass ihn niemand beobachtete, hatte die Brücke betreten, war über das eisenbewehrte Geländer gestiegen und hinuntergesprungen. Und sie war schuld daran. Ganz allmählich hatte sie alles preisgegeben, was sie als Paar zusammengeschweißt hatte, bis er in seinem Leben jeden Halt verloren hatte. Es war ihre Schuld. Dieses Wissen lastete schwer wie ein Stein auf ihr, wie ein großer, schwerer Fels.

Sie nickte. »Ja«, sagte sie und wandte sich ab. »Das ist mein Mann. Vic.«

Später konnte sich Edie kaum noch an die Trauerfeier erinnern. Alle Einzelheiten waren wie ausgelöscht. Stattdessen sah sie sich selbst von außen, als Teil eines gestellten Familienfotos. Da saß sie in ihren dunklen, schlecht sitzenden Kleidern neben Stella und starrte auf den billigen, polierten Sarg. Sie erinnerte sich nicht, dass sie etwas empfunden hatte, allenfalls den Druck von Stellas Hand und die Tränen, die ihr über die Wangen liefen und auf den Lippen salzig schmeckten. Auch an die Gespräche, die sie geführt haben mussten, erinnerte sie sich nicht mehr. Sie hatte dagesessen, umgeben von einer unwirklichen Welt.

Am nächsten Tag verstreuten sie Vics Asche unter dem Zwetschgenbaum.

Louise bot das Haus zum Verkauf an. Sie hatte beschlossen, in ihre Heimatstadt zurückzukehren, wo Ellen immer noch wohnte. Sie lag nur vierzig, wenn es gut ging, dreißig Autominuten entfernt, sodass sie zu Freunden Kontakt halten konnten. Louise hatte das Bedürfnis, ganz von vorn anzufangen, je früher, desto besser. Sie konnten so lange bei Ellen wohnen, bis sie ein Haus gefunden hatten, das sie sich leisten konnten, und Louise wollte sich Arbeit suchen. Edie und Jude wären gezwungen, die Schule zu wechseln.

Es schien keine große Rolle zu spielen, dass der Immobilienmakler, der das Haus verkaufen sollte, derselbe war, bei dem Vic sieben Jahre lang gearbeitet hatte und der ihn vor ein paar Wochen an die Luft gesetzt hatte. Zwei Männer kamen, um das Haus zu begutachten. Sie trugen einen Fotoapparat bei sich, ein Maßband und einen Notizblock, und auf ihren Gesichtern zeigten sich abwechselnd Ernst, Verlegenheit, Eifer und Neugier. Sie versicherten, dass es ihnen Leid tue um den guten alten Vic, den alle gemocht hätten und der keiner Fliege etwas zuleide habe tun können – ein netter Kerl, was für ein schrecklicher Verlust … Louise schenkte ihnen mit versteinerter Miene Tee ein und bot ihnen Kekse an. Sie inspizierten alle Räume, sahen hinter die Toilettentür, öffneten die Schränke, in denen Vics Hemden noch immer zwischen Louises Kleidern hingen und ihre Schuhe neben seinen standen. Einer der Männer tippte mit dem Stift an seine Zähne und besah sich den immer größer werdenden Riss im Flur, die feuchten Stellen an den Wänden, die tropfenden Wasserhähne, die undichten Fenster, die ausgebleichten Tapeten und die abgewetzten Teppiche; er machte sich rasch ein paar Notizen und murmelte etwas vor sich hin. Der andere vermaß die Zimmer und schritt den Garten ab. Sie vermittelten den Eindruck, dass alles eng, schäbig und von geringem Wert sei.

Die Summe, die sie nannten, ließ Louise zusammenfahren, aber dann zuckte sie die Schultern und willigte ein.

Stella ging zurück an die Universität. Ellen blieb und half Louise beim Ausräumen. Edie und Jude packten ihre Sachen. Das meiste sollte irgendwo zwischengelagert werden. Die Möbelpacker brachten Dutzende von Umzugskartons, flach gefaltet, die Ellen und Jude im Flur aufstellten und an der Unterseite mit Klebeband stabilisierten. Louise bat eindringlich, alles wegzuwerfen, was sie nicht unbedingt brauchten. Seid gnadenlos, sagte sie. Sie hatte einen Müllcontainer bestellt und füllte ihn bereits mit dem Inhalt der Küchenschränke. Verrostete Pfannen, verbogene Schneebesen, abgeschlagene Schüsseln, Gefrierdosen ohne Deckel, eine undichte Teekanne, eine Nudelmaschine, die nie besonders gut funktioniert hatte, Marmeladengläser, ein ganzer Satz Essteller mit verwaschenem Dekor und haarfeinen Rissen, Kuchenmesser, Puddingförmchen, die seit Judes Kindheit nicht mehr benutzt worden waren – alles wanderte in den Müll. So ging es stundenlang. Louise hatte alte Jeans angezogen, eine rote Krawatte von Vic diente als Gürtel. Die Ärmel hatte sie bis über die Ellbogen hochgekrempelt und ihr Haar mit einem alten geblümten Kopftuch nach hinten gebunden. Sie sah erschöpft und verärgert aus.

Auch die meisten Lebensmittel in den Vorratsschränken warf sie fort. Alle Artikel mit abgelaufenem Verfallsdatum wurden in große Säcke verstaut und vor die Hintertür gestellt: Mehl, Marmelade, Joghurt, Dosen mit weißen Bohnen in Tomatensoße, Mais und Eiertomaten, Tee, Nudeln, Reis, scharfe Mixed Pickles – Vic hatte sie so gern zu den Currygerichten gegessen, die es zu besonderen Anlässen gegeben hatte. Louise warf auch alle Gewürzpackungen in den Abfall: Kurkuma, Koriander, Cayennepfeffer, Kreuzkümmel, Chilipulver. Lebensmittelfarbe flog raus, sie würden das alles doch nicht mit zu Ellen schleppen, auch nicht die angebrochenen Packungen mit Frühstücksflocken, Hülsenfrüchten, Brühwürfeln, uralte Flaschen mit Himbeeressig und Sesamöl.

Louise zündete im Garten ein Feuer an und warf stapelweise unbrauchbares Zeug hinein: alte Zeitungen und Zeitschriften, auseinander fallende Kochbücher, die Zettel von der Korkpinnwand, halb volle Notizhefte, Terminkalender vom vergangenen Jahr, Postkarten, unbeantwortete Briefe, Kataloge, Kontoauszüge. Auch die

Rechnungen warf sie weg, die normalen und die Mahnungen. Sie kräuselten sich in den heißen Flammen und schrumpften zu dunklen Ascheflöckchen, die über die Gartenmauer schwebten. Louise stand in ihren schwarzen Gummistiefeln neben dem Feuer und warf Hände voll nassen Laubs hinein, damit es nicht zu stark loderte. Beißender Rauch verbreitete sich im Garten. Von ihrem Fenster aus beobachtete Edie, wie Louise die Flammen erbarmungslos mit Vics alten Gartenbüchern über Rosenzucht und Wildpflanzen fütterte. Am liebsten wäre sie hinausgerannt und hätte sie gerettet; sie hätte sie aufbewahrt und eines Tages benutzt, um selbst einen Garten anzulegen. Aber als ihr das einfiel, war es bereits zu spät. Die bunt bebilderten Seiten wölbten sich, wurden schwarz und loderten dann lichterloh.

Edie drehte sich um und begutachtete ihr Zimmer. Sie hatte einen dicken Koffer und eine Sporttasche mit den Sachen gepackt, die sie bei Ellen brauchen würde: zwei Pullover, drei Hosen, mehrere T-Shirts, Sportschuhe, einen Regenmantel, ihre Jeansjacke und ihren Mantel, alte Stiefel, Schlafanzüge, Shampoo und Deo – zweckmäßige Kleidung für den Herbst und den bevorstehenden Winter. Viel brauchte sie nicht. Die Tops mit den schmalen Trägern, die enge Hose, das rotbraune Kleid, das sie für ihre Party gekauft hatte, und das schwarze Kleid, das sie an Weihnachten hatte anziehen wollen, ihre Armreife, Halsketten und Ohrringe, ihr Samthalsband und ihre Schuhe mit den hohen Absätzen – all das verstaute sie in einer Kiste zur Lagerung. Sie konnte sich nicht vorstellen, all das jemals wieder zu tragen.

Sie ging langsam und systematisch vor. Sie suchte vier Romane heraus, die sie schon einmal gelesen hatte, und ihre Physik- und Chemiebücher, die sie mit zu Ellen nehmen wollte; die restlichen Bücher packte sie in Kisten. Ihre Glastiere wickelte sie in Seidenpapier und legte sie ganz oben in eine Kiste zwischen mehrere Lagen Zeitungen. Sie nahm das Bild von der Wand und verstaute es zwischen Handtüchern und ihrem Schlafsack.

Bei anderen Dingen fiel ihr die Entscheidung schwerer. In der großen Schrankschublade hatte sie Erinnerungsstücke aufbewahrt: die alten Schulzeugnisse, dünne Hefte, in die sie mit sieben Jahren Geschichten geschrieben hatte; Schwimmurkunden und Auszeichnungen; selbst gemalte Bilder. Sie hockte sich auf die Fersen und studierte das Zeugnis, das sie mit zwölf bekommen hatte, als sie in der ersten Klasse der höheren Schule war. »Sie bemüht sich sehr«, las sie, »und ist fleißig.« Fleißig, ordentlich und folgsam: So lautete die Beurteilung.

Ich sollte das ganze Zeug wegwerfen, dachte sie. Das Poster aus der Grundschule, auf dem sie gemalt hatte, was sie einmal werden wollte: eine Balletttänzerin in einem rosaroten, gebauschten Röckchen, deren spitze Knie sich zu berühren schienen. Oder die Zeitschrift, die sie in einem Jahr mit Stella und Jude gemacht hatte. Sie trug den Titel *Die Jennings-Zeitung*. Stella hatte die Geschichte eines weißen Pferdes erzählt, sie selbst hatte ein Rezept für Mandel-Kirsch-Pfannkuchen beigesteuert.

Wieder warf sie einen Blick aus dem Fenster und sah, dass Louise immer noch Sachen zum Feuer trug. Jemand war bei ihr: Roses Vater Simon, der hilflos daneben stand; seine Schuhe versanken im Matsch, während er beobachtete, wie Louise Bücher – und nun auch Kleidungsstücke – den hohen, tanzenden Flammen übergab. Er trat einen Schritt näher und legte ihr die Hand auf den Arm, um sie zurückzuhalten, aber Louise kehrte ihm brüsk den Rücken zu.

Nein, dachte Edie, ich würde nicht alles wegwerfen. Ich würde die Sachen aufbewahren und vielleicht eines Tages wieder zur Hand nehmen, um mich zu erinnern.

Zuletzt kam sie zu den Briefen, die Ricky ihr in den vergangenen Wochen geschrieben hatte. Es waren mehrere pro Woche, auch wenn er wusste, dass er Edie am nächsten Tag treffen würde; es waren Postkarten darunter, andere waren auf weißes Papier geschrieben. Sie hatte alle in ein Holzkästchen gelegt, obendrauf ein Lavendelsäckchen und das gelbe Blatt, das sie aus seinem Haar geklaubt hatte. Obwohl sie sämtliche Briefe auswendig kannte, nahm sie sie heraus und las sie noch einmal. Sie waren chronologisch geordnet, zuoberst lag der, in dem er ihr seine Adresse mitgeteilt hatte. Sie musste beinahe lächeln, als sie sich erinnerte, wie sie über diesem Brief gebrütet und nach einer besonderen Bedeutung des Wortes »Liebe« in »Liebe Grüße« gesucht hatte. Das alles schien unendlich lange her zu sein. Manche Briefe enthielten nur eine einzige Zeile: *»Ich will dich, und ich brauche dich«*, oder: *»Du bist erst zehn Minuten fort, und schon fehlst du mir.«*

Der letzte Brief war am Morgen gekommen. Er war sehr kurz.

Der Gedanke, dass es dir schlecht geht, ist unerträglich. Wenn ich dir doch nur helfen könnte! Bitte, weise mich nicht zurück. Wir sind füreinander bestimmt. Das weißt du. Bitte, triff dich mit mir! Ich war so glücklich. Ohne dich bin ich so einsam. Bitte

Das letzte »Bitte« war unterstrichen, die Unterschrift fehlte.

Edie legte auch diesen Brief in das Kästchen und klappte den Deckel zu. Sie schloss die Augen, aber sie sah im Geist nicht Rickys Gesicht, sondern das ihres Vaters, der ihr aus trübem Wasser entgegenstarrte.

Edie und Jude gingen wieder in die Schule. Es waren noch sechs Tage bis zum Umzug, vier Schultage. Louise hatte für Edie ein Gymnasium gefunden, dessen Abschlussklasse sie besuchen würde, und für Jude eine Schule, auf der sie die mittlere Reife erlangen konnte. Die Mädchen sollten mit Ellen fahren. Louise wollte noch zwei, drei Tage länger bleiben, um den Rest zu erledigen, dann würde sie nachkommen. Sie würde die Haustür abschließen, dem Immobilienmakler die Schlüssel übergeben und die Verhandlungen ihrem Anwalt überlassen.

Edie vergewisserte sich, dass sie genügend Unterhosen und Socken und eine zusätzliche Schulbluse bereitgelegt hatte. Stella rief jeden Abend um sieben Uhr an. Sie aßen Sandwiches und Fish and Chips von dem Imbisswagen, der mittwochs und freitags am anderen Ende der Straße hielt. Louise trank mittags Wein und abends Whisky. Die klaren Tage waren vorbei, alles wirkte nun herbstlich gedämpft. Nasses Laub, grauer Regen, kahle Bäume, Nebelschwaden, die morgens aus dem Gras aufstiegen – es war, als gehe etwas zu Ende.

Sie sprachen nicht viel miteinander, jedenfalls nicht über Dinge von Belang. Was sie zu sagen gehabt hätten, war zu gewichtig – eine Klippe, die schwer zu erklimmen war; keiner von ihnen hatte die Kraft, diese Mühe auf sich zu nehmen. Noch nicht.

In der Schule hatte Edie das Gefühl, gar nicht mehr da zu sein; sie fühlte sich wie eine Fremde, die nach langer Abwesenheit zurückgekehrt war, um sich offiziell zu verabschieden. Sie besuchte den Unterricht, erledigte gewissenhaft ihre Hausaufgaben, hielt sich in den Pausen im Gemeinschaftsraum auf und hörte zu, wie die anderen redeten. Sie legte die Prüfungen ab, aber im Geist nahm sie bereits Abschied. Sie sah den Lehrern ins Gesicht und dachte: Das ist das letzte Mal, dass ich in diesem Klassenzimmer sitze; ich hebe die Hand zum letzten Mal, um seine Frage zu beantworten. Sie prägte sich das hässliche Buntglasfenster im Schulflur ein und den Geruch nach Leinöl vor der Tür der Hausmeisterei. Sie beteiligte sich an Gesprächen ihrer Freundinnen, wusste aber, dass deren Zukunft nicht mehr die ihre war. Ihr Weg, der so stetig und schnurgerade zu verlaufen schien, hatte sich mit einem scharfen Knick von dem ihrer Freundinnen entfernt. Alle waren ungeheuer nett, und auch daran merkte Edie, dass sie eine Fremde geworden war. Sie war das Mädchen, dessen Vater Selbstmord begangen hatte; sie las es in den Augen ihrer Mitschüler und hörte es aus ihren Stimmen heraus; sie spürte es an dem Mitgefühl, das sie ihr entgegenbrachten. Niemand stritt mit ihr, niemand widersprach ihr. Niemand erzählte ihr mehr von seinen Problemen. Keine jammerte über Schwierigkeiten mit dem Freund, Meinungsverschiedenheiten mit der Mutter, über eine ungerechte Behandlung durch diesen oder jenen Lehrer, die Boshaftigkeit dieser oder jener Freundin. Wie konnten sie auch, da Edies Problem doch so viel schwerer wog und nicht zu beheben war?

Selbst Rose, die fast jeden Tag vorbeikam oder zumindest anrief, entfernte sich allmählich von Edie. Sie hielt Ausschau nach einer neuen Vertrauten, die Edie ersetzen würde, sobald sie fort war, um ihr neues Leben zu beginnen; eine Freundin, die ihr die Zöpfe flocht, der sie ihre Geheimnisse anvertrauen konnte, die ihr sagte, welche Farben ihr standen, die mit ihr die Schulkorridore und die Straßen entlangspazierte, mit der sie über Nichtigkeiten kichern konnte und die vor der Schule auf sie wartete. Sie würden Freundinnen bleiben, aber sie würden es nicht mehr erfahren, wenn sich die andere einen neuen Füllfederhalter gekauft oder abends die Hitparade im Fernsehen angeschaut hatte.

Dreizehn 13

Ein Mann ging langsam über eine Brücke, die sich wie eine unvollendete Straße in den Himmel wand und steil, gespenstisch und unheimlich ins Nirgendwo führte. Das tiefe, trübe Wasser unter ihm trug abgerissene Zweige mit sich wie Arme, die sich Hilfe suchend ausstreckten; durchweichte Gegenstände trieben eine Weile an der Oberfläche, bevor sie in die Tiefe gezogen wurden, auf dem unsichtbaren Grund dahindrifteten und sich auflösten. Irgendwann schlief Edie ein und träumte von ihm. Wie er die Brücke entlangging. Wie er sprang, flog, fiel. Als sie aufwachte, waren die Bilder noch da. Sie sah ihn kerzengerade in der Luft, die Arme v-förmig ausgestreckt, die Beine zusammengelegt, die Zehen gestreckt beim Sprung in den Tod. Das Eintauchen in das Wasser, das nur ein Kräuseln hervorrief. Dann wieder sah sie ihn vor sich, wie er mit den Armen in der Luft ruderte, wie seine Hände vergeblich Halt suchten, wie der Körper vornüberkippte, sich drehte, durch die Luft wirbelte.

Aber manchmal träumte sie, er sei noch am Leben und komme mit seinem alten, zärtlichen Lächeln auf sie zu, und sie schaute auf und sagte: »Hallo, Daddy«, als sei er nie fort gewesen; sie hakte sich bei ihm unter, und er fragte sie, wie es ihr gehe, und sie antwortete: »Gut.«

Am Samstag war Edie mit Ricky verabredet. Es war ein wunderschöner, kalter Tag, der Himmel nach all dem Wind und Regen strahlend blau. Ein Bilderbuchwetter. Er wartete am Ende der

Straße, und sie archivierte das Bild von ihm, wie er reglos unter dem Kastanienbaum stand und sich zum Schutz vor der niedrig stehenden Sonne die Hand vor die Augen hielt. In den Bäumen über ihm saßen Krähen in ihren Nestern aus dünnen Zweigen und verbreiteten ihr heiseres Krächzen in der klaren Luft. Er trug sein Jeanshemd und seine alten Jeans, und als sie näher kam, bemerkte sie, dass er sich die Haare gewaschen und sich rasiert hatte. Liebe und Mitleid überwältigten sie. Es wäre so leicht gewesen, seine Hände zu nehmen, seine Finger mit den abgekauten Nägeln zu küssen und sich von dem vertrauten Geruch nach Schweiß und Tabak einhüllen und trösten zu lassen. Das war alles, was ihr noch an Wünschen geblieben war – diese Sehnsucht, von seinen Armen gehalten zu werden, seinen Blick zu spüren, die Art, in der er sie trotz allem noch anschaute. Er schaute sie an, als blicke er durch sie hindurch auf einen Menschen, den noch nie zuvor jemand gesehen hatte oder niemand jemals wiedersehen würde.

Wenn er sie nur umarmt hätte oder wenn er einen Zusammenbruch gehabt und sie angefleht hätte – aber das geschah nicht. Er stand nur abwartend da und schaute sie mit seinen braunen Augen an, die sie plötzlich, wie sie mit Entsetzen bemerkte, an die von Vic erinnerten.

»Du siehst blass aus«, sagte er.

»Ach …« Sie hob eine Hand und berührte ihre Wange.

»Geht es dir gut?«

»Es geht schon. Danke.«

»Du hast mir so gefehlt. Du kannst dir gar nicht vorstellen, wie sehr, Edie. Jede Minute eines jeden Tages.«

»Ricky«, sagte sie. »Hör zu. Ich kann nicht …«

»Wie ein Loch in meinem Herzen.«

»Ich kann nicht mehr.«

Er sah weg, sah den Hügel hinunter zur Stadt. Ein banges Schweigen stand zwischen ihnen.

»Es tut mir so Leid«, sagte sie schließlich. »Irgendwie ist plötzlich alles verkehrt.«

»Ich auch.«

»Nicht du. Wir.«

»Ist es wegen damals, als er …?«

»Nein!«, unterbrach sie ihn hastig. Sie wollte nicht daran denken.

»Du kannst nicht aufhören zu leben, nur weil dein Vater tot ist.« Seine Stimme klang hart, was sie an ihm gar nicht kannte.

»Ich weiß.«

»Du hättest mehr Vertrauen haben sollen.«

»Was meinst du damit?«

»Vertrauen in unsere Beziehung. Ich habe an uns geglaubt.«

Sie starrten einander an. Nun, da die Versuchung keine Macht mehr über sie hatte, streckte sie die Hand aus und legte sie auf seinen Arm.

»Es hat keinen Sinn«, sagte sie. »Jetzt ist alles anders, begreifst du das nicht?«

»Soll es das gewesen sein? Einfach so?«

»Ich fahre am Montag.«

»Aber ich liebe dich doch.« Er spielte seine letzte Karte aus.

»Ich liebe dich auch«, sagte sie. »Trotzdem kann ich nicht.«

Er steckte die Hände in die Tasche. Seine Züge versteinerten.

»Ach«, sagte er.

»Ich gehe jetzt«, sagte Edie. »Ich hoffe …« Was hoffte sie eigentlich? »Ich hoffe, dass sich für dich alles gut entwickelt.«

»Du hoffst, dass mein Leben gut läuft, meinst du das?«

»Ich glaube schon. Es klingt blöd.«

»Äußerst blöd.«

»Ricky …«

»Dann mach's gut«, sagte er.

»Mach's gut.«

Sie drehte sich um und ging die Straße entlang zum Haus zurück. An der Ecke blieb sie stehen. Wenn er noch da war und ihr nachsah, würde sie zu ihm zurückkehren, denn ihre Brust schmerzte, ihre Augen brannten, und sie konnte es nicht länger ertragen.

Sie holte tief Luft, um die Fassung wiederzugewinnen, und drehte sich um, aber die Straße war leer.

Am Montag fuhren Edie und Jude ab. Nachdem sie ihre letzten Habseligkeiten gepackt hatten, frühstückten sie in der leeren Küche, deren Wände jedes Geräusch zurückwarfen. Sogar die Rollos waren verschwunden, und eine nackte Glühbirne baumelte von der Decke. Dann hievten sie ihr Gepäck in den Kofferraum von Ellens Wagen, und Louise kam heraus, um sich zu verabschieden. Jude saß weinend auf dem Beifahrersitz. Ihre Augen waren rot, ihr Gesicht war ungewohnt schmal, ihre Kleidung viel zu weit. Edie sagte, sie müsse nachsehen, ob sie nichts vergessen habe, aber in Wirklichkeit wollte sie nur noch einen letzten Rundgang machen, allein.

Sie wanderte durch das Haus, ihre Schritte hallten auf den Dielen. Alle Zimmer waren kahl – in den Ecken wirbelte Staub auf –, doch die Leere füllte sich mit Erinnerungen. Langsam stieg Edie die Treppe hinauf, um ein letztes Mal in ihrem Zimmer zu stehen und aus dem Fenster zu schauen, hinaus auf die Kletterrosen und die kaputte Schaukel. Im Dachgebälk saßen noch ein paar Schwalben, aber auch sie würden bald aufbrechen müssen. Der Zwetschgenbaum neigte sich im Wind ihr zu. Für einen Moment sah sie Vic unter dem Baum stehen, das blasse, ernste Gesicht ihr zugewandt; sein schüchternes Lächeln. Dann blinzelte sie, und er war fort. Natürlich war er fort. Er würde nie mehr wiederkommen.

Sie schloss die Tür und ging die Treppe hinunter, hinaus zum Auto, wo die anderen auf sie warteten. Louise schmiegte ihre kalte Wange an Edies und murmelte ihr etwas ins Ohr. Edie stieg ein.

»Okay«, sagte sie. »Fahren wir!«

2 ZWEITER TEIL

14 *Vierzehn*

Edie wachte nachts auf. Sie blieb ruhig liegen und hoffte, bald wieder einzuschlafen. Es geschah immer um die gleiche Zeit, in den geisterhaften Stunden vor Anbruch der Dämmerung. Über dem schmutzigen Orangerot, das die Straßenlaternen verbreiteten, war der Himmel dunkel. Weder der Gesang der Vögel noch der Briefträger störte die Stille, nur hin und wieder ein fernes Auto, das Geräusch irgendeiner Tür, die zugeschlagen wurde, das einsame Miauen einer Katze – Geräusche, die die Stille noch bedrückender machten.

Sie drehte den Kopf und sah, dass die grünen Leuchtziffern des Weckers gerade auf 3.05 Uhr sprangen. Alex neben ihr rührte sich und murmelte etwas in seligem Schlummer. Sie berührten sich nicht, doch Edie konnte die Wärme seines kräftigen Körpers spüren. Sie streckte die Hand aus und legte sie flach auf seinen Rücken, der ein wenig feucht und warm war wie ein frisch gebackenes Brot. Sein Atem ging gleichmäßig, sein Mund war leicht geöffnet, und ab und zu stieß er ein leises Geräusch aus, das wie eine Frage klang. Edie stützte sich auf einen Ellbogen, wobei die Bettdecke heruntergIitt, und betrachtete ihn in dem fahlen orangeroten Schimmer, der durch die Vorhänge fiel. Er wurde allmählich füllig um die Taille, seine Brust war breit und unbehaart. Seine Gesichtszüge waren im Schlaf erschlafft, und sein braunes Haar begann grau zu werden. Er sah sehr ernst aus, wenn er schlief.

Edie zog die Bettdecke behutsam über ihn und legte sich wieder hin. Sie schloss die Augen. Das ganze Haus schien von Träumen erfüllt und wogte im Rhythmus des Schlafes. Nicht nur Alex neben ihr, auch die Kinder, jedes in seinem Zimmer. Sie rief sich deren Bild vor Augen: Jessica, das Gesicht auf die wie zum Gebet gefalteten Hände gebettet; schon bald würde sie vielleicht zu ihr ins Bett klettern und das Gesicht an ihren Nacken schmiegen; sie würde nach Gras und sauberem Schweiß riechen, und ihre Zehen wären kalt. Lewis, der sich im Schlaf so zusammenrollte, dass nur sein Stoppelhaar unter der Decke hervorlugte; die dünne weiße Stelle am Kopf stammte von einem Sturz vom Fahrrad im vergangenen Jahr. Und Kit, auf dem Rücken liegend, die Arme über den Kopf gestreckt, als wäre er soeben aus großer Höhe gefallen und so aufgekommen – in dieser Haltung hatte er schon als Baby geschlafen. Aber an Kit wollte sie mitten in der Nacht nicht denken, denn der Gedanke an ihren mittleren Sohn, der Vics verdutzten Blick hatte, würde sie so beunruhigen, dass sie ganz gewiss kein Auge mehr zutat.

Sie versuchte regelmäßig zu atmen und zwang sich, an nichts zu denken, ihren Kopf ganz leer zu machen. An der Universität hatte sie einen Freund gehabt, der mit einem glückseligen Lächeln im Lotossitz zu meditieren pflegte. Er hatte ihr gesagt, sie müsse eine bestimmte Silbe, ein Mantra, unablässig wiederholen, bis dieses bedeutungslose Wort in ihrem Kopf alles andere in sich aufsauge. Dann werde die Welt mit all ihren Sorgen und Nöten in den Hintergrund treten. Großzügig hatte er ihr sein geheimes Mantra verraten, aber bei ihr hatte es nie funktioniert, und inzwischen hatte sie es sogar vergessen. Sie vergaß so vieles. Zahlen und Fakten, Geburtstage, die Hauptstädte Europas, die Schallgeschwindigkeit, den Umfang der Erde, wie man Celsius in Fahrenheit umrechnete, die Tabelle des Periodensystems, die sie früher einmal auswendig gewusst hatte, ihr Autokennzeichen, ihre alten Telefonnummern, wie man den Videorecorder bediente, obwohl Alex es ihr oft genug erklärt hatte …

So vieles andere dagegen ging ihr nicht aus dem Kopf. Sie trug so vieles mit sich herum und konnte sich nicht davon befreien. Ihr Kopf war wie eine Rumpelkammer voller Schätze und Krempel. Heute hat Kit Turnen und Jessica Schwimmen. Am Abend kommen Leah und Gabriel, Alex' Kinder aus erster Ehe, wie immer Mitte der Woche; ich darf nicht vergessen, den Fisch aus dem Gefrierschrank zu nehmen, bevor ich zur Arbeit gehe, und die Betten für die Teenager herzurichten. Ich habe den Zahnarzt nicht angerufen, um einen Termin wegen Lewis' Zahnspange zu vereinbaren. Kit muss die neuen Wörter noch mal durchlesen, denn er schreibt heute ein Diktat. Und ich darf nicht vergessen, der Sprechstundenhilfe im Namen aller Ärzte der Gemeinschaftspraxis ein Geburtstagsgeschenk zu besorgen. Ist genug Brot für die Lunchpakete da, oder soll ich besser Nudelsalat machen? Ich muss Lewis daran erinnern, das Periskop, das wir gemeinsam gebastelt haben, für sein Referat im Naturkundeunterricht mitzunehmen. Hab ich Alex schon gesagt, dass ich am Donnerstag eine Fortbildung habe und deshalb früher als sonst aus dem Haus muss? Ob ich heute die Zeit finde, ein paar Bahnen zu schwimmen? Das Auto muss dringend in die Werkstatt. Das Futter für das Meerschweinchen ist fast alle. Alex' Jacke muss in die Reinigung. Kit braucht bald neue Schuhe. Ich muss mir die höhere Schule ansehen, die Lewis ab September besucht. Die Termine für die nächsten Wochen müssen mit der Tagesmutter abgesprochen werden, Hähnchenkeulen und Eiscreme für Freitag eingekauft werden, wenn Jessies Freundin hier übernachtet. Ich muss den Patienten mit dem Kehlkopfkrebs an einen Facharzt überweisen und für Donnerstag einen Babysitter organisieren. Die Elternabende stehen bevor, verschiedene Termine für jedes der drei Kinder, wo man eine halbe Stunde warten muss, um ganze fünf Minuten mit dem Lehrer zu sprechen. Ob ich von der Arbeit wegkomme, um mir die Aufführung anzusehen, in der Jess »Three Blind Mice« auf der Blockflöte spielt? Hinten im Garten ist der Zaun kaputt. Lewis' Fahrrad muss geflickt werden. Für den Wohltätigkeitsbasar der Schule muss ich Sachen zusammensuchen. Ich muss Louise anrufen und sie einladen und den Vertretungsplan für die Sommermonate aufstellen. Morgen Dienst bei der Schwangerschaftsberatungsstelle. Die Schwierigkeiten mit unserem Praktikanten, darüber muss ich mit Kevin sprechen. Bücher aus der Bücherei zurückgeben, Rechnungen bezahlen. Ellen im Altersheim besuchen, aber wann? Wann bleibt mir dazu noch Zeit? Alles Mögliche ging ihr durch den Kopf. Rezepte. Einkaufslisten. Unbeantwortete Briefe. Nicht zusammenpassende Socken.

Dazwischen drängten sich andere Sorgen, die sie eher erahnen als benennen konnte. Diffuse, tiefe Ängste, die auftauchten, wenn sie das scharfe Bewusstsein der Schlaflosigkeit verlor und allmählich wieder in den Schlaf hinüberglitt. Die Haltung, in der Kit jeden Tag allein aus dem Schulgebäude kam, schlurfend, mit gesenktem Blick, den Kopf zwischen den schmächtigen Schultern eingezogen – auch wenn Alex sie beschwor, doch endlich aufzuhören, sich um Kit Sorgen zu machen, und ihm zuzugestehen, der sonderbare, verträumte kleine Junge zu sein, der er nun einmal war. Der Gedanke, dass das Leben viel zu schnell verging, dass sich Türen schlossen. Welche Geheimnisse verbargen sie? Jahrzehnte flogen dahin wie früher die Jahre, und die Vergangenheit schien so nah und doch in so weite Ferne gerückt. Wenn sie auf ihr Leben zurückblickte, sah sie sich selbst als eine winzig kleine Gestalt am Ende eines langen Tunnels. Ihr war unbegreiflich, welchen Weg sie zurückgelegt hatte, wie aus dem Mädchen, das sie einst gewesen, die Frau geworden war, die sie heute war: eine praktische Ärztin in Teilzeitarbeit, verheiratet, drei Kinder, mit einem großen Haus und einem langen, schmalen Garten, zwei Autos, zwei Katzen, einem Meerschweinchen …

Sie ging auf die vierzig zu, brauchte inzwischen eine Lesebrille, hatte Schwangerschaftsstreifen am Bauch, eine Narbe von ihrem Kaiserschnitt, Fältchen um die Augen und zwischen Nase und Mundwinkeln, raue Hände, graue Haare in den Augenbrauen und litt unter Schlaflosigkeit. Vor langer, langer Zeit hatte sie geglaubt, älter zu werden hieße, eine gelassenere Einstellung zum Leben zu gewinnen. Aber immer häufiger kamen ihr die Tränen, wenn sie

Jessie, Kit und Lewis eine Geschichte vorlas, denn am Ende drehte es sich immer darum, erwachsen zu werden und die Kindheit hinter sich zu lassen. Und sie weinte, wenn sie im Fernsehen die Nachrichten sah oder sich sentimentale Filme anschaute oder die Musik hörte, die sie aus ihrer Jugend kannte. Manchmal weinte sie sogar, ohne es zu merken. Im Auto liefen ihr auf dem Heimweg manchmal plötzlich Tränen über die heißen Wangen, und sie musste anhalten, bis die rätselhafte Gefühlsaufwallung vorüber war. Sie war genau in dem Alter wie Louise damals, als Vic gestorben war. Sie dachte an ihre Mutter, die allein in diesem aufgeräumten, leeren Haus lebte. Sie dachte an ihre Großmutter in ihrem ordentlichen kleinen Zimmer in einem Altersheim, wo es nach Kohl, Bohnerwachs und Urin roch.

Edie drehte sich auf die andere Seite und fand eine kühle Stelle auf dem Kopfkissen. Vielleicht sollte sie Ellen einen Teddybären kaufen, etwas, was sie im Arm halten konnte, wenn sie den ganzen Tag aus dem Fenster starrte. Wenn Edie sie besuchte, nahm sie ihre Hand, die sich wie ein Bündel dürrer Zweige anfühlte, und wenn sie mit ihr sprach, gab sie sich Mühe, die Frau, die sie einst für unerschütterlich gehalten hatte, nicht wie ein kleines Kind zu behandeln. Ellen lächelte unentwegt, blinzelte Edie mit trüben Augen an und fragte sie, wann sie wieder nach Hause könne. Edie wusste nie, was sie darauf antworten sollte. Es war einfacher, praktische Dinge zu tun, etwa die Wunden auf Ellens Armen zu versorgen, die sich immer wieder öffneten, ihr die dicken, vergilbenden Nägel zu schneiden, das dünne Haar zu waschen.

Draußen vor dem Fenster hörte Edie eine Amsel zwitschern. Sie sollte lieber aufstehen, statt hier untätig im Bett zu liegen, beherrscht von trübseligen Gedanken. Vielleicht sollte sie Alex aufwecken, und sie könnten sich lieben, bevor die Kinder aufwachten. Das letzte Mal war eine Ewigkeit her – entweder war sie zu müde gewesen, oder er hatte bis spät in der Nacht gearbeitet; sie hatte Nachtdienst gehabt, oder die Kinder waren mit Albträumen oder Bauchschmerzen ins Schlafzimmer gekommen.

Von draußen drangen jetzt mehr Geräusche herein, und allmählich wurde es hell. Es war Ende Mai, und der Morgen dämmerte jetzt bereits, bevor der Milchmann und der Zeitungsjunge kamen. Der Himmel wurde graublau, die Vögel zwitscherten. Sie würde aufstehen, in den Garten hinausgehen und ihrem Gesang lauschen. Aber noch während sie diesen Entschluss fasste, fühlte sie, dass sie wieder schläfrig wurde. Bilder zogen an ihr vorüber. Wasser. Wellen, die braunen Tang und graue, glänzende Kieselsteine überspülten. Felsenteiche. Aus ihren Tiefen kam ein Leuchten, und Menschen in langen Gewändern schritten auf sie zu und läuteten Glöckchen, die sie in der Hand hielten. Am liebsten wäre sie vor diesem Läuten davongelaufen, aber sie war wie gelähmt, und die Glocken läuteten unentwegt weiter, und dann beugte sich Alex über sie hinweg und stellte den Wecker ab. Er küsste sie auf die Stirn.

»Guten Morgen, meine Schöne«, sagte er wie jeden Morgen.

»O verdammt«, stöhnte Edie.

»Hast du gut geschlafen?«

»Ach, weißt du …«

»Es ist fast zwanzig nach sieben.«

»Ja.«

»Wir müssen aufstehen.«

»Ich weiß.«

»Noch zwei Minuten.«

Er schlang von hinten seine Arme um sie und drückte sie an sich. Seine Haare kitzelten ihren Nacken, und seine Hände wärmten sie.

»Das ist Glückseligkeit«, sagte sie. »Ich könnte den ganzen Tag hier liegen bleiben.«

Im Flur hörten sie tapsende Schritte, dann wurde die Tür aufgerissen.

»Ich hab ins Bett gepinkelt, aber das ist gar nicht schlimm«, sagte Jess. »Und die Katze hat auf meinen Teppich gekotzt.«

Toast und Marmelade für Lewis, ein Brötchen mit Honig für Kit und Porridge für Jess. Eine große Kanne Tee. Die Spülmaschine ausräumen. Die Rechnungen aufmachen. Die Bluse bügeln, auf der die Katze ihre Pfotenabdrücke hinterlassen hatte, was aber bestimmt niemandem auffallen würde. Unterschreiben, dass Lewis mit seiner Klasse das Globe Theatre besuchen durfte. Einen Scheck ausstellen. Turnbeutel, Schwimmsachen. Pausenbrote: drei Sandwiches mit Thunfisch und Mayonnaise, drei Haferkekse, drei Äpfel, drei Flaschen Wasser.

»Tracey bekommt von ihrer Mutter immer Kartoffelchips und Schokolade mit.«

»Ich bin nicht Traceys Mutter, Jess.«

»Ich fühl mich heute nicht besonders …«

»Ach, Kit. Iss dein Frühstück auf, dann geht's dir bestimmt schon besser.«

»Ich weiß nicht, ob ich heute in die Schule gehen soll.«

»Kopfschmerzen?«

»Und schlecht ist mir auch.«

Edie sah ihn an. Wenn er in die Schule musste, fühlte er sich fast jeden Morgen krank. Oft genug ließ sie ihn einen Tag zu Hause, vor allem, wenn sie frei hatte. Dann brachte sie ihm frisch gepressten Fruchtsaft, Kuchen und den Discman ins Zimmer, damit er Musik hören konnte, während Bilbo auf seinem Kopfkissen lag und schnurrte.

»Ich muss heute Nachmittag arbeiten, Kit. Sieh mal, ob es geht«, sagte sie.

Er nickte niedergeschlagen und spielte mit seinem Brötchen. »Ich hab heute Turnen«, sagte er.

»Ich weiß. Du wirst es schon schaffen. Mach es, so gut du kannst, und kümmere dich nicht um die Dummköpfe, okay? Vergiss nicht, du hast heute Diktat. Iss auf, und dann schau dir die Wörter noch mal an. Du hast Zuckersirup am Kinn, Jess. Übrigens, Lewis, warum um alles in der Welt hast du immer noch die Schlafanzughose an?«

»Weil ich meine Schulhose nirgends finde.«

»Deine Hose? Ist sie denn nicht in deinem Zimmer?«

»Nein. Du musst sie irgendwo anders hingeräumt haben.«

»*Ich* habe sie ganz bestimmt nirgendwo anders hingeräumt.«

»Das mit dem Schrebergarten hat endlich geklappt, Edie. Endlich!« Alex schwenkte einen Brief vor ihrem Gesicht.

»Was?«

»Der Schrebergarten. Ich hab dir doch davon erzählt.«

»Nein.«

»Ich dachte, es wäre wunderbar, wenn wir unser eigenes Gemüse anbauen könnten. Erbsen, Rote Beete und so.«

»Aber unser eigener Garten verwildert doch völlig …«

»Das ist was anderes.«

»Mag sein, aber – Kit, du kommst noch zu spät, wenn du dich nicht ein bisschen beeilst.«

»Ich finde meine Schuhe nicht.«

»Lewis, du bist fast elf. Ich kann dir nicht jeden Morgen deine Sachen zusammensuchen.«

»Ich geh jetzt, Edie.«

»Wann kommst du nach Hause?«

»Weiß nicht genau. Nach der Schule haben wir wieder so eine blöde Lehrerkonferenz. Ich ruf dich an, okay?«

»Mach's gut – o Mist, Jess, pass doch auf! Du hast dich voll gekleckert.«

»Du sollst nicht fluchen, das darf man nicht. Uns sagst du immer, wir sollen nicht fluchen. Kannst du mir heute Zöpfe flechten?«

»Gut. Aber dann will ich auch kein Gejammer hören.«

»Hier ist die Bürste.« Jess kletterte auf Edies Schoß und stieß dabei Kits Federmäppchen vom Tisch. Füller und Buntstifte kullerten über den Fußboden. Ein Bleistiftspitzer sprang auf und verstreute seinen Inhalt in der Küche.

»Jess!«, rief Kit. »Guck mal!«

»Entschuldige«, sagte Jess vergnügt. Sie zappelte auf Edies Schoß herum. Auf Edies Bluse erschien rätselhafterweise ein Sirupfleck.

Edie holte tief Luft. »Zwei Zöpfe?«, fragte sie knapp, aber ruhig.

Sie würde später sauber machen, wenn sie die Kinder in die Schule gebracht hatte. Sie musste erst um elf in der Praxis sein. Aufräumen, eine große Tasse Tee trinken, schwimmen gehen und vielleicht einen Rundgang durch den Garten machen, wo die Schmetterlinge in den Sträuchern schimmerten und sich die gelben Rosen in der Sonne öffneten.

Sie gingen spät aus dem Haus. Edie trug Jess' Schultasche und Schwimmbeutel, Kits Turnbeutel und die Butterbrotdosen der drei Kinder. Sie fühlte sich wie ein Packesel. Jess zog an ihrer Hand, sodass ihr die Beutel ständig von der Schulter rutschten. Kit trottete hinterdrein.

»Da, die Schulglocke!«

»Mein Gott, jetzt beeil dich mal, Kit!«

»Deinetwegen kommen wir noch zu spät«, quengelte Lewis. »Mami, seinetwegen kommen wir zu spät.«

»Dann lauf schon voraus, okay? Mach's gut!«

»Tschüs.«

»Warte. Hier, dein Pausenbrot. Kirsty holt euch ab, denkt dran. Wir sehen uns gegen sechs.«

»Warum kannst du uns denn nicht abholen?«, fragte Kit.

»Weil ich arbeite.«

»Andere Mütter arbeiten nicht.«

Am Schultor blieb sie stehen. Jess rannte zu den anderen Kindern, die sich vor ihrem Klassenzimmer in einer Reihe aufgestellt hatten.

»Tschüs, Kit.«

»Mami?«

»Ja.«

»Ach, ist nicht so wichtig.«

»Du kommst zu spät.«

»Aber …«

Sie wartete, aber er sagte nichts mehr. Sie bemerkte die pur-

purroten Ränder unter seinen braunen Augen, beugte sich zu ihm hinunter und küsste ihn auf die Wange, nur ganz flüchtig, damit die anderen Jungs es nicht sahen und ihn nicht als Muttersöhnchen verspotteten. »Ich hab dich sehr lieb«, sagte sie. Er blickte sie aus großen Augen an, bevor er langsam zu seinem Klassenraum ging.

Edie zog im Schwimmbecken ihre Bahnen, vierzigmal auf und ab, eintausend Meter. Ihr Herz schlug heftig, und ihre Waden schmerzten. Sie schwamm drei- bis viermal die Woche, wenn möglich öfter, und gehörte zu einer Gruppe von Unentwegten, die meistens morgens vor der Arbeit kamen, nachdem sie die Kinder abgesetzt hatten. Manchmal begegneten sie ihr auf der Straße, wo sie – angekleidet und frisiert – kaum wiederzuerkennen waren. Sonst sah Edie sie nur nackt, mit Abdrücken von der Schwimmbrille um die Augen, triefenden Haaren und nasser Haut.

Noch vierzig Minuten, bis sie in die Praxis musste. Sie wusch das Frühstücksgeschirr ab, wischte den mit Sirup und Milch bekleckerten Tisch sauber, kehrte den Fußboden und warf die welken Blumen fort. Dann schenkte sie sich eine große Tasse Tee ein und sah hinaus in den Garten, eine Oase der Ruhe mitten im lärmenden, staubigen London. Alles war in ein goldenes Licht getaucht, und die Blätter glänzten in frischem, hellem Grün. Die Grillsaison hatte begonnen. Sie konnten abends wieder im Garten sitzen, beobachten, wie die Schatten länger wurden und die Hausschwalben unter dem Dachgebälk ein- und ausflogen, während Alex sich seine gestreifte Schürze umband und Würstchen und selbst gemachte Burger auf dem Rost wendete.

Sie stieß die Küchentür auf und spürte die Sonne im Nacken. Die Japanischen Anemonen öffneten gerade die Kelche. Bienen summten im Rosmarinstrauch. Edie legte den Kopf zurück und sog die saubere Luft ein.

»Es wird ein schöner Tag«, sagte sie laut.

Da klingelte das Telefon, und sie rannte hin.

»Hallo?«

»Edie.«

»Stella! Wie geht es …?«

»Es geht um Louise …«

»Was?«

»Sie hat einen Unfall gehabt, Edie. Mit dem Auto. Und …«

»Wo ist sie? Im Krankenhaus?«

Am anderen Ende der Leitung wurde es seltsam still wie bei Auslandsgesprächen, bei denen die Bedeutung des Gesprochenen irgendwo zwischen Anrufer und Zuhörer versickerte.

»Sie ist tot.«

Draußen war ein strahlender Tag. Der Himmel war türkisblau wie ein Vogelei.

»Ich verstehe nicht«, sagte Edie.

»Louise ist tot. Sie ist verunglückt. Offenbar ist sie zu schnell gefahren …«

»Betrunken?«

»Ich weiß nicht. Es spielt doch keine Rolle.«

»Oh«, sagte Edie.

»Ich habe es gerade erfahren und dich sofort angerufen.«

»Ach, Stella.«

»Ich weiß.«

Edie hatte Mühe, den Sinn von Stellas Worten zu begreifen. Immer wieder drängten sich andere Gedanken dazwischen. Sie sah auf die Uhr an der Wand. Es war nach zehn. Sie hatte Leahs und Gabriels Bett noch nicht hergerichtet. Und Lewis hatte sein Papp-Periskop doch nicht mit in die Schule genommen. Eine Biene flog gegen die Fensterscheibe und drehte dann wieder ab.

»Aber sie war noch so jung«, sagte sie. Eine unsinnige Bemerkung.

»Einundsechzig.«

»Ich dachte, sie wird neunzig.«

»Ja. Hör zu. Ich rufe jetzt Jude an, und dann fahr ich hin.«

»Ja«, sagte Edie. »Ja, mach das. Ist ihr Leichnam …?«

»Im Krankenhaus.«

Edie blinzelte. Sie hatte das Gefühl, alles verschwommen zu sehen.

»Ich komme auch«, sagte sie. »Ich muss nur noch einige Dinge organisieren. Die Kinder. In der Praxis. Es wird nicht lange dauern.«

»Natürlich.«

»Ich komme, sobald ich kann. Wo kann ich dich erreichen, im Krankenhaus oder bei Mama zu Hause?«

»Das kommt darauf an. Ruf mich von unterwegs auf dem Handy an.«

»Das wird das Beste sein. Stella?«

»Ja?«

»Fahr vorsichtig, hörst du?«

»Du auch.«

»Okay. Tschüs. Und … Stella?«

»Hmm.«

»Ich hab dich lieb.«

Später stand sie am Fenster und wartete auf das Gefühl, dass es wahr war. Ihre Mutter war tot. Louise. Mama. Mami. Sie sprach die Worte probehalber aus, wissend, dass etwas Einschneidendes geschehen war, aber sie lösten nichts in ihr aus. Noch nicht. Sie war noch nicht so weit.

Zwei Stunden später stieg Edie in ihr Auto. Alex umarmte sie ein letztes Mal. »Danke, dass du gekommen bist«, sagte sie. »Ich weiß, wie schwierig es für dich war, dich freizumachen.«

»Das ist doch selbstverständlich.«

»Vergiss nicht, den Kindern meine Briefe zu geben. Und sag Leah und Gabriel, wie Leid es mir tut, dass ich nicht da sein kann.«

»Mach ich.«

»Die Liste mit den Terminen der Kinder liegt auf dem Tisch.«

»Ich weiß, Edie. Ich war dabei, als du alles notiert hast.«

»Sag ihnen, es tut mir Leid, dass ich mich nicht von ihnen verabschieden konnte. Sag, dass ich an sie denke.«

»Edie, wir werden hier schon klarkommen.«

»Kit wird Zustände kriegen. Ganz bestimmt. Und Jess muss bis Freitag die Dreier- und Vierer-Reihe lernen. Und vielleicht möchtest du Jessies Freundin lieber absagen …«

»Edie. Nun fahr schon!«

»Ja. Danke. Für alles. Pass gut auf sie auf, okay? Und auf dich auch. Gut, ich fahr jetzt. Tschüs. Mach's gut.«

Er gab ihr einen Kuss, trat einen Schritt zurück und schlug die Autotür zu. Edie ließ den Motor an. Durchs Fenster sah sie, dass Alex Worte formte, die sie nicht mehr hören konnte. Sie lächelte ihn an und winkte. Dann fuhr sie los. Im Rückspiegel sah sie, dass er mit erhobener Hand dastand. Er stand da, wurde kleiner und kleiner, und als sie um die Ecke bog, war er verschwunden.

15 *Fünfzehn*

Edie hatte Louises neue Bleibe nie als ihr Zuhause betrachtet. Ihr Zuhause war dort, wo sie aufgewachsen war. Die Küche, wo sie einmal in der Woche Baked Potatoes und Apple Crumble gemacht hatten; wo sie jeden Werktag am Morgen in ihrer kratzigen Schuluniform gesessen und Porridge mit braunem Zucker gelöffelt hatte; wo sie mit Vic in einträchtigem Schweigen Erbsen enthülst und Himbeermarmelade gekocht hatte; auf dem Tisch eine Schale mit Mandarinen im Winter und Zwetschgen im Herbst. Das Wohnzimmer, in dem sie an Weihnachten alle fünf Scharade gespielt und Stella ihr geholfen hatte, den Stoff für Sommerkleider nach Schnittmustern zuzuschneiden – Seidenpapier auf limonengrüner Baumwolle; sie spürte geradezu die Stecknadeln im Mund und hörte das Ratschen der Schere. Der düstere Flur, wo das Sonnenlicht an Sommernachmittagen in Streifen einfiel. Ihr eigenes Zimmer, in dem sie unter der Bettdecke mit einer Taschenlampe gelesen und Lebenspläne geschmiedet hatte; wo sie später vor dem Spiegel gestanden, über die Schulter ihr Spiegelbild betrachtet und darauf gewartet hatte, endlich schön zu sein. Der Garten, wo sie Jude auf der Schaukel angeschubst, Fahrrad fahren – zuerst mit, dann ohne Stützräder –, Stelzen laufen, Roller fahren, Kopf-, Handstand und Rad schlagen gelernt hatte. Das Geheimversteck unter der Treppe und im Gebüsch, wo sie Marmeladenbrote gegessen und sich den Mund mit Rosinen voll gestopft hatten. Die Alleen, deren Bäume im Sommer einen gesprenkelten, schattigen Tunnel bildeten.

Das war ihr Zuhause gewesen. Wenn sie die Augen schloss, sah und spürte sie es noch immer – den Riss im Treppenaufgang, die Brennnesseln im Graben, die Knötchen der Raufasertapete an der Wand neben ihrem Bett, das Aroma der Vanille, wenn es Reispudding gab, das Dekor der Teller, die abgewetzte Stelle auf dem Vorleger, da wo sie sich jeden Morgen aus dem Bett schwang, den Duft nach Heu in der Scheune am Ende der Straße, das gelbe, am Saum und am Hals mit Samt eingefasste Kleid, das sie mit sechs Jahren bei feierlichen Anlässen getragen hatte, das elektrische Kaminfeuer im Schlafzimmer ihrer Eltern, wo Edie sich sonntagabends die Haare zu trocknen pflegte …

Nachdem sie bei Ellen ausgezogen waren, hatte Edie nur noch fünfzehn Monate bei Louise gewohnt. Ihr letztes Schuljahr hatte unmittelbar bevorgestanden, und sie hatte stets gewusst, dass es nur eine vorübergehende Bleibe war, eine Überbrückung zwischen Vergangenheit und Zukunft. Freilich hatte sie Louise oft besucht und auch ihre Ferien dort verbracht. Aber dann war sie zu Gast und teilte sich das Zimmer, das kurzzeitig einmal ihr gehört hatte, mit Stella. Ihre wenigen Habseligkeiten wurden nach und nach in Kisten auf dem Dachboden verstaut, bis Edie sie in ein eigenes Haus mitnehmen würde. Edie hatte immer das Gefühl gehabt, dass das neue Haus Erinnerungen neutralisierte. Alte Möbelstücke oder auch die Bilder, die sie kannte, solange sie denken konnte, hatten eine andere Bedeutung, seit sie in diese kompakte Doppelhaushälfte in einer Sackgasse am Stadtrand gezogen waren. Es war ein hübsches Häuschen mit großen Fenstern, dicken Teppichen, einem fünfzehn Quadratmeter großen Garten – überwiegend Rasen, gesäumt von ordentlichen Beeten, Nachbarn zu beiden Seiten, die einem über den Gartenzaun hinweg freundlich zunickten. Aber dieses Haus brachte in Edie keine Saite zum Klingen; es weckte allenfalls die Erinnerung an das, was sie vermisste. Dieses Haus war für sie stets ein Ort der Abwesenheit und des Vergessens gewesen.

Sie parkte ihr Auto hinter Stellas Wagen. Vom Krankenhaus, wo sie eine halbe Stunde neben der toten Louise gesessen hatten, waren sie hintereinander hierher gefahren. Edie war von Berufs wegen mit dem Tod vertraut, aber ihre Schwester, die noch nie eine Leiche gesehen hatte, war sichtlich erschrocken gewesen über die wächserne Strenge des Gesichts und die eiskalte Starre des Körpers. Stella hatte sich über Louise gebeugt, sie auf die Wange geküsst, unterhalb der fünf Zentimeter langen, klaffenden Wunde und des dunklen Blutergusses auf der Stirn, der vom Aufprall gegen die Windschutzscheibe herrührte, und erschüttert nach Atem gerungen.

»Sie ist schon so tot«, stellte sie mit Entsetzen und Verwunderung fest. »Vollkommen tot.«

Edie nahm Louises linke Hand. Louise trug noch ihren Ehering. Ihre Nägel waren glatt und hellrosa lackiert. Ihr Gesicht war schmaler, als Edie es in Erinnerung hatte; ihre Haare struppiger. Sie hatte Falten unter dem Kinn. Ihr geschlossener Mund wirkte entschlossen.

»Sie ist schön, nicht?«

»Sie war immer schön.«

»Wie du.«

»Wie ich vielleicht mal war«, sagte Stella wehmütig und strich sich übers Gesicht. »Jetzt nicht mehr. Seit Sam ist das vorbei.« Sam war ihr sechzehnjähriger autistischer Sohn, für den Stella alles tat und für den sie ihren Beruf, ihren Schlaf, ihre Jugend und ihre Schönheit geopfert hatte. Edie sah sie an. Stella war dicker geworden und trug zweckmäßige Kleidung: eine braune Hose und eine ausgebeulte bräunliche Strickjacke. Ihr Haar hatte den aprikosenfarbenen Schimmer fast ganz verloren und würde bald grau werden. Mit ihrem sanften Gesicht sah sie aus wie eine Frau in den mittleren Jahren. Stella ist ein gütiger Mensch, dachte Edie, durch und durch gütig.

»Das ist doch gar nicht wahr«, sagte sie im Brustton der Überzeugung.

»Es spielt doch keine Rolle … Ob sie wusste, dass sie sterben würde?«

»Wahrscheinlich nicht.«

»Ich hoffe nicht. Ich wollte, wir wären bei ihr gewesen.«

»Ja, ich weiß.«

»Ihr Leben ist nicht so gelaufen, wie sie es sich gewünscht hat.«

»Nein«, sagte Edie langsam, noch immer Louises kalte Hand haltend. »Ich glaube, sie ist über die Sache mit Daddy nie hinweggekommen.«

»Das hat mich anfangs überrascht.«

»Ja. Sie hat so gern geflirtet, als er noch lebte. Aber sobald er tot und sie frei war, führte sie ein … ja … fast asketisches Leben.«

»Ich glaube beinahe, sie wollte gar nicht darüber hinwegkommen. Es war, als habe sie das ganz bewusst beschlossen.«

»Mag sein«, sagte Edie nachdenklich.

»Vielleicht hatte sie das Gefühl, dass er sich nicht umgebracht hätte, wenn sie eine bessere Ehefrau gewesen wäre.«

»Wenn man so denkt, könnte man verrückt werden«, sagte Edie. Die Unterhaltung erfüllte sie mit Furcht. Erinnerungen, die sie seit zwanzig Jahren in Schach hielt, konnten plötzlich aufbrechen und sie in einen Strudel hinabziehen.

»Als Nächstes sind wir an der Reihe«, sagte Stella. »Ich bin darauf nicht vorbereitet. Und du?«

»Ich glaube nicht, dass man darauf vorbereitet sein kann«, erwiderte Edie. »Nicht einmal, wenn man sehr alt ist.« Sie wandte den Blick ihrer Schwester zu. »Ob wir es Ellen sagen sollen?«

»Warum? Sie würde es sowieso nicht begreifen.«

»Oder sie würde es begreifen und gleich wieder vergessen, sodass man es ihr immer wieder sagen müsste. Ich habe solche Patienten; sie erleben den Verlust stets aufs Neue; es bricht einem das Herz. Dann sagen wir es ihr also nicht? Oder wäre das ein Fehler?«

»Jude würde dafür plädieren, es ihr zu sagen. Sie würde erklären, dass Ellen ein Recht darauf hat, es zu erfahren, egal unter welchen Umständen.«

»Wann kommt Jude?«

»Am späten Nachmittag oder frühen Abend. Es ist eine lange Fahrt von Glasgow hierher.«

Edie legte Louises Hand wieder auf das Bett. »Ich habe noch gar nicht geweint. Und du?«

»Ich auch noch nicht. Alles erscheint mir so unwirklich.«

»Wollen wir gehen?«

»Ich glaube, ja. Sie ist sowieso nicht hier.«

Sie waren am Haus ihrer Mutter angelangt. Die Vorhänge waren noch zugezogen; Louise war am Vorabend ausgegangen und nicht zurückgekehrt. Sie war von der Straße abgekommen, eine Böschung hinuntergerast und gegen einen Baum, eine Buche, geprallt. Sie hatte Alkohol im Blut und war nicht angeschnallt gewesen.

»Ich habe meinen Schlüssel dabei«, sagte Edie und kramte in ihrer riesigen Handtasche zwischen Wachsmalstiften, Taschentüchern, Haarbändern, Pfeifenputzern, Pfefferminzbonbons und Tierfigürchen aus Plastik.

Sie steckte den Schlüssel ins Schloss und öffnete die Tür. Die Schwestern traten in den Flur, wo Louises Mäntel an Haken hingen und ihre Hausschuhe neben der Bank bereitstanden. Das Haus war still, und ihre Schritte knarrten auf den gebohnerten Dielen. Schweigend gingen sie in die Küche. Auf dem Tisch stand ein Strauß gelber und lila Tulpen, die die Köpfe mit den weit geöffneten Blütenblättern hängen ließen, eine gefaltete Zeitung, eine Tasse mit einem Rest schwarzen Kaffees, ein blauer Teller mit einem Messer und Orangenschalen darauf. Eine Postkarte, die Edie ihrer Mutter vor einer Woche geschickt hatte, lehnte an der Vase, daneben eine Einkaufsliste mit Louises ausladender Handschrift. Edie griff danach. »Äpfel, Zitronen, Salatherzen, 2 x Avocados, durchwachsener Speck, Spinat, fettarme Milch, Cheshire-Käse, Tomaten, Knoblauch, Basmati-Reis, Whisky, Spülmittel, Bleichmittel, Küchentücher, Gesichtscreme, Seife (Lavendel), Kaffee, Streichhölzer, Batterien …« Sie legte den Zettel auf den Tisch zurück.

»Soll ich uns Tee machen?«, fragte Stella.

»Das wäre gut«, sagte Edie. Sie wusste nicht, wo sie anfangen sollten. Es gab so viel zu tun und zu organisieren, Gefühle, die gelebt werden mussten – aber wo beginnen? Sie setzte sich an den Tisch und stützte das Kinn in die Hände. Es war fast vier. Bald würde sie die Kinder anrufen, um sich zu vergewissern, dass bei ihnen alles in Ordnung war. Dann würde Jude eintreffen mit ihren unerschütterlichen Ansichten. Es war lange her, seit sie sich alle drei das letzte Mal getroffen hatten. »Wir müssen uns um die Bestattung kümmern«, sagte sie.

»Und um das Haus und alles.«

»Stimmt. Wahrscheinlich ist es am besten, wir verkaufen es.«

»Wir müssen ihre Sachen durchsehen und entscheiden, wer was kriegt.«

»Geht das nicht alles ein bisschen schnell?«, fragte Edie.

»Schon, aber wenn wir es jetzt nicht machen, wann dann? Wann kommen wir alle noch einmal so zusammen? Und ich weiß nicht, ob es uns später leichter fällt.«

»Wahrscheinlich hast du Recht.« Edie dachte an ihre Patienten, die ihren Ehepartner verloren hatten. Sie hatten immer wieder gesagt, wie hilfreich es sei, Ordnung zu schaffen. Auf diese Weise hatten sie eine Beschäftigung und kamen über die ersten Tage leichter hinweg. »Vielleicht tut es uns ja gut, ich meine, ihre Sachen durchzugehen und zu sortieren. Vielleicht finden wir so einen Zugang.«

»Einen Zugang wozu?«

»Zu ihr.«

»Dafür ist es jetzt zu spät.«

»Ja, stimmt, eigentlich schon. Man denkt immer, irgendwann kommt der Augenblick, um alles zu klären. Es gibt so vieles, was ich ihr nie gesagt habe. Nach Daddys Tod dachte ich, eines Tages würden wir ausführlich über alles reden – wie es ihr damals ergangen ist und mir. Über ihn, über sie beide und über das Leben, das sie danach geführt hat. Aber ich habe es nie getan. Es schien nie der richtige Augenblick zu sein. Oft war ich nah dran, aber dann hab ich es doch bleiben lassen. Vielleicht weil sie es nicht wollte, keine Ahnung. Aber ich war felsenfest überzeugt, dass wir eines Tages darüber reden, uns aussprechen und weinen, uns umarmen und unsere Herzen öffnen würden. Uns gegenseitig trösten. Tja, und nun ist es vorbei. Du hast natürlich Recht, es ist zu spät, jedenfalls für mich und sie. Aber trotzdem glaube ich nicht, dass alles vorüber ist, nur weil sie tot ist. Ich habe nicht das Gefühl, als wäre jetzt ein Schlussstrich gezogen unter ihrem Leben, unter ihrem und seinem Leben. Da muss doch noch mehr sein.«

»Mehr?«, fragte Stella und starrte in ihre Tasse, als sei die Antwort dort zu finden.

»Ja«, sagte Edie. »Oder vielleicht muss ich mich einfach damit abfinden. Dass es nicht mehr gibt. Es ist zu Ende. Sie sind nicht mehr da, und einiges werden wir nie verstehen.«

Sie schwiegen. Edie wünschte, Jude wäre schon da. Dann könnten sie endlich anfangen, aber womit, das vermochte sie nicht zu sagen.

»Wie geht's Sam?«, fragte sie.

Stella lächelte. »Riesig«, sagte sie. »Inzwischen ist er einen Kopf größer als ich. Hoffentlich kommt Bob mit ihm zurecht, solange ich weg bin. Er kann nämlich furchtbar stur sein.«

»Du bist ein außergewöhnlicher Mensch, weißt du.«

»Ach, nein.«

»Dein ganzes Leben wurde über den Haufen geworfen, alle deine Pläne zunichte gemacht, aber ich habe dich nicht ein einziges Mal jammern gehört.«

»Es war eigentlich gar nicht so schwer, bestimmte Dinge aufzugeben«, sagte Stella. »Ich wusste ja sowieso nie so recht, was ich eigentlich machen wollte – im Gegensatz zu dir oder Jude. Ich hatte keinen Ehrgeiz. Wirklich, ich wollte einfach nur Ehefrau und Mutter sein. Das erschreckt dich vermutlich. Tja, jetzt bin ich Mutter rund um die Uhr. Vielleicht war es geradezu eine Erleichterung, nicht über mein Leben entscheiden zu müssen. Das ist mir abgenommen worden.«

»Trotzdem bist du außergewöhnlich.«

»Hmm.« Stella stand auf und öffnete den Kühlschrank. Darin fanden sich eine Schale mit Dosenpfirsichen, mit Frischhaltefolie abgedeckt, ein Becher Naturjoghurt, eine vakuumverpackte geräucherte Makrele, ein halber Liter fettarme Milch. Sonst nichts. »Bob hat eine Affäre«, sagte sie mit erstickter Stimme in den Kühlschrank hinein.

»Ach, Stella!«

»Er weiß nicht, dass ich es weiß.«

»Und woher weißt du es?«

»Ach, das Übliche. Er kommt spät nach Hause und duscht, seine Kleider riechen nach einem fremden Parfüm, ständig muss er sonntags zur Arbeit. Und da hab ich ihm nachspioniert.«

»Wirklich?«

»Ich habe vor seinem Büro gewartet und bin ihm gefolgt.«

»Donnerwetter! Und?«

»Und er hat eine Geliebte«, sagte Stella knapp. Sie wandte sich wieder zum Kühlschrank. »Wir müssen etwas zu essen kaufen«, sagte sie.

»Es tut mir Leid«, sagte Edie. »Was wirst du jetzt tun?«

»Was ich tun werde? Ach, wahrscheinlich nichts.« Sie schloss die Kühlschranktür und drehte sich zu Edie um. »Warten, bis es vorbei ist.«

»Mehr nicht?«

»Es hat mich nicht sonderlich überrascht. Wir kennen uns schon eine Ewigkeit. Vor mir hatte er so gut wie keine Freundin. Und unser Leben ist für ihn wirklich kein Vergnügen. Ich stehe jede Nacht zwei-, dreimal auf, und um sechs ist für mich die Nacht vorbei. Den ganzen Tag über bemühe ich mich, Sam Dinge beizubringen, die in den Augen anderer völlig unbedeutend sind. Ehrlich gesagt, wir machen nur geringe Fortschritte, Edie. Und wenn Bob nach Hause kommt, bin ich todmüde. Er kann nicht verlangen, dass ich mich noch viel um ihn kümmere. Ich gehe um zehn ins Bett, und wenn ich sage, ich gehe ins Bett, meine ich, dass ich einschlafe, als hätte mir jemand einen Schlag auf den Kopf versetzt. Ich weiß gar nicht mehr, wann wir das letzte Mal miteinander geschlafen haben. Hinzu kommt, dass ihn seine Arbeit als Buchhalter nicht besonders ausfüllt. Er hält sich mehr oder weniger für einen Versager. Er hat das Gefühl, beruflich in einer Sackgasse zu stecken. Er wollte den Job nur ein paar Jahre machen, inzwischen sind fünfzehn daraus geworden, und die Leute um ihn herum sind sehr viel jünger als er. Mit dem Unterschied, dass sie aufsteigen, während er auf der Stelle tritt. Er fragt sich vermutlich, ob das wirklich alles gewesen sein kann. Ob das wirklich sein Leben ist.«

»Und du?«, sagte Edie. »Fragst du dich nicht auch, ob das wirklich *dein* Leben ist?«

»Ich denke: Ja, das *ist* mein Leben. Ich habe keine andere Wahl.«

»Dann willst du mit ihm also gar nicht drüber reden?«

»Ich weiß nicht. Ich bin nicht wie du«, sagte Stella zögernd. Sie stand noch immer mit dem Rücken zum Kühlschrank. »Ich erwarte nicht viel vom Leben. Ich bin froh, wenn ich so einigermaßen über die Runden komme, mich durchwurstle. Anders als du. Bei dir ging es immer um alles oder nichts.«

»Meinst du?«

»Louise und ich waren eher realistisch, wir haben uns mit dem begnügt, was wir bekommen haben. Du und Jude und Vic, ihr wart Träumer.«

»Ach«, sagte Edie. »Das glaube ich nicht.«

»Vielleicht bringen sich nur Träumer um.«

»Das kann ich mir nicht vorstellen.« Bald würde sie zu Hause anrufen und Alex' Stimme hören.

»Denk beispielsweise an diesen Jungen und wie du mit ihm umgegangen bist.«

»Welchen Jungen?«, fragte Edie, obwohl sie genau wusste, wen Stella meinte.

»Ricky.«

»Ach, Ricky.«

Draußen knirschte der Kies.

»Jude«, sagte Edie erleichtert.

Jude trat ein, ihr langer Leinenmantel blähte sich, ihre Schuhe klackten auf dem Flurboden, ihr schwarzes Haar war für teures Geld auf wilde Mähne getrimmt. Sie hatte ein blasses, schmales Gesicht, buschige dunkle Augenbrauen und dunkelrot geschminkte Lippen. Unterm Arm trug sie eine große Kiste.

»Im Kofferraum ist noch eine«, sagte sie und stellte die Kiste auf den Tisch. »Ich dachte, eine kleine Stärkung könnte nicht schaden.« Sie holte drei Flaschen Wein heraus und verstaute eine davon, den Weißwein, im Kühlschrank. »Wir könnten heute Abend Pitta mit mariniertem Hühnchenfleisch essen. Was Einfaches. Ich habe alle Zutaten mitgebracht.«

»Hallo, Jude«, sagte Edie.

»Hi, Edie. Hi, Stella. Jetzt sind nur noch wir drei übrig«, sagte Jude und küsste ihre Schwestern auf die Wangen. Ihr intensives Parfüm roch nach Zitrone. Ihr Haar glänzte, und sie hatte makellos weiße Zähne. Sie zog ihren Mantel aus und warf ihn über eine Stuhllehne. Edie staunte wieder einmal, wie mager Jude war; ihre Armsehnen traten deutlich hervor, das spitze Schlüsselbein zeichnete sich unter ihrem T-Shirt ab. »Geht's euch gut?«

»Keine Ahnung«, antwortete Edie. »Wir haben es noch gar nicht richtig begriffen. Und du?«

Jude zuckte die Schultern. »Weiß nicht«, sagte sie. »Ich geh die andere Kiste holen.«

Sie halfen ihr mit dem Gepäck und packten die Lebensmittel aus. Dann fragte Stella: »Wer schläft wo?«

»Jude natürlich in ihrem alten Zimmer. Du oder ich im Gästezimmer. Und da ist ja noch Mamas Zimmer ... Wenn es euch recht ist, schlafe ich dort.«

»Ich helfe dir, das Bettzeug zu wechseln«, bot Stella an.

»Komisch, nicht?«, sagte Jude. »Wenn sie noch am Leben wäre, wäre es uns nicht so wichtig, das Bettzeug zu wechseln. Aber der

Gedanke, im Bett einer Toten zu schlafen …« Sie schüttelte sich theatralisch.

Edie trug ihre Tasche in Louises Zimmer hinauf. Smoky, die Katze, lag auf dem Bett, und Edie hob sie auf und setzte sie behutsam auf den Boden. Dann zog sie das Bett ab. Auf dem Kopfkissen lag Louises langes hellblaues Nachthemd. Sie drückte es einen Augenblick an die Wange und atmete den vertrauten Geruch ein. Bald ist auch dieser Geruch verschwunden, dachte sie; die Kleider werden gewaschen, die Zimmer gelüftet. Das Parfüm verfliegt. Und verfliegen würde auch die Erinnerung daran, wie sich Louise mit ihrer zarten, duftenden Haut an sie schmiegte; wie sich Louise Parfüm aufs Handgelenk und hinter die Ohren tupfte; wie Louise im Dunkeln an Edies Bett saß und sie ihren süßen Duft einatmete.

Sie öffnete den Schrank und strich über die Kleider, die auf der Stange hingen. Baumwolle, Samt, Seide und Wolle. Sie ging in die Hocke und berührte die Lederschuhe, befühlte ihre Maserung.

Auf dem Toilettentisch stand ein Foto von Louise und Vic in einem silbernen Rahmen. Es zeigte sie am Tag ihrer Hochzeit. Im alten Haus war sein Platz stets im Wohnzimmer gewesen, aber Edie hatte es seit einer Ewigkeit nicht mehr gesehen. Sie nahm es in die Hand und betrachtete es lange. Louises Gesichtszüge wirkten entspannt; mit einem strahlenden Lächeln blickte sie Edie entgegen – so jung und zuversichtlich, dass ihre Tochter vierzig Jahre später plötzlich das schmerzliche Gefühl verspürte, sie beschützen zu müssen. Vic dagegen hatte nur Augen für Louise, als sei sie eine überirdische Erscheinung. Er hatte seinen Arm um ihre Hüfte gelegt, und seine Finger waren in den weißen Falten ihres Kleides verschwunden. Sie sehen wie Kinder aus, dachte Edie. Völlig ahnungslos.

16
Sechzehn

»Mami?«

»Ja.«

»Kann ich sie sehen?«

»Das halte ich für keine gute Idee, Kit.«

»Ich möchte aber.«

»Tja, ich weiß nicht. Es ist befremdlich, jemanden, den man lieb hat, tot zu sehen. Besser, du behältst sie so in Erinnerung, wie sie war, als sie noch lebte.«

»Ich möchte aber«, wiederholte er.

»Ich werde es mir durch den Kopf gehen lassen. Ich habe mit Alex gesprochen, ihr kommt also am Sonntag, am Tag vor der Trauerfeier. Bis dahin ist es nicht mehr lange.«

»Warum nicht schon früher? Warum nicht am Freitag nach der Schule?«

»Weil – na ja, weil Stella und Jude und ich an dem Tag noch viel zu erledigen haben.«

»Ich kann euch doch helfen. Ich werd euch nicht im Weg stehen, das verspreche ich.«

»Nein, Kit.«

»Bitte!«

»Es sind doch nur noch ein paar Tage.«

»Mami?«

»Ja?«

»Ach, nichts.«

»Nun sag schon. Ist bei euch alles in Ordnung?« Schweigen. »Kit?«

»Ja, alles in Ordnung.«

»Ist nichts Besonderes passiert?«

»Nein. Eigentlich nicht.«

»In der Schule auch alles in Ordnung?«

»Ja.«

»Hör zu, warum schreibst du nicht einfach alles für mich auf? Schreib alles auf, was du machst, jeden Tag, solange ich nicht da bin. Darüber würde ich mich freuen. Dann kann ich alles lesen, was du nicht laut sagen magst. Was meinst du?«

»Ja, vielleicht.«

»Ich hab dir doch dieses neue Notizbuch gekauft, mit den Sternen drauf. Nimm das. Du kannst mir aber auch jeden Tag eine E-Mail schicken, dann schreibe ich dir zurück. Ich hab extra meinen Laptop mitgenommen.«

Kit ließ ein unentschlossenes Gemurmel hören. Im Hintergrund spielte das Radio. Alex lachte über etwas, was Jess ihm gerade erzählte.

»Ich muss jetzt Schluss machen. Ich wünsche dir einen schönen Abend. Alex hat gesagt, er holt was Feines vom Inder zu essen.«

»Hmm.«

»Gut. Wir sprechen uns morgen wieder. Gib mir jetzt mal Lewis, okay?«

»Tschüs«, sagte Kit kaum hörbar. Er klang sehr weit weg.

Jude schnitt Hühnchenfleisch in Stücke, gab roten Chili, gehackte Frühlingszwiebeln, den Saft einer Zitrone und zwei zerdrückte Knoblauchzehen dazu. Edie trank einen Schluck Rotwein und sah ihr zu. Draußen im Flur hörten sie Stella am Telefon; ihre Stimme klang eindringlich und beruhigend; sie sprach mit Sam.

»Fertig«, sagte Jude. »Das muss jetzt eine halbe Stunde ziehen.«

Sie löffelte etwas Joghurt in eine Schüssel und fügte klein geschnittene Minze und Basilikum sowie einen Teelöffel Paprika hinzu. Ihre Fingernägel waren hellbraun lackiert. Sie ist so elegant, dachte Edie. Und so dünn. Kaum vorstellbar, wie dick und ungepflegt sie als Teenager war mit ihren zerzausten Haaren und dem runden, blassen Gesicht. Damals trug sie ausschließlich Leggings und weite T-Shirts, las stundenlang in ihrem muffigen Zimmer und aß heimlich Kekse. Wenn sie Louise anschrie, wurde ihr Gesicht immer glänzend und lief rot an. Edie beobachtete, wie Jude Basilikum klein schnitt. Ihre Wut ist immer noch da, dachte Edie, nur dass sie sie inzwischen kontrollieren und in so eine Art Schroffheit und Witz verwandeln kann.

»Warum schaust du mich so an?«, fragte Jude und sah ihrer Schwester scharf in die Augen.

»Ich hab gerade gedacht, wie hübsch du geworden bist«, antwortete Edie.

»Ich weiß, was das bedeutet. Wir werden in Erinnerungen baden, solange wir hier sind. Die geballte Wehmut. Aber ich bin gewappnet. Du hast daran gedacht, wie ich früher ausgesehen habe, stimmt's?«

»Zum Teil ja.«

»Fett und hässlich.«

»Hässlich nicht«, widersprach Edie.

»Du gehörst zu der Sorte Menschen, die nie jemanden hässlich finden. Wenn du jemanden magst, dann findest du ihn automatisch hübsch, stimmt's?«

»Vermutlich.«

»Nach Daddys Tod«, fuhr Jude fort, »habe ich beschlossen, ein anderer Mensch zu werden. Das Komische war, dass Mama, die mir ein Leben lang gepredigt hat, wie schrecklich ich aussehe und dass ich unbedingt abnehmen und Make-up benutzen und ein Interesse für Kleidung entwickeln müsse, meine Veränderung abscheulich fand.«

»Es war alles ziemlich dramatisch«, sagte Edie. »Du hast dich zu Tode gehungert wie ein Gefangener im Hungerstreik.« Sie hatte größtenteils nicht miterlebt, wie Jude sich neu erfand – ihre

Form der Selbstbestrafung. Sie, Edie, hatte das Abitur gemacht, war fluchtartig von zu Hause ausgezogen und hatte Louise und Jude den Kampf allein ausfechten lassen. Und nun war Louise tot und Jude eine erfolgreiche Universitätsdozentin, die Philosophie und Psychologie lehrte, von ihren Studenten angehimmelt wurde und Bücher mit Titeln wie *Anleitung zum Lügen* oder *Die Tücken der Freundschaft* schrieb. »Louise war ganz krank vor Sorge um dich.«

»Ich habe mich zwar verändert, aber mit dem falschen Ergebnis«, sagte Jude. »Sie konnte mich nicht ausstehen.«

»Wer konnte dich nicht ausstehen?«, fragte Stella, die soeben in die Küche kam.

»Ach, nichts«, sagte Jude kurz angebunden. Edie bemerkte, dass Stella ein gekränktes Gesicht machte.

»Wie geht's zu Hause?«

»Gut. Bob hat etwas mitgenommen geklungen.«

Sie ging hinüber zum Spülbecken und wusch die Tassen ab. Edie nahm noch einen Schluck Wein. Sie hatte den ganzen Tag nichts gegessen und war mit ihren Kräften am Ende. Ich könnte losheulen, dachte sie. Aber sie wusste nicht, ob es wegen Louise war.

»Wann haben wir alle uns das letzte Mal getroffen?«, fragte sie. »Nur wir drei.«

»Das ist eine Ewigkeit her«, erwiderte Stella. »Jahre.« Sie setzte sich an den Tisch, und Edie schenkte ihr ein Glas Wein ein.

»Wir sollten auf Mami trinken«, sagte Edie.

»Ich hab nie begriffen, warum du sie so hartnäckig ›Mami‹ nennst«, warf Jude ein.

»Dann also auf Louise«, sagte Stella.

»Wir sind alle mit ganz unterschiedlichen Erwartungen hergekommen, stimmt's?«, erklärte Jude und richtete sich auf, als müsse sie ein Seminar für ihre Studenten abhalten. »Stella möchte, dass wir lieb zueinander sind und uns gegenseitig trösten wie eine richtige Familie. Kein Streit, keine unangenehmen Wahrheiten. Liebe und Toleranz ist die Antwort auf alles. Edie wiederum möchte, dass wir reden und weinen und mehr Klarheit über Mum und Dad und über uns selbst gewinnen. Dies soll eine heilende, erhellende, echt schmerzliche Erfahrung sein. Im Grunde glaube ich, dass sie zweiundzwanzig Jahre lang auf diesen Augenblick gewartet hat, ohne sich dessen bewusst zu sein. Sie hat darauf gewartet, ihren Kummer und das Gefühl des Verlustes zuzulassen, wo man sowieso nichts mehr ändern kann. Hab ich Recht, Edie? Aber egal!« Sie hob ihr Glas und stieß mit ihren Schwestern an. »Auf Mum, Mami, Louise.«

»Und was möchtest du?«

»Ich? Das Ganze unbeschadet überstehen.«

»Nein, im Ernst. Sag schon!«

»Das ist mein Ernst.«

»Das glaub ich dir nicht.«

»Ach, Edie, wenn ich wütend oder ärgerlich bin, denkst du immer, dass ich insgeheim leide. Das ist grundsätzlich das Problem in Familien, dass immer alle glauben, einen besser zu kennen als man selber. Na gut, eigentlich weiß ich gar nicht so genau, was ich will. Das ist die Wahrheit.« Sie nahm noch einen Schluck Wein und wendete die Hähnchenstücke in der Schüssel. »Ich kann bald mit dem Kochen anfangen. Soll ich auch Salat dazu machen? Ich habe abgepackten mitgebracht.«

»Den Salat übernehme ich«, sagte Edie. »Und wir sollten überlegen, was in den nächsten Tagen alles zu erledigen ist.« Als die Katze um ihre Beine strich, beugte sie sich hinunter und kraulte sie, bis sie schnurrte.

»Die Trauerfeier«, sagte Stella. »Wir müssen die Trauerfeier organisieren und alle möglichen Leute anrufen. Und wir sollten Louises Sachen aussortieren oder zumindest damit anfangen. Und dann ist da noch das Haus. Und ihr Geld«, fügte sie hinzu. »Sie hat mich als Testamentsvollstreckerin eingesetzt.«

»Und was machen wir mit Ellen?«, fragte Edie.

»Richtig«, sagte Jude.

»Wir haben hin und her überlegt, ob wir es ihr sagen sollen.«

»Was sagen?« Jude runzelte die Stirn.

»Das mit Louise.«

»Ihr habt allen Ernstes mit dem Gedanken gespielt, es ihr zu verschweigen?«

»Das wäre vermutlich die barmherzigste Lösung«, meinte Stella.

»Die barmherzigste Lösung – du meinst also, Nichtwissen ist selige Barmherzigkeit?«

»Ja«, sagte Stella. Sie seufzte. »Ich weiß, dass du mich niedermachen und mit deinen Argumenten erdrücken kannst, Jude. Die Hausfrau gegen die Philosophin, das ist nicht gerade fair, oder? Aber ich habe gehofft, wir könnten drüber reden, ohne uns gleich zu streiten, und entscheiden, was für Ellen das Beste ist.«

»Das ist es ja gerade: Du willst *für sie* entscheiden. Was gibt dir das Recht dazu?«

»Es geht nicht um ein Recht«, sagte Edie. »Aber sie kann selbst keine Entscheidungen mehr treffen.«

»Sie ist doch kein Kind.«

»Aber sie ist wie ein Kind, oder etwa nicht?« Edie fiel der Teddybär ein, den sie ihrer Großmutter kaufen wollte, beschloss jedoch, es im Beisein von Jude nicht zu erwähnen. »In gewisser Weise.«

»Sie würde es nicht verstehen«, sagte Stella. »Und wenn doch, dann würde es ihr das Herz brechen.«

»Ja«, sagte Jude. »So ist das Leben. Es bricht einem das Herz. Würdest du wollen, dass man dir den Tod deiner Mutter verschweigt, damit du in deiner Ahnungslosigkeit glücklich weiterleben kannst?«

»Das ist was anderes.«

»Okay. Wie wäre es, wenn Bob eine Affäre hätte: Würdest du es wissen wollen oder lieber nicht?«

Stella starrte sie schweigend an.

»Wir haben zu viel und doch nicht genug getrunken«, sagte Edie. »Ich mach noch eine Flasche Wein auf. Morgen besorge ich Nachschub.«

»Hab ich was Falsches gesagt?«

»Kein Problem«, erwiderte Stella. »Ich hol mir nur eben meine Strickjacke. Mir ist kalt.«

Edie entkorkte die zweite Flasche. »Sie hat es nicht leicht«, sagte sie. »Und sie war enger mit Mama verbunden als wir beide. Mama hat ihr auch viel mit Sam geholfen. Für Stella ist es schwerer als für uns, dass sie in ihr keine Stütze mehr hat.«

»Okay.« Jude hob die Hände. »Entschuldigung.«

Stella kam zurück und trat ans Fenster. Auf der Wäscheleine hingen zwei weiße Handtücher, und auf dem Verandatisch standen eine Tasse und ein Aschenbecher. »Es kommt mir vor, als sei sie nur eben mal ausgegangen«, sagte sie. »Ihr Buch lag aufgeschlagen und mit der Schrift nach unten auf der Sofalehne, darüber ihre Lesebrille. Im Wäschekorb sind schmutzige Sachen.«

»Trink noch ein bisschen Wein«, sagte Edie.

»Danke.«

Später am Abend sah Edie ihre E-Mails durch.

Mein Schatz, schrieb Alex. *Du fehlst uns hier sehr. Das Haus ist so still, obwohl Gabriel und Leah hier sind und du doch am wenigsten Lärm machst von uns allen. Nach Kit selbstverständlich, der nur zwei Worte gesagt hat, seit er aus der Schule zurück ist: »Ja« und »Nein« (er hat dir eine Mail geschickt, aber ich durfte sie nicht lesen). Alle verstehen, warum du dort sein musst, sogar Jess, die dir gerade eine Karte schreibt (ja, ich weiß, sie sollte längst im Bett sein). Gabriel und Leah schicken dir schöne Grüße und ihr aufrichtiges Beileid. Sie möchten unbedingt zur Trauerfeier kommen – ich werde Peggy den Termin mitteilen und dir dann Bescheid geben. Aber was ich dir vor allem sagen wollte: Du warst immer eine wunderbare Tochter. Vergiss das nicht, auch wenn du traurig und niedergeschlagen bist. Bestell Stella und Jude einen lieben Gruß von mir, und lass dich von Jude nicht unterbügeln, hörst du? Pass gut auf dich auf! Ich ruf dich morgen an. Alex*

PS: Was möchtest du im Schrebergarten anbauen?

Und Kit hatte ihr geschrieben:

Hallo, Mami. Du hast gesagt, ich soll alles aufschreiben. Ich kann nicht gut tippen. Es dauert eine Ewigkeit. Heute in der Schule hat Robbie mich »Spinner« genannt, und ein anderer Junge hat mein Pausenbrot in den Fischteich geworfen. Ich habe nicht geweint, auch wenn es mir schwer gefallen ist. Ich habe es keinem erzählt. Denn dann wird alles nur noch schlimmer. Ich hätte es Lewis erzählt, aber der war mit allen seinen Freunden zusammen, und dann ist er immer ganz anders. Ich hatte sowieso keinen Hunger, danach erst recht nicht. Mir war auch ein bisschen schlecht. Deshalb war es egal mit dem Brot. Wir vermissen dich sehr. Es ist wie Heimweh, nur dass ich zu Hause bin. Daddy ist sehr laut und fröhlich. Wir haben indisch gegessen, und er hat mit uns Ratespiele gemacht. Bilbo hat eine Maus getötet und mir gebracht. Der Kopf war ab. Jetzt muss ich ins Bett, weil es schon spät ist.
Liebe Grüße, Kit.

Edie legte sich angekleidet auf Louises Bett. Es war ein warmer, angenehmer Abend, und sie hatte zu viel Wein getrunken. Vom Bett aus konnte sie das Hochzeitsfoto sehen. Wie seltsam muss es für Louise gewesen sein, jeden Morgen und jeden Abend Vic vor sich zu haben, der ihr jüngeres Ich mit solch entrückter Verzückung anschaute. Es wirkte fast wie eine Bestrafung. Sie schloss die Augen.

17 Siebzehn

Edie hatte Alex im Skiurlaub in Frankreich kennen gelernt, als sie fünfundzwanzig war. Er war fast zehn Jahre älter. Sie war mit drei Freundinnen unterwegs, er mit seinen beiden Kindern im Alter von sechs und vier. Seine Frau und er hatten sich erst vor wenigen Monaten getrennt. Er war zwar die ganze Woche über betont gut gelaunt, wirkte aber manchmal ein wenig verwirrt, als habe er sich in eine fremde Welt begeben, ohne so recht zu wissen, was er dort eigentlich tat. Abend für Abend saß er an seinem Tisch in der Ecke des Hotelrestaurants, schnitt das Essen für seine Kinder klein und steckte am Ende der Mahlzeit den Korken wieder in seine Weinflasche. Vielleicht, dachte Edie, ist das der Grund, aus dem ich mich in ihn verliebt habe: Seine demonstrative Fröhlichkeit war nicht ungebrochen. Edie beobachtete seinen Umgang mit dem Sohn und der Tochter: wie er sich zärtlich besorgt über sie beugte, ihnen andächtig zuhörte, wenn sie sprachen. Er war ein schwerer, ungelenker Mann, und seine Kinder wirkten neben ihm klein und schmächtig. Edie war zutiefst gerührt.

Vielleicht schuf aber auch das mangelnde Talent für das Skifahren, das sie einte, das erste Band. Zu Beginn der Woche besuchten sie allesamt den Anfängerkurs, aber während alle anderen, auch Alex' Kinder, schon nach dem ersten Tag zu den Fortgeschrittenen aufrückten, blieben Alex und Edie die ganze Woche bei den Anfängern. Sie stürzten auf dem Idiotenhügel, rutschten im Schneepflug in Schneewehen, und einmal, als sie beide aus demselben Sessellift stiegen, verhakten sich ihre Beine, sodass sie in einem Schneehaufen landeten und schließlich seitwärts über die vereiste Bahn schlitterten. Als sie im Schnee lagen und sich Schneeflocken auf Nase und Wangen senkten und dort langsam schmolzen, fragte sie ihn aus heiterem Himmel, warum er und seine Frau sich getrennt hätten. Sie hatte erwartet, dass er ihr entweder eine Abfuhr erteilen oder reumütig einen Seitensprung beichten würde. Aber stattdessen antwortete er nur: »Sie war enttäuscht von mir. Ich war ihr zu normal. Fehlender Ehrgeiz und mangelnde Dynamik.« Er fuchtelte mit einem Bein in der Luft herum, der Ski baumelte über ihren Köpfen. »Sehen Sie mich doch an. Ich bin Mathelehrer an einer Gesamtschule, und sie wird demnächst Direktorin. Sie war schon immer auf der Überholspur, und inzwischen steht sie vermutlich auf dem Treppchen.«

Edies Blick wanderte von dem dichten Schneegestöber am Himmel zu ihm. Er trug eine rote Bommelmütze, die ihm zu klein war, und an seinen Augenlidern klebten Schneeflocken. Seine Wangen waren sonnenverbrannt, und seine Nase glänzte. »War es schlimm für Sie?«

»Sie sind eine komische Frau«, sagte er. »Sie wirken so still, aber Sie kommen schnurstracks auf den Punkt.«

»Und, war es schlimm?«, beharrte sie.

»Ja, natürlich.« Er lachte, sortierte seine Beine, stand auf und streckte ihr eine Hand im Fäustling entgegen. »Gehen wir?« Er zog sie hoch und sagte: »Soll ich Ihnen was gestehen? Ich hab schreckliche Angst vor dem Skifahren. Ich stehe auf diesem verdammten Hügel und kann es nicht fassen, dass ich hier nur wegkomme, wenn ich runterfahre. Sei's drum!« Er holte tief Luft, machte ein resigniertes Gesicht, stieß sich kräftig ab und beugte sich nach vorn. Es imponierte ihr, dass er keine Scheu zeigte, sich zu blamieren. Seine Skier drehten zu einem asymmetrischen Schneepflug ein, und er hob einen Stock, als könne er damit ein Unglück abwehren. Edie beobachtete, wie er an Geschwindigkeit zulegte und grandios in den Schnee plumpste.

Zwei Jahre später, als sie ein Kind erwartete, fragte sie ihn endlich, ob er seiner ersten Frau jemals untreu war. Er schüttelte den Kopf.

»Ich habe mir immer gesagt, wenn ich in Versuchung gerate, dann stelle ich mir die Gesichter meiner Kinder vor, die mich vom Fußende des Bettes aus anstarren.«

»Und du glaubst, das funktioniert?«

»Das ist das Einzige, was meiner Meinung nach funktionieren kann.«

»Ich werd's mir merken.«

Er legte seine Hand auf ihren gewölbten Bauch. »Du bist im Augenblick nicht gerade die richtige Kandidatin für einen Seitensprung«, sagte er.

»Und du?«

»Oh, ich selbstverständlich schon. Ich habe gelesen, dass es mehrere höchst gefährliche Situationen im Leben eines Mannes gibt. Eine davon ist die Schwangerschaft seiner Frau. Eine andere die nach der Geburt des zweiten Kindes. Außerdem ist er in den gesamten Vierzigern gefährdet, und das aus allen möglichen Gründen wie Langeweile, Zweifel an seiner Potenz, Angst vor dem Tod. Und wenn er all das überstanden hat, büxst er oft aus, sobald die Kinder aus dem Haus sind.«

»Bis dahin bleiben uns noch zwanzig bis dreißig Jahre«, meinte Edie, und sie lächelten sich glücklich an.

Sie dachte an Alex, als sie das Bestattungsinstitut verließ. Es war ein wunderschöner Morgen, einer jener strahlend blauen, windigen Tage, an denen alles wie rein gewaschen erscheint. Er hatte sie in aller Frühe angerufen. Im Hintergrund waren die Kinder zu hören: Jess brüllte etwas von einem Plastikpferd, das sie offenbar in einer Packung Frühstücksflocken gefunden hatte. Lewis fragte Alex, wo seine Fußballschuhe seien. Für die Pause hatte Alex ihnen Bananensandwiches gemacht. Kit fand seine Englischmappe nicht, und das Buch, das Jess in der Schulbücherei ausgeliehen hatte, müsse heute zurückgegeben werden; ob Edie vielleicht wisse, wo es sei? Und auf welche Temperatur er die Waschmaschine einstellen solle, denn die Wäsche, die er am Vorabend gewaschen habe, sei blau verfärbt.

»Sonst alles in Ordnung?«, fragte sie.

»Vollkommen.«

»Den Kindern geht's gut?«

»Ja.«

»Und Kit?« Sie bemühte sich, beiläufig zu klingen.

»Er ist ziemlich still. Er vermisst dich.«

»Ich vermisse ihn auch, ich vermisse sie alle drei. Und dich.«

»Hmmm.« Dann folgte ein Krachen. »Mist. Ich ruf später noch mal an.«

Edie spazierte langsam die Haupteinkaufsstraße entlang. Sie betrachtete die Schaufensterauslagen, besah sich Schmuck, Kerzen, Angelruten. Plötzlich wurde ihr bewusst, dass sie seit Lewis' Geburt vor fast elf Jahren zum ersten Mal allein unterwegs war. Das jähe Gefühl der Freiheit machte ihr beinahe Angst, es war, als habe sie schwere Stiefel abgestreift. Sie wollte jetzt weder an Kits Probleme in der Schule denken noch daran, dass er sie vermisste. Einmal, vor ein paar Monaten, war sie auf dem Heimweg von der Praxis am Schulhof vorbeigekommen und hatte über den Zaun einen Blick auf den Pausenhof geworfen. Jess stand ganz oben auf einer Rutsche und kommandierte eine Gruppe von Mädchen unter ihr herum. Lewis, vor Eifer feuerrot im Gesicht, spielte mit seinen Freunden Fußball. Kit stand am anderen Ende des Schulhofes, aber an seinen hochgezogenen Schultern und dem kupferroten Haar hätte sie ihn auf eine Meile Entfernung erkannt. Er war ganz allein, eine kleine Gestalt in einer Hose, die ihm zu lang war. Sie zuckte vom Zaun zurück, als sei es ein Elektrozaun. Er sollte nicht wissen, dass sie ihn in seiner Einsamkeit und Scham gesehen hatte. Seither nahm sie den längeren Weg nach Hause.

Im Spielzeugladen erstand sie einen Pandabären mit schwarzen Augen und einem dicken, weichen Fell. Sie versuchte sich Ellen vorzustellen, wie sie dasaß und ihn im Arm hielt. Auf dem

Rückweg zu Louises Haus machte sie einen kleinen Umweg, um beim Feinkosthändler ein Stück Brie, einen sündhaft teuren Meeresfrüchtesalat, ein paar Artischockenherzen, Kaffeebohnen und mit Kürbis gefüllte Ravioli zu kaufen. Im Getränkemarkt erstand sie zwei Flaschen Weißwein und eine Flasche Malt Whisky, in der Bäckerei ein dunkles Brot, das noch warm war.

Als Edie eintraf, erledigte Stella gerade Anrufe wegen der Trauerfeier. Sie hatte Louises Adressbuch schon halb durch.

»Es ist sonderbar«, sagte sie, als Edie hereinkam. »Wie eine archäologische Grabung. Dasselbe Adressbuch hatte sie schon, als wir noch Kinder waren; sie hat es mit Tesafilm geklebt. Einige Einträge stammen von Vic. Es ist gut dreißig Jahre alt. Die Hälfte der Namen sind durchgestrichen – bedeutet das, dass die Leute umgezogen, gestorben oder geschieden sind oder dass sie einfach keinen Kontakt mehr zu ihnen hatte?«

Edie sah ihr über die Schulter. »Woher weißt du eigentlich, wen du benachrichtigen musst?«

»Ich rufe die Leute an, von denen ich weiß, dass sie sich hin und wieder mit ihnen getroffen hat. Sie hatte hier ziemlich viele Freunde. Ich habe die Leute aus dem Art Shop angerufen, als du unterwegs warst, und ich glaube, alle kommen. Sie machen den Laden einfach für ein paar Stunden zu. Offenbar waren sie ganz angetan von ihr.«

»Das ist gut. Sie hat sich dort wohl gefühlt.«

»Ich denke, es war wichtig für sie, dass sie jeden Morgen bis zum Abend aus dem Haus gehen konnte. Stell dir vor, sie wäre hierher gezogen und hätte keine Arbeit gefunden. Sie wäre verrückt geworden. Sie war ein geselliger Mensch.«

»Hast du's gemerkt?«

»Was?«

»Wir sprechen schon in der Vergangenheit von ihr.«

»Tatsächlich? Ja, stimmt. Meinst du, ich soll die Eltern von Rose auch einladen?«

»Alison und Simon? Hatte sie noch Kontakt zu ihnen? Sie haben sich scheiden lassen, schon vor Jahren.«

»Ich glaube schon, dass sie sich noch mit ihnen trifft. Traf. Ich könnte sie einfach fragen.«

»Ich habe sie seitdem nicht mehr gesehen, ich weiß gar nicht mehr, wann es das letzte Mal war.«

»Wie oft triffst du dich mit Rose?«

»Nur ein paar Mal im Jahr, meistens, wenn sie in London ist. Sie hat sich gerade von ihrem dritten Mann getrennt.«

»Hat sie Kinder?«

»Nein. Sie wollte, aber es hat nie geklappt. Inzwischen ist es wahrscheinlich zu spät dafür.«

Edie klopfte bei Louises Nachbarin und wartete. Nach einiger Zeit hörte sie Schritte und sah einen Schemen hinter der Glastür. Dann wurde die Tür geöffnet.

»Ja?« Es war eine korpulente, hübsche Frau in Louises Alter mit grauen Locken.

»Mrs Lovell? Ich bin Edie. Louises Tochter. Ich glaube, wir haben uns vor Jahren einmal kennen gelernt…«

»Edie? Ich habe Sie gar nicht erkannt. Ich hatte vor, rüberzukommen und Hallo zu sagen, aber ich wollte nicht stören… Kommen Sie doch rein. Entschuldigen Sie die Unordnung.«

Edie folgte ihr in eine makellos saubere Küche.

»Es tut mir so Leid wegen Ihrer Mutter. Was für ein furchtbarer Schock.«

»Ja. Danke. Wir möchten Sie zur Trauerfeier einladen. Sie ist am Montag.«

»Selbstverständlich komme ich. Wir waren – wie lange – dreizehn Jahre lang Nachbarinnen. Möchten Sie eine Tasse Tee?«

»Danke, gern. Haben Sie sie oft gesehen?«

»Ja, gesehen habe ich sie natürlich. Aber wir haben uns nicht besonders oft getroffen. Ich bin häufig bei meinen Enkeln, und sie hat ja gearbeitet. Und…« Sie zögerte.

»Ja?«

»Es steht mir nicht zu, das zu sagen …«

»Bitte, sagen Sie es nur.«

»Ich möchte nicht schlecht über Tote sprechen …«

Edie wartete. Wenn jemand sagte, er wolle nicht schlecht über Tote sprechen, würde er genau das im nächsten Augenblick tun.

»Ihre Mutter hat ein bisschen zu viel getrunken.«

»Das wusste ich nicht«, sagte Edie vorsichtig.

»Ich trinke abends auch gern mal ein Gläschen«, fuhr Mrs Lovell fort. »Ein Glas Wein, vielleicht einen Sherry. Aber Ihre Mutter … Also, ich habe gesehen« – dabei senkte sie die Stimme, als würde sie belauscht –, »dass sie schon *morgens* trank.«

»Sie meinen tatsächlich schon morgens? Nicht erst mittags beim Essen?«

»Beim Frühstück.«

»O Gott, das wusste ich nicht.«

»Machen Sie sich deshalb keine Vorwürfe.« Mrs Lovell spitzte die Lippen. »Aber wenn Sie mich fragen, war sie sehr einsam. Sie hat hier ganz für sich gelebt, ihre Kinder waren so weit weg. Anders als ich und meine Kinder.«

»Wir haben sie doch besucht«, erwiderte Edie. »So oft wir konnten. Und sie hat uns besucht.« Aber es klang nicht sehr überzeugend.

»Hmm«, meinte Mrs Lovell zweifelnd. »Nehmen Sie Zucker?«

»Oma. Ellen.«

Sie saßen in einem der kleinen Aufenthaltsräume im Altersheim. Die Sonne fiel ungefiltert durch die großen Fenster ein, und die Heizkörper waren noch an. Ellen saß da, den Pandabären an die Brust gedrückt, das Kinn zwischen seinen Ohren. Sie roch nach Urin und Talkumpuder. Durch ihr schütteres Haar schimmerte die rosarote Kopfhaut. Die drei Schwestern standen um sie herum, und Edie hielt ihre Hand. Sie bemerkte, dass die Fingernägel ihrer Großmutter dringend geschnitten werden mussten und Ellens

Beine wieder offen waren, direkt über den geschwollenen Füßen, die in schäbigen rosafarbenen Hausschuhen steckten.

»Wann kann ich nach Hause?«, fragte Ellen. »Heute? Ich will nach Hause, das weißt du doch, Louise.«

»Ich bin nicht Louise«, sagte Stella hilflos. Ihre Augen füllten sich mit Tränen. »Ich bin Stella, deine Enkelin.«

»Ich weiß, wer du bist. Mir geht es jetzt wieder ausgezeichnet«, sagte Ellen. »Es ist so heiß hier, und die alten Leute machen in der Nacht ständig Lärm.«

»Oma«, sagte Edie. »Wir möchten dir etwas sagen.« Sie sah Jude an. Schließlich hatte Jude mit solcher Bestimmtheit erklärt, Ellen habe das Recht zu erfahren, dass ihre Tochter nicht mehr lebt. Aber Jude schwieg. Ihr Gesicht war blass und ausdruckslos. »Louise hatte einen Unfall«, sagte Edie schließlich. In der abgestandenen heißen Luft bekam sie Kopfschmerzen. »Einen Autounfall.«

»Einen Autounfall«, wiederholte Ellen leise.

»Sie ist tot, Oma«, sagte Stella.

»Louise? Louise ist tot?«

»Ja.«

»Meine Louise?«

»Deine Louise.«

»Nein.«

»Oma.«

»Nein«, sagte sie lauter. Sie legte die Hand auf Stellas Knie. »Wollt ihr mich nicht nach Hause holen?« Sie hob den Pandabären hoch und sah ihn ratlos an. Dann ließ sie ihn auf den Boden fallen, von wo er sie mit seinen kleinen schwarzen Knopfaugen anblickte.

»Ich bin nicht Louise, Oma. Ich bin Stella.«

»Stella. Stella.« Ellen sprach das Wort, als probiere sie seinen Klang aus, aber es rief keine Erinnerung in ihr wach. Kein Funke des Wiedererkennens zeigte sich auf ihrem Gesicht.

»Louise ist tot«, sagte Jude sehr ruhig.

»Sie hat versprochen, mich zu sich nach Hause zu holen. Vic hat nichts dagegen. Er ist im Grunde genommen ein lieber Mensch, trotz allem. Ich werde im Garten Unkraut jäten, und euer Haus müsste mal von oben bis unten geputzt werden.«

»Montag ist die Trauerfeier«, sagte Edie.

Ellen sah erst sie, dann Stella an. Sie spitzte pfiffig den Mund. »Ich habe immer gesagt, stille Wasser sind tief«, sagte sie. »Ich bin doch nicht blind.«

»Oma…«

»Ich will nur nach Hause.«

Sie saßen am Gartentisch und aßen Sandwiches mit Brie. Jude trug eine Sonnenbrille, die ihre Augen verbarg. Sie hatte ihre Haare mit einem von Louises alten Kopftüchern hochgebunden als Vorbereitung auf die Aufräumarbeiten, die sie am Nachmittag in Angriff nehmen wollten.

»Auf dem Dachboden stehen massenweise Kisten«, sagte Stella. »Ich war oben und hab sie mir angeschaut.«

»Ich dachte, sie hätte alles weggeworfen, als sie hierher zog«, sagte Edie. Sie erinnerte sich an das Feuer im Garten. Louise hatte Bücher und Papiere in die züngelnden Flammen geworfen.

»Ganz und gar nicht. Unsere alten Zeugnisse hat sie beispielsweise aufgehoben. Bilderbücher. Und haufenweise Klamotten.«

»Wir sollten einen Container mieten und alles hineinkippen«, sagte Jude. »Den Schmuck, das Silber, die Bilder und dergleichen teilen wir untereinander auf und einigen uns, wer welche Möbel und so weiter bekommt. Alles andere werfen wir weg. Wir werden doch keine angeschlagenen Teller mitnehmen, nur weil wir davon Weihnachtsgebäck gegessen haben, als wir sechs waren, oder? Oder Lesezeichen und Kammhüllen, die wir in der Grundschule für sie gebastelt haben. Oder ein Stück gebrannten Ton mit dem Abdruck unserer Hand. Die alten Schulfotos, auf denen ich am Ende der Reihe stehe und wie ein Mehlsack aussehe.«

»Wir können das doch nicht einfach wegwerfen!«, entgegnete

Edie, legte ihr Sandwich aus der Hand und starrte Jude entgeistert an. »Das sind wertvolle Andenken.«

»Genau«, sagte Jude. »Du willst wohl jetzt deine ganze Kindheit aufarbeiten?«

»Mag sein«, erwiderte Edie. »Ich weiß nicht. Aber ich werde nicht alles wegwerfen. Das wäre ein Fehler.«

»Ich bin ganz Edies Meinung. Ich habe schöne Erinnerungen.«

»Du ganz bestimmt«, sagte Jude. »Aber ich mache da nicht mit.«

»Komm schon, Jude. Hilf uns«, bat Edie.

Jude warf ihr einen finsteren Blick zu.

»So wie heute wird es nie wieder sein«, sagte Stella. »Wir verlassen dieses Haus, und jeder geht seiner Wege. Und selbst wenn wir uns ab und zu sehen, wird es nie wieder so sein wie jetzt.«

Jude murmelte etwas vor sich hin.

»Was?«

»Ich sagte … Ach, egal. Erinnerungen sind gefährlich.«

»Wie kann jemand, der acht Jahre lang eine Analyse gemacht hat, nur so etwas sagen?«

»Gerade deshalb kann ich es sagen. Ich bin Expertin. Verkennt bloß nicht, dass Verdrängung auch hilfreich sein kann.«

18
Achtzehn

»Erinnerst du dich noch daran?« Es war eine alte Decke mit Schottenmuster, aus deren Troddeln der Staub rieselte.

»Aber ja.«

Sie hatten sie im Wohnzimmer über die Stühle gelegt, um ein Zelt daraus zu bauen, und ihre Puppen darin im Kreis angeordnet; hatten darauf unter dem Zwetschgenbaum gepicknickt. Die kratzige Wolle und die stacheligen Grashalme kitzelten ihre nackten Beine, während das Sonnenlicht durch das Geflecht der Zweige fiel. Dünner Tee mit Milch in Tassen, die wackelig auf dem unebenen Boden standen. Schokoladeneclairs und Doughnuts mit Marmelade. Die kleinen Phantasiekuchen, die Stella als Teenager gebacken hatte, mit einer Erdbeere obendrauf. Die Pausen auf einem Rastplatz auf der Fahrt nach Wales, als sie durch Gestrüpp und über Zäune geklettert waren und die Decke auf einem Feld über Disteln und Brennnesseln ausgebreitet hatten, Brötchen mit vegetarischem Aufstrich und geschrappte Karotten aßen; ringsum das Muhen der Kühe und das Summen der Mücken. Oder am Strand: Kartoffelchips und Kekse voller Sand, dazu das Geräusch der grauen Wellen, Vics sonnenverbrannte Arme, wenn er sich über Felsenteiche beugte, Louise, die sich zurücklehnte, die wohl geformten Beine glänzend vom Sonnenöl, den Kopf im Nacken, die Augen geschlossen.

»Und seht mal, hier!«

»Die waren in meinem Zimmer.«

Alte Vorhänge mit verrosteten Haken. Blau gemustert, von der Sonne ausgebleicht, mit den Jahren verschlissen. Edie hob einen Zipfel an die Nase und sog den Geruch von Mottenkugeln ein.

»Und die hier waren in *meinem* Zimmer.«

»Meine Güte, wie lange das her ist! Ich weiß noch, wie ich sie mit Louise gekauft habe. Bei der Gelegenheit hab ich auch diese knubbelige gelbe Tagesdecke bekommen.«

Die drei saßen im Wohnzimmer zusammen, tranken Tee und aßen knusprige, dünne Haferkekse, die Mrs Lovell kurz nach Edies Besuch gebracht hatte. Sie hatten den meisten Krempel vom Dachboden heruntergeschafft. Überall lagen schwarze Müllsäcke herum, die an manchen Stellen aufgeplatzt waren und ihren Inhalt verstreuten. Alte Lampenschirme und Liegestühle stapelten sich neben der Tür, auch das Zelt, das sie früher im Garten aufgestellt hatten und dessen verbogene Heringe in den Zeltboden gewickelt waren. Es war schon immer undicht gewesen, vor allem die Seitenwände. Edie erinnerte sich an das nächtliche Prasseln des Regens auf der Plane und an das wütende Gesumm der Wespen, die sich tagsüber in dem Netz zur Belüftung unterhalb der Decke verfangen hatten.

Die Sonne schien durchs Fenster, Staub tanzte in ihren goldenen Strahlen. Säcke voller Kleidungsstücke: Louises dreißig Jahre alte Partykleider, sorgsam zusammengelegt; ein langes schwarzes mit Spitzenärmeln; eines mit einem Zickzackmuster, das den Augen wehtat; ein langer, raschelnder Chiffonrock; ein rosafarbenes Kleid mit Seidenfutter. Sie stammten aus der Zeit, als Louise und Vic Dinnerpartys gaben und Louise sich in einer Weise herausputzte, die für ihre Töchter heute kaum mehr vorstellbar war: Sie trug lange Kleider, baumelnde Ohrringe und verbrachte eine gute Stunde vor dem Frisiertisch, dessen dreiteiliger Spiegel ihr Gesicht endlos reflektierte und die Bilder ineinander schob. Parfüm, Lippenstift, Haarspray, von dem Edie niesen musste. Von Vic fand sich nichts, nur zwei Krawatten, aufgerollt in einer kleinen Tüte.

Aber sie entdeckten einige Kleider, die sie selbst als Kinder getragen hatten: Eine Latzhose aus knallrotem Cord, an die Edie gar nicht mehr gedacht hatte, bis ihr Anblick sie schlagartig in die Vergangenheit zurückversetzte und ihr fast das Gefühl gab, wieder dort zu sein und bei Regen in den Garten hinauszulaufen. Dann das geliebte gelbe Partykleid mit dem weiten Tüllrock und dem braunen Samtbesatz. Ein rosafarbener Wildledermantel mit Kunstpelzbesatz, auf den sich Stella mit einem Ausruf kindlichen Entzückens stürzte. Ein rot-blauer Pullover, den Ellen gestrickt hatte, mit einem glänzenden kleinen Knopf im Nacken. Ein Batik-T-Shirt, das Jude gemacht hatte; alle drei erinnerten sich noch daran, wie Jude im Garten in einer Plastikwanne gerührt hatte und die violette Flüssigkeit auf den Steinboden der Terrasse geschwappt war. In einer anderen Tüte lag ein Paar Stiefel, in denen eine von ihnen laufen gelernt haben musste. Es gab Lätzchen mit kleinen Flecken, eine spitzenbesetzte Babydecke, eine winzige weiße Strickjacke, einen gehäkelten Hut, alte, abgewetzte Teddybären, eine Puppe, die keck die Augen aufschlug, wenn man sie aufsetzte, eine Puppe zum Umdrehen mit einem zweiten, unter dem Rock versteckten Kopf.

Edie schüttelte ein langes rotbraunes, tief ausgeschnittenes Kleid aus. Sie hatte es nur ein einziges Mal getragen und dann in den Schrank gelegt. Sie starrte es einen Moment an und gab sich ihren Erinnerungen hin. Dann faltete sie es und steckte es wieder in die Tüte.

»Sie hat alle Muscheln aufgehoben, die ich gesammelt habe«, sagte Stella mit weinerlicher Stimme. Farblose, zerbrochene Messermuscheln, Muschelhörner, in denen man das Rauschen des Meeres hörte, wenn man sie ans Ohr hielt, winzige Muscheln, rosarot wie ein bemalter Fingernagel, mit denen Stella Schachteln beklebt hatte, Kaurischnecken … »Ich wusste gar nicht, dass sie alle diese Sachen aufgehoben hat.«

Auch Edies Glasfigürchen hatte sie aufbewahrt, einzeln in Seidenpapier in einem kleinen Karton verpackt, sogar den Elefanten mit dem abgebrochenen Rüssel. Und Judes Album mit den gepressten Blumen, das sie angelegt hatte, als sie ungefähr acht Jahre alt war: Ehrenpreis, Schöllkraut und Vergissmeinnicht. Zerbröselte Blütenblätter rieselten zu Boden wie Sandkörnchen. Auch alle Dr.-Seuss-Bücher und verschiedene Anthologien mit Kinderversen, die auf manchen Seiten mit kindlichen Kritzeleien versehen waren. Die Schulzeugnisse in einer Schachtel, in der sie auch ihre alten Hefte und Übungsblätter aus der Grundschulzeit fanden. Stella entrollte ein Selbstporträt, das Jude im Alter von etwa drei Jahren gemacht hatte: Die Beine traten direkt unter dem Kinn hervor, und die riesigen Schielaugen standen hoch auf dem Kopf. Die dick aufgetragene grüne und gelbe Farbe blätterte ab.

»Sieht mir ähnlich«, meinte Jude sarkastisch, aber auch sie konnte sich der nostalgischen Stimmung nicht entziehen.

»Seht mal«, sagte Stella.

»O nein, Fotos«, rief Jude. »Jetzt haben wir den Salat! Wir werden hier nie wieder wegkommen. Wir werden hier bleiben, bis wir alt sind, und in Kindheitserinnerungen schwelgen.«

Die Fotos lagen in Schuhschachteln. Bei den meisten hatte Vic offenbar hinter der Kamera gestanden, während alle anderen darauf zu sehen waren: die drei Mädchen und Louise in allen Altersstufen. Auf Schwarz-Weiß-Bilder folgten Farbfotos. Die drei Töchter als Babys, als kleine Mädchen, als Teenager. Louise mit nach hinten gekämmtem Haar und Röcken mit einem breiten Gürtel um die Taille. Louise im Badeanzug, auf einem Felsen hockend. Immer wieder Louise, als habe Vic sich an ihr gar nicht satt sehen können, nicht einmal durch die Fotolinse. Und sie strahlte ihn an, sich ihrer Schönheit durchaus bewusst. Die Schwestern betrachteten die glänzenden Bilder, auf denen sie posierten, grinsten, überrascht aufsahen, wegschauten; unscharfe, vergilbte Fotos, verschattete, weil sich ein Daumen darauf verirrt hatte, Schnappschüsse.

»Wir sehen alle so glücklich aus«, sagte Stella.

»Das haben Familienbilder so an sich«, meinte Jude. »Immer lächeln alle darauf. Es gibt kaum Fotos in den Alben, auf denen jemand weint. Man muss eine fröhliche Miene aufsetzen, wenn man für Erinnerungsfotos posiert. Trotzdem, ich sehe nicht gerade glücklich aus, was meint ihr?«

»Hier sind die Eltern von Rose Scott«, sagte Stella und hob einen überbelichteten Schnappschuss hoch, auf dem Louise Alison und Simon umarmte. »Ich erinnere mich an diesen Tag. Wir waren zu einem Grillfest gekommen.«

»Ja«, sagte Jude. »Dad hat das Fleisch schwarz werden lassen, und Louise hat ihn angeschrien. Seht ihr? Das ist die Wahrheit hinter den Fotos.«

»Und hier ist eins von Daddy«, sagte Edie. »Das muss kurz vor ...«

Er lächelte, sein verdutztes Lächeln, und seine schwarzen Haare hingen wirr herab und verdeckten ein Auge. Er hatte eine Hand halb erhoben, als wolle er winken oder sich an die Stirn greifen. Er blickte ihnen direkt ins Gesicht.

Jude erhob sich abrupt. »Ich glaube, es ist Zeit, eine Flasche Wein aufzumachen.«

»Es ist noch nicht mal sechs.«

»Na und? Ich erteile dir eine Sondergenehmigung, Stella. Nach dem Tod deiner Mutter ist es dir erlaubt, zu jeder Tages- und Nachtzeit – sagen wir zehn Tage lang – zu trinken, okay?«

»Okay.«

Jude verschwand in die Küche und kam wenig später mit einem Tablett zurück.

»Hier«, sagte sie und schenkte drei Gläser voll.

»Ich hab auch Zigaretten gekauft«, sagte Edie zu ihrer eigenen Überraschung. Eigentlich hatte sie vorgehabt, sie heimlich zu rauchen, als eine Art unpassender Rückfall in ihre Teenagerzeit. »Wer möchte?«

»Warum nicht?«, meinte Stella. Sie nahm eine und steckte sie sich demonstrativ in den Mund. »Bob würde mich umbringen.«

»Ich hab immer Selbstgedrehte geraucht«, sagte Jude. »Das ist eine der beständigen Erinnerungen an meine Jahre hier, als ihr beide weg wart und nur ich und Mama hier lebten. Ich hab mich rausgeschlichen und mir eine Zigarette gedreht; ich erinnere mich, wie das Ende Feuer fing, wenn man sie anzündete, und einem die Tabakkrümel auf den Lippen klebten. Du meine Güte, das ist Jahre her.« Sie sog den Rauch tief ein und grinste. »Später bin ich natürlich nicht mehr rausgeschlichen, sondern habe extra vor Mutter geraucht, nur um sie zu ärgern. Dann sah sie mich mit diesem geduldigen, traurigen Blick an, ging zum Fenster und riss es auf.«

Stella begann zu husten. »Ich habe nie geraucht«, sagte sie.

»Ich habe nur deshalb Selbstgedrehte geraucht«, fuhr Jude fort, »weil *er* es tat.« Sie hob ihr Glas, sah Edie herausfordernd an und trank einen Schluck. Ihre Haare lösten sich und lockten sich um ihre hohlen Wangen.

»Wer?«

»Du weißt schon. Ricky.«

»Oh«, sagte Edie kaum hörbar. Ihr war ein wenig schwindelig. Sie schnippte die Asche in eine Untertasse und trank einen Schluck Weißwein.

»Ich habe ihn angebetet. Ich war bis über beide Ohren in ihn verliebt.«

»Das wusste ich gar nicht«, sagte Edie und fragte sich, ob das wirklich stimmte.

»Meine Güte, war ich verknallt! Ich glaube, so ist es mir nie wieder gegangen. Nicht einmal mit Euan oder Robbie und auch nicht mit dem armen Derek. Traurig, nicht wahr? Ich war ein dickes fünfzehnjähriges Mädchen, und er war in meine ältere Schwester verliebt, und trotzdem konnte ich an nichts anderes mehr denken. Ich konnte nicht schlafen, weil ich nur an ihn dachte, und wenn ich schlief, träumte ich nur von ihm.« Sie lachte auf. »Die erste Liebe ist eine Qual, nicht wahr? Wenn wir älter werden, vergessen wir, wie es ist, jung zu sein.«

»Du hast mit ihm Schach gespielt. Und mit ihm über den *Herrn der Ringe* diskutiert. Das weiß ich noch genau.«

»Das Schachspiel habe ich immer noch. Es war mir heilig. Ich hätte, ohne zu zögern, alles getan«, fuhr Jude fort, »einfach alles, um ihn dir abspenstig zu machen. Aber er hat mich nie auch nur eines Blickes gewürdigt. Warum erzähle ich all das jetzt bloß?«

»Du Ärmste«, sagte Stella leise. Sie durchstöberte noch immer die Fotos, die auf dem Teppich verstreut lagen. Gesichter zogen an ihr vorbei.

»Er mochte dich«, sagte Edie. Sie sah aus dem Fenster in die Sonne, die auf den gepflegten Rasen schien. Die Fotos, der Wein, die Zigaretten und nun das. Die glimmenden Zigaretten leuchteten bei jedem Zug hell auf.

»Das hat es fast noch schlimmer gemacht. Ich habe ihm geschrieben, wisst ihr. Nachdem wir weggezogen waren und du den Kontakt zu ihm abgebrochen hattest.«

»Hat er geantwortet?«, fragte Stella. Edie wollte es eigentlich gar nicht wissen. Sie wollte nicht daran denken, wie er am Ende der Straße gestanden und mit hoffnungsvollem Blick auf sie gewartet hatte.

»Ich hab ihm geschrieben, dass ich immer für ihn da bin. Wie in dem Lied von Carole King. Dass ich noch in zehn, zwanzig Jahren für ihn da sein werde. Ich fand dich unglaublich dumm und hartherzig«, sagte Jude. »Ich hab dich verachtet. Nein, er hat nie geantwortet.«

»Eigentlich will ich nicht…«

»Natürlich habe ich dich verstanden, zumindest später. Sex und Tod, das muss sich in deinem Kopf vermischt haben.«

»Ja«, sagte Edie. Sie drückte ihre Zigarette aus. »So war's.« Überrascht stellte sie fest, dass sie ihren Wein ausgetrunken hatte. »Ich konnte ihn nicht anschauen oder auch nur an ihn denken, ohne dass mir übel wurde.«

»Seine Briefe sind noch da«, sagte Stella. »Auf dem Dachboden steht eine Kiste mit deinen Sachen, die wir noch nicht runtergeholt haben. Ich habe die Briefe gesehen. Nur einen einzigen«, fügte sie hastig hinzu. »Ich hab sie nicht gelesen.«

»Das spielt jetzt keine Rolle mehr«, sagte Edie. »Es ist so lange her. Ich war noch nicht mal siebzehn.« Sie gab sich einen Ruck.

»Wisst ihr, ich denke manchmal, Vic wäre noch am Leben, wenn das mit Ricky und mir nicht gewesen wäre.«

»Das ist ja lächerlich«, sagte Stella mitfühlend.

»Um nicht zu sagen, narzisstisch«, fügte Jude hinzu.

»Vielleicht.«

»Wie kommst du auf die Idee?«

»Ich war nicht besonders nett zu ihm«, begann Edie. »Ich war grausam. Kurz bevor ...«

Sie schloss die Augen und hing ihren Erinnerungen nach. Rickys Kopf an ihrer Brust und Vic, der sie, in der Tür stehend, anstarrte und aussah wie ein geprügelter Hund. Sie hörte ihre verächtliche Stimme beinahe. *»Vic«*, hatte sie gesagt, als sprühe sie Gift.

»Dann hast du also zweiundzwanzig Jahre lang geglaubt, es wäre deine Schuld? Bloß weil du nicht nett zu ihm gewesen bist?«

»Nicht ganz. Ich kann nur nicht vergessen, wie gekränkt er mich angeschaut hat.« Als hätte ich ihm ins Gesicht geschlagen, dachte sie; als hätte ich ihm eine schallende Ohrfeige verpasst. »Das wird mir immer vor Augen stehen. Und am nächsten Tag ...«

»Er hat immer ein gekränktes Gesicht gemacht«, sagte Stella. »Sogar wenn wir Monopoly spielten.«

»Wie oft am Tag sind deine Kinder unfreundlich oder grob zu dir?«, fragte Jude. »Deshalb bringst du dich doch auch nicht gleich um, oder?«

»Das ist was anderes ...«

»Er hatte seinen Job verloren. Er war depressiv. Das sind die wahren Gründe«, erklärte Stella mit Nachdruck.

»Mich wundert, für wie einflussreich du dich hältst«, meinte Jude, »dass du glaubst, eine kurze Auseinandersetzung mit deinem Vater – der, wohlgemerkt, außer dir noch zwei weitere Töchter hatte –, könnte so mörderisch enden.« Jude klang so zornig, dass Edie beschwichtigend die Hände hob.

»Wahrscheinlich hast du Recht und ich bin dumm und egoistisch. Aber ist keiner von euch jemals so ein Gedanke gekommen?«

»Ich habe gedacht, ich hätte nicht von zu Hause weggehen sollen«, bekannte Stella. »Lange Zeit hab ich mir eingebildet, wenn ich daheim geblieben wäre, wäre es nicht passiert.«

»Ja, natürlich haben wir alle solche Gedanken gehabt. Schließlich war es Selbstmord. Da kommen plötzlich Schuldgefühle auf.« Judes Stimme klang noch immer wütend. »Was wäre zum Beispiel gewesen, wenn ich nicht dick und unglücklich gewesen wäre – das schwarze Schaf in der Familie? Du solltest solche Gedanken endlich ablegen, Edie. Der Zusammenhang zwischen Ursache und Wirkung ist nicht so kindisch einfach.«

»Willst du damit sagen, dass du nie solche Gedanken hast?«, fragte Edie betroffen. »Bist du denn wirklich so rational? Immerhin bist du magersüchtig geworden. Du hast dich fast zu Tode gehungert. Das muss doch auch damit zu tun haben.«

»Aber natürlich hat es verdammt noch mal damit zu tun. Ich bin ein Lehrbuchfall.«

»Also …«

»Ich sage ja nur, dass du dich nicht dein Leben lang mit dem Vorwurf quälen kannst, Vic hätte sich nicht umgebracht, wenn du dich anders verhalten hättest. Egal, ist das denn nicht sowieso alles konfus?«

»Wie meinst du das?«

»Kinder glauben doch normalerweise, sie seien das Produkt der Scheiße, die ihre Eltern gebaut haben, und nicht umgekehrt.«

»Das kann ich alles überhaupt nicht nachvollziehen«, erklärte Stella. Sie hatte ihre Sandalen ausgezogen; die Abendsonne beleuchtete ihr Haare und ihr Gesicht und verlieh ihr eine schimmernde Zartheit.

»Ich werd mal zu Hause anrufen«, sagte Edie und stand auf. Sie musste Alex' Stimme hören, das Gezänk und den Lärm der Kinder im Hintergrund – das normale Leben, zu dem sie bald zurückkehren würde.

19 Neunzehn

An diesem Abend aßen sie draußen. Edie hatte eine kalte Suppe aus Brunnenkresse und Stella eine Pastete mit Spinat und Schafskäse zubereitet. Es wurde nicht viel gesprochen. Obwohl es gerade erst dämmerte und das Haus noch von der Wärme des Tages erfüllt war, zog sich danach jeder in sein Zimmer zurück.

Edie stand in Louises Zimmer. Sie verspürte keine Müdigkeit, sondern war hellwach und unruhig. Je später es wurde, desto aussichtsloser schien es, an Schlaf zu denken. Sie hatte weder Lust zu lesen noch ein Bad zu nehmen oder den kleinen Fernseher in der Ecke einzuschalten. Sie trat zum Fenster und schaute einen Augenblick hinaus auf den gepflegten Garten. Sie griff nach dem Hochzeitsfoto und betrachtete es eingehend. Sie öffnete den Schrank, schloss ihn aber gleich wieder; Louises Kleider würden sie morgen gemeinsam durchsehen.

Schließlich setzte sie sich aufs Bett und vernetzte ihren Laptop mit dem Telefonanschluss neben dem Nachtkästchen, um ihre E-Mails abzurufen.

Liebste Edie. Wir haben eben erst telefoniert, und deshalb gibt es nichts Neues. Ich wollte dir nur eine gute Nacht wünschen. Alex.
PS: Hast du eine Ahnung, wo Lewis' Taschenrechner sein könnte?
Bei Kit kündigt sich ein Asthmaanfall an. Erinnerst du dich, wo du diesen alten Inhalator hingetan hast?

Mami, du fehlst mir so. Heute habe ich mir so gewünscht, jemand anderes zu sein, aber es ist schwierig, sich das vorzustellen. Es ist, als würde einem gleich der Kopf platzen.

Edie schaltete den Computer aus und stellte ihn neben den Fernseher auf den Boden. Danach ließ sie sich ein Bad einlaufen, gab eine großzügige Portion von Louises Lavendelöl dazu und lag zwanzig Minuten im heißen Wasser, während der Dampf den Raum erfüllte und der Spiegel beschlug. Dann zog sie ihren Morgenmantel an und ging auf den Flur hinaus. Judes und Stellas Zimmertüren waren geschlossen.

Edie holte die Taschenlampe aus der Küche und stieg die Treppe hinauf, wo sie so leise wie möglich die Leiter zum Dachboden herunterzog. Sie kletterte hinauf und leuchtete ins Dunkel. Dort, am anderen Ende unter den Dachbalken, standen mehrere Kisten, daneben die zusammengerollten Schaumstoffmatratzen und der Weihnachtsschmuck, den sie noch nicht durchgesehen hatten. Sie leuchtete mit der Taschenlampe hinein. In der einen Kiste fand sie Judes Tierzeitschriften und Poster sowie ein paar Brettspiele in zerfledderten Schachteln. In den anderen waren Schallplatten, LPs und Singles, viele davon ohne Hülle und zerkratzt. Dort stand auch eine Kiste, halb gefüllt mit Sachen, die Edie gehört hatten. Sie beugte sich darüber und entdeckte Briefe, Ansichts- und Geburtstagskarten, sogar Weihnachtskarten, Schwimmurkunden sowie Schulordner, auf denen das Fach in ihrer Handschrift angegeben war.

Und da war das Holzkästchen. Edie öffnete es, und der Lavendelduft des Musselinsäckchens, das sie vor langer Zeit hineingelegt hatte, stieg ihr in die Nase. Und da war noch etwas: die zerknüllten Reste eines gelben Blatts. Wie dumm, dass sie sich so deutlich erinnerte.

Sie nahm die Kiste und schleppte sie in Louises Zimmer hinunter, schob die Leiter wieder an ihren Platz und schloss die Zimmertür mit leisem Klicken. Dann wischte sie den Staub von ihren Füßen, zerrte die Kiste neben das Bett und kuschelte sich unter die Decke.

Um die Fassung zurückzugewinnen, schaute Edie zuerst die Postkarten durch. Manche stammten von Leuten, an die sie keine Erinnerung mehr besaß. Wer waren Annette oder Elaine? Die Weihnachtskarten würde sie wegwerfen, ohne sie vorher noch einmal zu lesen, genauso die Geburtstagskarten. Sie hatte keine Ahnung, warum sie die Dinger überhaupt aufbewahrt hatte. Die Briefe waren interessanter. Sie zog wahllos einen Umschlag hervor. Der Brief darin stammte von Carol, ihrer Freundin aus der Grundschule, die mit zehn nach Amerika übergesiedelt war. Einige Jahre lang hatten sie es geschafft, Kontakt zu halten, aber dann waren die Abstände zwischen den Briefen immer größer, die Briefe immer kürzer geworden, bevor sie schließlich ganz ausblieben. Da war ein Brief von Vic, sie erkannte seine krakelige Handschrift auf einem zerknitterten weißen Umschlag. Den hatte er ihr geschickt, als sie mit vierzehn zu einem Schüleraustausch in Frankreich war, fast kein Wort Französisch konnte und schreckliches Heimweh hatte. Es war ein kurzer Brief: Vic berichtete, Jude habe Mandelentzündung, Louise arbeite ziemlich viel im Laden, er habe heute ein Haus verkauft, und im Garten gebe es ungewöhnlich viele Schmetterlinge. Am Ende schrieb er, sie freuten sich alle darauf, Edie wiederzusehen, und er schickte ihr ein Küsschen. *»Daddy«* stand darunter.

Edie legte den Brief beiseite und griff nach dem Kästchen mit dem Lavendelduft. Obenauf lag eine Ansichtskarte mit dem Schwarz-Weiß-Foto eines Mannes in einem dunklen Türrahmen, bei dessen Anblick sie von Erinnerungen überwältigt wurde. Und dann die Handschrift, als sie die Karte umdrehte, die lang gezogenen Buchstaben, das geschwungene »y«, das ausgeprägte »R« seines Namens.

Sie nahm einen weiteren Brief zur Hand; es war der letzte, den er ihr vor ihrem Umzug geschrieben hatte, in dem er ihr gestand, wie einsam er sich ohne sie fühle. Sie erinnerte sich an diesen Brief, sie erinnerte sich an jeden einzelnen. Und sie wusste noch genau, wie sie sich gefühlt hatte, als sie sie immer wieder las. Manche hatte sie nachts unters Kopfkissen gelegt oder tagsüber bei sich getragen. Sogar den höflichen ersten Brief, als er ihr bloß seine Adresse genannt und »*Liebe Grüße*« geschickt hatte – sogar diese unbedeutende Notiz hatte sie eifrig studiert und seinen Namen mit dem Finger nachgezeichnet.

Einmal hatte er ihr geschrieben: »*Ich sehe dich in meinen Träumen.*« Das stammte aus einem Song, aber damals hatte sie das nicht gewusst und geglaubt, es seien seine Worte. Vielleicht hatte er für sie aus vielen Liedern zitiert und sie hatte es für seine eigenen Gedanken gehalten. Ein andermal hatte er zu ihr gesagt: »Ich folge dir bis ans Ende der Welt, selbst wenn der Mond vom Himmel fällt.« Sie hatte ihn ausgelacht, das sei doch Unsinn. Und dann, Jahre später, als sie mit einem Kollegen im Auto saß und zu einer Tagung fuhr, hörte sie genau diese Worte in einem Song im Radio, und es war, als rücke alles ringsum in weite Ferne, und nur noch die Vergangenheit war präsent – sein warmer Atem an ihrem Ohr, das Gefühl, jung und verliebt zu sein und in eine strahlende Zukunft zu blicken. Jude hat Recht, dachte sie, nichts reicht an die süße Qual der ersten Liebe heran. Seit zweiundzwanzig Jahren träume ich immer wieder von Ricky.

Edie klappte den Deckel zu und schob das Kästchen beiseite. Sie dachte an die Kinder, die inzwischen bestimmt schliefen, jedes in seinem dunklen Traumwald. Sie rief sich ihre ernsten, verschlossenen Gesichter vor Augen. Und sie dachte an Alex, der sie in ihrer Abwesenheit beschützte. Dann blätterte sie ohne große Neugier die übrigen Briefe durch und griff hin und wieder willkürlich einen heraus. Die Einladung zu einer Party. Ein Dankesbrief. Eine Karte zum Valentinstag. Mehrere Briefe von Rose. Sie würde sie wahrscheinlich alle wegwerfen. Dann fiel ihr ein einzelnes weißes Blatt ohne Umschlag mit einer unbekannten Handschrift auf. »*Mein Schatz*«, las sie. »*Ich muss dich sehen. Ohne dich werde ich hier noch verrückt. Bitte ruf mich an.*«

Sie las die Mitteilung zweimal. Das Blatt trug keine Unterschrift, aber Edie war sicher, dass sie so einen Brief nie bekommen hatte. Vielleicht gehörte er Stella und war in die falsche Kiste geraten. Oder Jude, was sie für weniger wahrscheinlich hielt. Oder Louise hatte ihn als Witwe von einem Verehrer bekommen und er war irgendwie in Edies Kiste gelandet. Aber der Brief verstörte Edie.

Das Blatt trug ein Datum: Dienstag, 16. September, eine hingekritzelte Abkürzung, aber kein Jahr, das half also auch nicht weiter. Edie legte es in die Kiste zurück und stellte sie auf den Fußboden zurück. Dann machte sie das Licht aus und schloss die Augen, aber jetzt stellte sich unwillkürlich eine andere Erinnerung ein. Der Morgen, an dem Rickys erster Brief eingetroffen war und Vic mit dem Auto den Milchwagen gerammt hatte. Sie war auf den neugierig gaffenden Postboten zugegangen und hatte die Briefe entgegengenommen. Rechnungen für Vic, etwas für Stella und ein Brief an Louise. Ja, und die Schrift glich der auf dem weißen Blatt, da war sie sicher, ein kühner blauer Schriftzug. Das Gedächtnis ist mysteriös, dachte sie. Es speichert Dinge, die man seinerzeit gar nicht bewusst registriert hat.

Sie machte das Licht wieder an und sah noch einmal Rickys Briefe durch, bis sie auf den allerersten stieß. Aber er war nicht datiert, und der Poststempel auf dem Umschlag war unleserlich. Fest stand nur, dass sie ihn im Jahr 1980 Mitte September bekommen hatte. Sie rieb sich die Augen. Vermutlich brachte sie da Ereignisse in Verbindung, die absolut nichts miteinander zu tun hatten, und reimte sich etwas zusammen, was völlig absurd war.

Da fiel ihr ein, dass sie in ihrem elektronischen Tagebuch Zugriff auf Kalender früherer Jahre hatte. Sie stand noch einmal auf und holte ihre Tasche, die im Flur unter dem Tisch stand. Als sie den Stift auf den Miniaturbildschirm drückte und die letzten zwanzig Jahre zurückblätterte, stellte sie fest, dass der 16. September in den Jahren 1997, 1986 und 1980 auf einen Dienstag gefallen war.

Jetzt hatte Edie keine Zweifel mehr. Eigentlich war sie zuvor schon sicher gewesen. Nachdem sie den Brief gelesen hatte, war es, als sei ihr ein Licht aufgegangen. Dinge, die im Verborgenen lagen, wurden mit einem Mal sichtbar. Louise im Pub, die ihre Hand auf Simons Arm gelegt hatte und sich vorbeugte, um an seiner Zigarette zu ziehen; Louise im Sommerkleid in ihrem Garten, die mit Simon lachte, während der Geruch von verbranntem Grillfleisch die Luft erfüllte. Edie ging wieder ins Bett, löschte das Licht und presste die Hand auf ihr Herz.

»O Gott«, sagte sie laut. »Die Ärmsten.«

20 Zwanzig

In aller Frühe, um halb sieben – Stella und Jude schliefen noch, und an den Bäumen und Gräsern glitzerte der Tau –, hinterließ Edie auf dem Küchentisch die Nachricht, sie müsse ein paar Erledigungen machen, sei aber bald wieder zurück. Sie kochte sich eine Tasse starken Kaffee und trank ihn im Garten, wo der Tau ihre Füße in den Sandalen benetzte. Dann stieg sie ins Auto und fuhr so leise wie möglich davon.

Obwohl die Fahrt nur eine knappe Stunde dauerte, war sie seit damals nicht mehr in Baylham gewesen. Louise war dorthin zurückgekehrt, und auch Stella hatte in den ersten Jahren noch öfter alte Schulfreundinnen besucht. Sogar Jude hatte ihr erzählt, sie sei einmal auf dem Heimweg von einer Tagung zufällig über die neue Umgehungsstraße oberhalb der Stadt gekommen. Einem Impuls folgend, sei sie abgebogen und die Hauptstraße entlanggefahren, vorbei an der alten Schule, dann über die Brücke und die kleine Straße hinauf, die zu ihrem Haus führte. Aber sie habe nicht angehalten, sondern sei einfach weitergefahren und habe sich den Hals verrenkt, um einen Blick auf die Schornsteine und die roten Dachziegel zu werfen. Edie dagegen hatte die Stadt und sogar ihre Umgebung gemieden, als habe sie sie in ihrer Vorstellung großräumig abgeriegelt und ein Durchfahrtsverbotsschild aufgestellt.

Kurz bevor sie da war, hielt sie in einer Parkbucht und rief vom Handy zu Hause an. Alex war vollkommen daneben. Lewis hatte gerade verkündet, er habe seine Hausaufgaben nicht gemacht; Kit fühlte sich krank und wollte nicht aufstehen; Jess weinte, weil alle anderen herumschrien und sich niemand um sie kümmerte. Alex hatte seine Unterrichtsstunden nicht vorbereitet, und außerdem musste er endlich einmal pünktlich in der Schule sein.

»Tut mir Leid«, sagte Edie mit spürbarer Distanz. Sie wollte ihm zu verstehen geben: Ich kann nichts dafür, ich bin hier, weil meine Mutter gestorben ist. Und auch: Jetzt siehst du mal, was ich jeden Morgen durchmache.

Edie erschien die Stadt, die sie seit über zwanzig Jahren nicht mehr gesehen hatte, zunächst fremd. Sie hatte sich in alle Richtungen ausgebreitet. Zwischen der Umgehungsstraße und dem Ortskern war ein neues Wohngebiet entstanden, wo sich früher nur Wiesen erstreckt hatten. Ringsum waren neue Geschäftshäuser aus dem Boden geschossen. Ganze Wohnblöcke waren abgerissen worden, um Platz für den Kreisverkehr und eine zweispurige Straße ins Zentrum zu schaffen. Sie fuhr an halbfertigen Bürogebäuden mit leeren Fensterhöhlen und Betonpfeilern vorbei. Aber nach und nach tauchten die alten Orientierungspunkte auf. Die viktorianischen Reihenhäuser am Bahnhof, die mit den Jahren von der Luftverschmutzung fast schwarz gewordene Kirche, der Schreibwarenladen, in dem sie Tintenpatronen und liniertes Papier gekauft, das Zoogeschäft, wo sie einmal die Woche Katzenfutter geholt hatten.

Nun gab es hier nur noch Einbahnstraßen, weshalb Edie ein paarmal falsch abbog, bis sie endlich die Straße fand, die zur Schule führte. Sie blieb mit laufendem Motor stehen. Die riesige Kastanie stand noch immer vor dem grauen Bau aus den Dreißigerjahren, der einem Staatssicherheitsgefängnis aus dem Ostblock glich, wie Louise zu sagen pflegte. Aber daneben waren inzwischen neuere Gebäude aus rotem Backstein mit großen Fenstern errichtet worden. Edie saß noch immer in ihrem Auto, als ein Bus hinter ihr hielt und Kinder mit Rucksäcken, Sportbeuteln und Musikinstrumenten ausstiegen. Einzelne Schüler und Grüppchen gingen schwatzend und lachend an ihr vorbei.

Edie beobachtete sie, bis sie hinter dem Schulhaus verschwanden, wo sich bereits andere Kinder versammelt hatten. Die Mädchen wirkten gesittet, redeten miteinander und lachten. Sie trugen Zöpfe oder einen Pferdeschwanz. Die Jungen aber rannten, rempelten sich gegenseitig an oder lümmelten herum. Manche waren kräftig, andere ziemlich schmächtig. Einer schubste einen Mitschüler, der stolperte und seine Mappe fallen ließ. Bücher und Papiere purzelten auf den Asphalt, der Wind hob ein Blatt und trug es fort. Die anderen kicherten, die Hände in den Taschen. Edie sah das Gesicht des Jungen. Er bemühte sich, so zu wirken, als kümmere es ihn nicht, aber sein nervöses Blinzeln verriet ihn. Er konnte niemandem etwas vormachen. Sie dachte an Kit, der, Meilen entfernt, ebenfalls zur Schule aufbrach und Alex einen letzten Blick über die Schulter zuwarf.

Sie fuhr weiter zum Hallenbad. Von außen sah es noch genauso aus wie früher, aber vielleicht hatte es sich innen ja längst in ein Freizeitcenter verwandelt. Bestimmt gab es nun keine engen Kabinen mehr, keinen Putz, der zwischen den türkisfarbenen Bodenkacheln hervorbröckelte, keine Schwimmer, die ihre Bahnen zogen, keine kaputten Uhren an schmutzigen Wänden und keine flackernden Neonröhren.

Nun war es nicht mehr weit, und je näher sie kam, desto vertrauter erschien ihr alles, als blätterten die Jahre ab wie die Rinde eines Astes, bis eine frische, saftig weiße zum Vorschein kommt. Vorbei an der Bücherei, wo sich Jude am Samstagvormittag immer mit sechs Büchern für die Woche eingedeckt und das siebte gleich an Ort und Stelle verschlungen hatte. Vorbei an der Bäckerei, wo sie sich zum Sonntagsfrühstück Rosinenbrötchen gekauft hatten. Der Secondhandladen. Die dreieckige Grünfläche mit den Blumen, wo abends die Penner mit ihren Cider-Flaschen saßen. Schließlich wichen die Häuser und Läden zunehmend dem flachen Land. Auf einer Wiese weideten Kühe, hier stand eine alte Eiche mit hohlem

Stamm, da eine kleine Gärtnerei, die Freilandpflanzen und Kletterrosen verkaufte. Ein Feldweg führte linker Hand stadtauswärts, einen Hügel hinauf.

Edie fuhr links ran und stellte das Auto ab. Ihr Handy klingelte, aber sie schaltete es aus und steckte es ins Handschuhfach. Dann setzte sie ihre Sonnenbrille auf, stieg aus und ging den von Buchen gesäumten Weg hinauf. Die Sonne fiel durch das frische Laub und malte Lichtflecken auf den Boden. Früher waren sie diesen Weg oft mit einem Picknick in den Satteltaschen hinuntergeradelt. Stella konnte freihändig fahren – Edie sah sie vor sich, wie sie, kerzengerade auf dem Sattel sitzend, gleichmäßig in die Pedale trat und die Arme ausbreitete, als flöge sie, während ihr aprikosenfarbenes Haar im Wind flatterte. Damals trug niemand Fahrradhelme.

Hier war der Kastanienbaum, der die Straße beschattete. Licht spielte in seinem Laub. Edie blieb einen Moment stehen und nahm die Sonnenbrille ab. Ihre Kehle war wie zugeschnürt, und sie spürte einen Druck hinter den Augen. Ihre Nebenhöhlenentzündung machte sich wieder bemerkbar. Sie ging weiter, ließ die Kurve hinter sich und wartete sehnsüchtig darauf, dass das Haus endlich in Sicht kam. Als es schließlich vor ihr lag, war sie enttäuscht. Es war kleiner und gedrungener, als sie es in Erinnerung hatte, weniger verschachtelt und nicht mehr so verwohnt, dass es geheimnisvoll wirkte. Es war weiß gestrichen und hatte eine blaue Tür. An der Seite war ein Wintergarten angebaut worden, der in der Sonne glänzte, mit hübschen Korbstühlen und einem Glastisch. Edie blieb stehen und starrte. Alles sah so ordentlich aus: der helle Kies in der Einfahrt, die Terracottatöpfe links und rechts vom Eingang, die fachmännisch geschnittene Hecke neben dem Haus. Draußen stand kein Wagen, aber das hieß nicht, dass niemand zu Hause war. Sie trat zögernd näher, bis sie vor dem Wohnzimmerfenster angekommen war.

Edie drückte die Nase an die Scheibe und spähte hinein. Der abgewetzte grüne Teppichboden war verschwunden, auf den abgezogenen Dielenbrettern lag ein Teppich. Der Raum war gelb gestrichen, an der Wand stand ein senffarbenes Sofa unter zwei

Drucken mit botanischen Motiven. Alles wirkte sehr gepflegt. Edie fragte sich, ob hier Kinder lebten.

Nicht ohne Nervosität begab sie sich zum Eingang, betätigte die Klingel und hörte ihren Dreiklang durch den Flur hallen. Sie wartete eine Weile und lugte dann durch den Briefkastenschlitz, sah aber nur den Holzfußboden und die erste Treppenstufe. Niemand zu Hause, aber sie mochte noch nicht gehen. Sie vergewisserte sich, dass sie nicht beobachtet wurde, und lief rasch den Weg hinunter, der neben dem Haus um den neuen Wintergarten herumführte. Ihre Schritte knirschten unüberhörbar auf dem Kies.

Aber was war das? Als sie durch ein schmiedeeisernes Tor trat, das bezaubernd antik aussah, aber zu ihrer Zeit noch nicht da gewesen war, blieb sie wie angewurzelt stehen. Nichts war mehr so, wie sie es in Erinnerung hatte. Selbst die Form des Gartens, der nun mit einem hohen Holzzaun umgeben war, wirkte verändert. Wo waren die fließenden Linien geblieben, das Gefühl, dass die Wildnis von außen hereindrang, trotz der schweißtreibenden Versuche von Vic, Ordnung zu schaffen? Man hatte einen Weg längs durch den Garten gezogen, über den sich eine glyzinienbewachsene Pergola spannte. In einem kleinen Zierteich schimmerten Goldfische zwischen den Seerosen. Draußen vor der Küche wuchsen Küchenkräuter in Töpfen, und inmitten eines großen, gepflasterten Areals standen ein großer Tisch und ein zusammengefalteter Sonnenschirm. Unter dem Küchenfenster lehnte ein kleines Fahrrad mit Stützrädern an der Wand, und auf der anderen Seite, wo sie sich als Kinder im dichten Gebüsch versteckt hatten, ragte eine Wäschespinne empor, auf der Babysachen trockneten.

Wie benommen ging Edie den Weg entlang. Sie sah nur noch das, was nicht mehr da war. Der alte Schuppen hatte einem Gestell mit Schaukel, Klettergerüst und Rutsche Platz gemacht. Die alte Schaukel mit den verschlissenen Seilen und dem bemoosten Sitz war verschwunden. Ebenso das verfallene Mäuerchen und die Kletterrosen mit ihren dicken Trieben, spitzen Dornen und üppigen Blüten. Der alte Fliederstrauch, der kühlen Schatten spendete.

Die mit Minze überwucherten Beete, der Meerrettich, der in den Augen brannte, wenn sie ihn zum Roastbeef rieb und sich dabei die Fingerknöchel aufschürfte.

Verschwunden war auch der Zwetschgenbaum. Eine blinde Wut stieg in ihr auf. Sie verließ den Weg und betrat den Rasen, der noch feucht vom Tau war. Niemand konnte erahnen, dass der Baum hier gestanden hatte, die Stelle war von Rasen bedeckt. Sie dachte daran, wie Vic, die ausgestreckten Hände voller Zwetschgen, ins Haus kam. Hier war der Ort, wo Ricky sie an sich gedrückt und geküsst hatte, wo Vics Asche verstreut war.

Oder war es vielleicht doch nicht genau diese Stelle? Sie wusste es nicht mehr. In ihrem Kopf wirbelte alles durcheinander. Erinnerungen, die zuvor klar und deutlich gewesen waren, waren plötzlich unscharf und zweifelhaft. Der gepflegte, sonnendurchflutete Garten hatte mit einem Mal etwas Albtraumhaftes. Sie presste die Finger an die Schläfen und versuchte einen klaren Gedanken zu fassen. Bilder aus der Vergangenheit schoben sich vor die Landschaft, sodass sie doppelt sah. Grillabende im Garten, Louise in einem leichten Kleid, das Haar, das ihr Gesicht umrahmte, ihre goldene Haut, ihr Lachen, ihr Gesicht, erblüht wie eine Blume. Louise, die den Arm auf Vics Schulter legte und sich über ihn beugte, während er mit leerem Blick zu ihr aufsah. Die schräge Schrift auf grobkörnigem Papier – *»Ich muss dich sehen. Ohne dich werde ich hier noch verrückt.«* Vics Schweigen, das das Haus erfüllte. Vics Gesicht, als er sie durch ihre Zimmertür beobachtete und sie seinen Namen so verächtlich hervorstieß.

Vic hatte seine Arbeit verloren, und er hatte seine Frau an einen anderen Mann verloren. Seine älteste Tochter war ausgezogen, und die mittlere – die immer so fügsam und lieb zu ihm gewesen war – wies ihn schroff zurück. Die jüngste stopfte sich nach Einbruch der Dunkelheit mit Chips und Keksen voll. Und die Bäume waren kahl, der Wind war rau, das Licht trübe. Der Winter stand vor der Tür. Also war er auf die Brücke gegangen und hinuntergesprungen, weil er keinen Ausweg mehr wusste.

Edie stolperte auf den Weg zurück, aber ihre Glieder waren schwer und zitterten. Sie schaffte es gerade noch bis zur Bank auf dem Pflaster. Als sie sich übers Gesicht strich, spürte sie, dass ihre Wangen nass waren. Sie stützte den Kopf in die Hände und ließ ihren Tränen endlich freien Lauf, bis ihre Haut brannte und ihr Hals schmerzte. Sie schluchzte hemmungslos und zitterte am ganzen Körper. Aufhören konnte sie nicht, außer um Luft zu holen. Unwillkürlich stöhnte sie auf, legte den Kopf auf den Tisch und fühlte die grobe Maserung des Holzes an ihrer Wange. Dann fiel ein Schatten in ihr Gesichtsfeld.

»Was in aller Welt…«

Edie, die immer noch hemmungslos weinte, blickte auf. Sie gewahrte die verschwommenen Umrisse einer Frau mit einem Buggy. Jung, überrascht, leicht verängstigt.

»Verzeihen Sie«, sagte Edie schluchzend. »Verzeihen Sie mir.«

»Wer sind Sie?« Die Stimme der Frau klang schneidend, wohl weil sie Angst hatte. Instinktiv legte sie eine Hand auf den Buggy, als wolle sie ihr Kind schützen.

»Sie halten mich bestimmt für verrückt.«

»Was machen Sie in unserem Garten?«

»Ich habe hier früher gewohnt. Ich wollte nur…« Edie brachte den Satz nicht zu Ende.

»Ich verstehe nicht.«

Die Frau machte einen Schritt auf sie zu. Edie strich sich die Haare hinter die Ohren und wischte ihr Gesicht mit den bloßen Händen ab, aber die Tränen liefen ihr immer noch über die Wangen, und sie hatte einen Schluckauf. Sie stellte sich vor, wie sie aussah: eine Frau in mittleren Jahren mit rot geweinten Augen und verquollenem Gesicht, die wie eine Dreijährige heulte.

»Ich werde noch Ihr Baby aufwecken«, sagte sie schließlich.

»Wer sind Sie?«, fragte die Frau noch einmal.

»Ich bin Edie Jennings. Doktor Jennings«, fügte sie lächerlicherweise hinzu, als könne der Titel sie respektabler, nicht ganz so verrückt erscheinen lassen.

»Und Sie haben früher hier gewohnt?«

»Vor zweiundzwanzig Jahren. Tut mir Leid. Ich kann einfach nicht aufhören zu weinen.«

»Hier.« Die Frau reichte ihr ein Päckchen Papiertaschentücher.

»Danke.« Edie wischte sich die Wangen ab und schnäuzte sich vernehmlich. »Alles hat sich verändert. Sogar der Zwetschgenbaum ist verschwunden.« Sie schluchzte erneut und presste das durchnässte Taschentuch auf die Augen.

»Möchten Sie etwas trinken? Ein Glas Wasser oder eine Tasse Tee?«

»Vielleicht einen Schluck Wasser.«

Die Frau zögerte kurz, dann sagte sie: »Kommen Sie doch rein. Dann können Sie sich das Gesicht waschen und sich ein wenig beruhigen.«

»Ich muss los.« Edie erhob sich mühsam. Alles verschwamm vor ihren Augen.

»So können Sie nirgends hingehen«, erklärte die Frau. »Kommen Sie.« Sie lächelte plötzlich. »Dann können Sie sich auch ein bisschen im Haus umsehen.«

Unten, wo früher der große Schrank gestanden hatte, befand sich nun eine Gästetoilette. Edie spritzte sich kaltes Wasser ins Gesicht, lehnte sich vor und betrachtete sich im Spiegel. Sie befühlte die zarte Haut unter den Augen und zog eine Grimasse. Von den Tränen hatte ihre Haut Flecken bekommen. Sie sah hager und alt aus. Verhärmt, das war das richtige Wort.

»Ich habe uns Tee gemacht«, sagte die Frau, als Edie wieder herauskam. »Ich heiße übrigens Caroline. Caroline Revel. Und das«, sie deutete auf das schlafende Baby im Buggy, »das ist Angela.«

»Sie haben wirklich gut reagiert, muss ich sagen. Normalerweise führe ich mich nicht so auf.«

»Zuerst war es ein Schreck, mehr nicht… Wie lange haben Sie hier gewohnt?«

»Meine ganze Kindheit hindurch. Fast jedenfalls.«

»Dann hat sich seither wohl viel verändert?«

»Ja.« Edie schaute sich in der Küche um. Die Wand zu der winzigen alten Spülküche war niedergerissen worden. Über dem großen Herd hingen Reihen von spiegelblanken Pfannen. Die Arbeitsflächen waren sauber. Als Caroline Edies Blick bemerkte, wischte sie einen nicht vorhandenen Krümel vom Tisch. »Eine Menge.« Edie nippte an ihrem Tee.

»Wir wohnen jetzt seit sieben Jahren hier. Möchten Sie auch die anderen Zimmer sehen?«

»Ach, ich glaube nicht …«

»Kommen Sie, wo Sie schon mal hier sind.«

»Ich frage mich nur, ob ich das wirklich möchte.«

»Ganz wie Sie meinen.« Caroline wirkte beinahe gekränkt.

»Ein kurzer Blick vielleicht?«

Edie stand auf. Sie fühlte sich schwach, traurig und furchtbar müde. Die Treppe kam ihr steiler vor, als sie sie in Erinnerung hatte. Auf dem Treppenabsatz zögerte sie lange, dann öffnete sie die Tür zu ihrem Zimmer und blieb auf der Schwelle stehen. Es war himmelblau gestrichen mit weißen Wölkchen an der Decke. Dazu blau-weiße Vorhänge. Ein Babyzimmer. Der Bettüberzug war mit Fischen bedruckt. Sie trat ans Fenster und schaute auf den Garten hinaus. Nichts war wie früher. Jede Ritze in der Wand war hinter Putz und Tapeten verschwunden, jeder Blick anders.

»Vielen Dank für den Tee und die Taschentücher.«

»Ist schon gut.« Caroline schien noch auf etwas anderes zu warten.

»Sie haben das Haus sehr hübsch hergerichtet«, brachte Edie heraus.

»Ja, uns gefällt es hier. Es war in schlechtem Zustand, als wir es gekauft haben. Ziemlich heruntergekommen.«

»Ja«, sagte Edie. Sie wollte nur noch fort.

21
Einundzwanzig

Edie hatte drei Nachrichten auf dem Handy. Eine von Alex, der sich entschuldigte, dass er sie vorher am Telefon angefahren hatte. Eine von Jude: Sie und Stella seien ausgegangen, um die letzten Vorbereitungen für die Trauerfeier zu treffen, und ob sie vergessen habe, dass der Immobilienmakler vorbeikommen wolle? Die dritte stammte von Rose, die durch ihre Mutter von Louises Tod gehört hatte und ihr Beileid aussprechen wollte. Übers Wochenende sei sie bei ihrer Mutter in Birmingham, also könne sie voraussichtlich am Montag mit ihr an der Trauerfeier teilnehmen. Vielleicht könnten sie sich ja schon vorher treffen. Edie schaltete das Handy ab, setzte ihre Sonnenbrille auf und fuhr langsam hinunter zum Fluss, wo sie auf einem gebührenpflichtigen Parkplatz anhielt, den es früher nicht gegeben hatte.

Einen Augenblick blieb sie im Wagen sitzen, schloss die Augen und genoss die Wärme. Sie hatte das Gefühl, ihr Körper habe plötzlich all seine Kraft eingebüßt. Ihre Hände zitterten, ihre Augen schmerzten, im Magen kribbelte es. Ihr Mund war trocken, denn sie wusste, dass sie im Begriff war, eine Dummheit zu begehen.

Schließlich stieg sie aus, warf zwei Pfund in den Parkscheinautomaten und ging dann über die Steinstufen zum Flussufer hinunter. Obwohl es noch nicht einmal zehn Uhr war, hatte der warme, wolkenlose Tag schon viele Menschen ins Freie gelockt. Sie trugen bunte Kleider, Baumwollhemden mit offenen Kragen, sogar breitkrempige Sonnenhüte, und alle wirkten beschwingt. Auf dem Fluss waren Kanus und kleine Ruderboote unterwegs, und eine Gruppe rücksichtsloser Schwäne drangsalierte die Stockenten. Mütter gaben ihren Kleinkindern Brotkrusten, die sie ins Wasser warfen.

Edie folgte dem Weg. Rasch verlor sich die Menge, und bald sah sie niemanden mehr, außer der kleiner werdenden Gestalt eines Joggers mit Hund. Alles hier war ihr vertraut. Der Fluss sah aus wie eh und je: Er war braun, führte viel Wasser und allerhand Treibgut mit. Sie blieb einen Augenblick stehen, betrachtete das trübe Wasser und lauschte den Wellen, die rhythmisch ans Ufer schlugen.

Hinter ihr stand eine Bank, und bevor sie sich setzte, las sie die Inschrift, die sofort alte Erinnerungen weckte: »Zum Gedenken an unseren geliebten Gareth, 1949–1970, der die Sonnenhitze nicht mehr zu fürchten braucht.« Die Tränen, die sie seit dem Besuch in ihrem Elternhaus zurückgehalten hatte, flossen nun wieder. Sie machte sich nicht die Mühe, ihr Gesicht abzuwischen. Diesmal wirkte die warme Tränenflut seltsam tröstlich. Sie wusste, dass sie nicht nur um Vic oder um Louise weinte, sondern auch um Ellen, die in einem sauberen kleinen Zimmer saß und von zu Hause träumte; um Alex, der so eifrig und vertrauensselig war; um Ricky mit seinen billigen Klamotten, seinem schlechten Haarschnitt und seiner romantischen jungen Seele; um sich selbst, das Mädchen, das sie gewesen, und die Frau, die sie geworden war; um ihre Kinder, die zu ihrer Zeit dasselbe würden durchmachen müssen.

Ein paar hundert Meter weiter machte der Fluss eine Biegung nach Osten, und sie erblickte die Brücke. Edie brauchte eine Viertelstunde, bis sie hingelangte, denn sie ging langsam, verließ dann das Flussufer und stieg zur Straße hinauf. Hier hatte Vic sein Auto abgestellt, die Schlüssel wohl verwahrt hinter der Sonnenblende für den Beifahrer. Edie holte tief Luft und wanderte die Brücke hinauf. Sie hatte eine hohe Brüstung, die ihr bis zur Taille reichte, mit Eisenspitzen auf dem Geländer. Ein Warnschild schärfte den Eltern ein, ihre Kinder nicht hinaufklettern zu lassen. Obwohl Edie natürlich nichts Genaues wusste, hatte sie sich immer vorgestellt, dass Vic vom höchsten Punkt der Brücke gesprungen war, dort, wo der

Fluss am tiefsten und die Strömung am stärksten war. Sie presste das Gesicht gegen das Geländer. Obwohl keinerlei Gefahr bestand, machte ihr die Höhe Angst, und sie trat ein wenig zurück.

Es war bestimmt nicht so leicht, über das Geländer zu klettern. Er hatte den Fuß auf die Brüstung setzen, sich hochziehen, sich am Geländer festhalten und die Eisenspitzen irgendwie überwinden müssen wie einen Stacheldrahtzaun. Jeder Schritt ein Kraftakt, bis er schließlich auf der falschen Seite der Brüstung gestanden hatte. Nun war es schwierig, wieder zurückzugelangen, aber ganz einfach, den Griff zu lösen und sich fallen zu lassen.

Sie griff mit beiden Händen ans Geländer, streckte das rechte Bein aus und setzte den Fuß gegen die Brüstung. Als sie sich hochzog, taten ihr vor Anstrengung die Arme weh. Jetzt reichte ihr die obere Absperrung nur noch bis zu den Hüften. Wenn sie sich vorbeugte, war das Wasser direkt unter ihr. Ein entwurzelter Baum trieb unter der Brücke hindurch und reckte die Äste wie Arme empor. Hier oben strich der Wind über Edies Gesicht und blies ihr die Haare in die Augen, sodass sie kaum noch etwas sah. Von hier aus war es gar nicht so schwierig hinüberzuklettern. Sie brauchte sich nur auf die Zehenspitzen zu stellen und erst ein Bein, dann das andere zu heben – Vic war natürlich größer gewesen als sie. Sie hob ein Bein, nur versuchshalber, und war nun direkt über dem Geländer. Wenn sie hinunterschaute, wurde ihr flau im Magen und schwindelig. Angst lähmte ihren Körper. Aber wenn sie aufblickte, an den Brückenpfeilern vorbei, die sich auf sie zuzubewegen schienen, hinauf zu dem freundlichen, doch gefühllosen Himmel mit dieser blassen Schäfchenwolke am Horizont, dann verflog die Angst. Nicht einmal die Trauer bereitete ihr noch Schmerz. Vielleicht hatte auch Vic so empfunden, hier oben im Wind, den Himmel über sich, der Welt dort unten entrückt, wo die Menschen auf Ameisengröße geschrumpft waren, sich das braune Wasser des Flusses kräuselte und all die hoffnungslosen Verwicklungen des Lebens ihre Bedeutung verloren. Furchtlos.

»Mein Gott! Halt, tun Sie das nicht!«

Verwirrt sah Edie hinunter. Ein großer Mann mit hochrotem Gesicht und strohblondem Haar packte mit seinen kräftigen Händen ihr Bein und hielt es fest.

»Ich werde das nicht zulassen«, rief er. »Auf gar keinen Fall!« Trotz des milden Wetters trug er einen warmen Tweedmantel, der sich im Wind blähte.

»Schon gut. Ich will ja gar nicht springen. Ich wollte nur mal sehen, wie es ist.«

»Klettern Sie wieder zurück. Kommen Sie, Mädchen! Das ist ganz einfach. Ich halte Sie fest. Gut so. Jetzt springen Sie, ich fang Sie auf.«

»Ich schaff das schon allein. Ich wollte wirklich keine Dummheit machen.«

Sie sprang ungeschickt von der Absperrung herunter, stolperte, als sie aufkam, und er fing sie in seinen Armen auf. Der Geruch von Alkohol, Zigaretten und Schweiß stieg ihr in die Nase.

»Ich hab Sie!«, sagte er. »Lieber Himmel! Sie haben mir einen ganz schönen Schrecken eingejagt.«

»Sie haben das falsch verstanden«, erklärte Edie. »Ich wollte gar nicht …«

»Weinen Sie nicht. Jetzt ist ja alles gut, ich habe Sie gerettet, Mädchen.«

»Ich weine doch gar nicht.« Aber als sie ihre Wangen berührte, spürte sie, dass sie tränennass waren.

»Kommen Sie«, sagte er und zerrte an ihrem Arm, »runter von der Brücke mit Ihnen.«

»Es ist alles in Ordnung«, versicherte sie. »Mein Wagen steht ein Stück flussaufwärts.«

»Ich komme mit.«

»Keine Sorge.«

»Keine Sorge?« Er lachte heiser. »Ich habe Ihnen gerade das Leben gerettet, und Sie sagen ›Keine Sorge‹. Schließlich rettet man nicht jeden Tag jemandem das Leben.« Er musterte sie argwöhnisch. »Sie versuchen es doch nicht noch mal, versprochen?«

»Aber ich ...« Sie gab es auf. »Danke«, sagte sie kleinlaut. »Nein. Es geht mir jetzt ganz gut.«

Er bestand darauf, sie zu ihrem Auto zu begleiten. Sie wollte ihm Geld geben, aber er lehnte ab. »Nein, nein. Das wäre nicht in Ordnung. Nicht, wenn man jemandem das Leben gerettet hat. Vielleicht bringt es mir ja Glück.« Aber er nahm die angebrochene Packung Zigaretten und schob sie in seine Manteltasche.

»War es ein Mann?«, fragte er, als sie den Schlüssel ins Zündschloss steckte und die Wagentür zuschlagen wollte.

»Ein Mann?«

»Der Grund, warum Sie Schluss machen wollten.«

»Ach so.« Sie sah ihn an, seine eingesunkene Brust, sein unnatürlich rotes Gesicht, seine schmuddelige Kleidung. »Sozusagen«, antwortete sie.

Er nickte zufrieden. »Das hab ich mir doch gedacht«, sagte er. »Die Liebe.«

Edie machte sich noch immer nicht auf den Rückweg, obwohl sie das zunächst vorgehabt hatte. Auf der Umgehungsstraße bog sie rechts statt links ab und fuhr nach Kelsey, einer Kleinstadt mit Durchgangsverkehr. Obwohl sie erst ein einziges Mal hier gewesen war, fand sie die Beckett Road auf Anhieb. Die Siedlung stand noch, obwohl einige der Sozialwohnungen inzwischen abgerissen worden waren. Sie ließ sich keine Zeit, um nachzudenken, sondern stieg sofort aus und klopfte am Haus Nummer 19. Sie wusste, dass es vollkommen unsinnig war, bestimmt waren sie schon vor Jahren weggezogen. Als eine magere Frau mit dem faltigen Gesicht einer Raucherin öffnete und sie fragend anschaute, plapperte Edie einfach darauf los, ohne lange nachzudenken.

»Ja?«

»Entschuldigen Sie, wenn ich störe. Ich suche Mrs Penrose.«

»Ja?«

»Sind *Sie* Mrs Penrose?«

»Ja.«

»Rickys Mutter?«

»Das bin ich. Kennen wir uns?«

Erst jetzt wurde Edie bewusst, was sie da tat, und sie spürte, dass sie errötete wie eine Sechzehnjährige.

»Ich … ich …«, stammelte sie.

»Wer sind Sie?«

»Ich habe Ricky gekannt«, sagte sie schließlich mit krächzender Stimme. »Das ist lange her. Und weil ich gerade in der Gegend war, habe ich mir gedacht, ich könnte auf gut Glück mal vorbeischauen.«

»Er wohnt nicht mehr hier. Schon seit vielen Jahren.«

»Ja, das hab ich mir gedacht. Dann geh ich mal lieber wieder.«

»Wie heißen Sie denn?«

»Edie Jennings. Doktor«, fügte sie hinzu und wusste im selben Augenblick, dass sie dadurch nur noch lächerlicher wirkte. »Meine Mutter ist gestorben«, sagte sie unbeholfen, und wieder schossen ihr Tränen in die Augen. »Deshalb bin ich wieder in der Gegend. Ich übernachte in ihrem Haus in Shrimpton, von da ist es ja nicht weit, nur vierzig Minuten mit dem Auto, und plötzlich – na ja, all die Erinnerungen, sie wissen ja, wie das ist …«

Rickys Mutter musterte sie mit zusammengekniffenen Augen. Das dunkelgraue Haar hatte sie zu einem Knoten hochgesteckt. Sie trug Hausschuhe. Die Hände waren rot und abgearbeitet, die Fingernägel abgekaut, und um den Mund hatte sie Sorgenfalten. Auf einmal wurde Edie klar, wie arm Ricky gewesen war. Sie hatte es damals gar nicht so richtig begriffen. So vieles hatte sie nicht begriffen.

»Es gab da einmal eine Edie«, sagte Mrs Penrose schließlich.

»Ich muss jetzt los.«

»Aber das ist schon lange her.«

»Ich hätte Sie nicht belästigen sollen. Das war ein Fehler.«

»Soll ich ihm ausrichten …«

»Nein! Wirklich nicht! Verzeihen Sie. Tut mir Leid.«

Sie wandte sich beschämt ab. Am Wagen drehte sie sich noch einmal um und winkte Rickys Mutter entschuldigend zu. Lesley Penrose stand immer noch im Eingang und blickte ihr nach.

Zweiundzwanzig 22

»Liebe Mami«, tippte Kit sorgfältig mit einem Finger in den Computer, *»mir geht es …«* Er hielt inne und kaute auf der Unterlippe herum. Was sollte er bloß schreiben? Edie hatte ihm geraten aufzuschreiben, wie er sich fühlte, aber er wusste nicht, wie er sich fühlte. Schlecht, das war das einzige Wort, das ihm einfiel. Er fühlte sich elend. Hohl in der Brust, den Kopf jedoch schwirrend von hässlichen Gedanken. Als sei in seinem Inneren alles aus dem Gleichgewicht geraten. *»… gut«*, schrieb er. Er starrte auf den Satz. Es war eine Lüge.

Er konnte Edie doch nicht sagen, wie er sich fühlte. Wenn sie da wäre, würde er es vielleicht fertig bringen. Aber wenn sie da war, brauchte er es ihr gar nicht erst zu sagen. Dann sah sie ihn an, und einen Moment lang zeigte sich Bestürzung auf ihrem Gesicht, bevor sie neben ihm niederkniete, seine Hände in die ihren nahm, ihm fest in die Augen schaute und beteuerte, alles werde gut. Sie ließ keinen Widerspruch zu. Sie sprach in diesem besonderen Ton mit ihm, den sie nur anschlug, wenn er sich schlecht fühlte, und manchmal fühlte er sich daraufhin noch schlechter, weil sie ein wenig ängstlich klang. Als sei sie nicht sicher, dass alles gut werden würde. Jedenfalls würde er sich womöglich gar nicht so fühlen, wenn sie da wäre.

»Hier, Kit, ich hab dir ein Sandwich gemacht. Du hast noch nichts zu Abend gegessen.« Alex ging neben ihm in die Hocke und hielt ihm einen Teller hin. »Mit Schinken und Gurke.«

Kit schüttelte den Kopf.

»Hast du keinen Hunger?« Alex wartete auf eine Antwort, doch Kit schüttelte wieder nur den Kopf. »Schreibst du an Edie?«, fragte er mit gezwungener Fröhlichkeit. Dann nahm er Kits kalte Hand in die seine. »Warum sagst du mir nicht, was los ist? Seitdem du aus der Schule zurück bist, hast du kein Wort gesprochen. Ist etwas passiert? Hat dir jemand was getan? Du weißt doch, dass du mir alles erzählen kannst. Wenn es erst einmal heraus ist, wird's dir gleich viel besser gehen.« Das sagte er oft zu seinen Schülern, die in der Pause ins Klassenzimmer stolperten und denen Angst und Scham ins Gesicht geschrieben standen. Das machte ihn immer so wütend: die Scham, unter der das Opfer litt. »Oder ist es, weil Oma so plötzlich gestorben ist und Edie weg musste?«

Kit zuckte die Achseln und senkte den Blick. Erwachsene glaubten immer, es gebe für alles einen Grund und wenn man ihn gefunden hatte, könne man alles wieder in Ordnung bringen. Er könnte sagen: »Ken hat mich in der Toilette eingesperrt«, und dann würden sie wieder mal zum Direktor gehen und sich beschweren, und ein paar Tage lang würde Ken in der Pause nicht raus dürfen. Oder: »Ich fühle mich anders als die anderen«, und Alex würde ihm versichern, dass Anderssein eine gute Sache sei und die Leute nur nicht wüssten, wie sie damit umgehen sollten; es mache ihnen Angst, und deswegen verhielten sie sich feindselig; aber sie, seine Eltern, seien stolz auf ihn. Vielleicht würde Alex wieder die Geschichte aus seiner Schulzeit erzählen – von dem Jungen namens Peter, der ihn gequält hatte. Und wenn er, Kit, dann sagte: »Mami fehlt mir«, würde Alex ihn in die Arme nehmen und ihm erklären, dass Mami ihn auch vermisse und bald wiederkomme. Schon in ein paar Tagen.

Aber wenn all das wahr wäre und sein Gefühl damit trotzdem noch nicht richtig erklärt war? Eher war es doch so – er zerbrach sich den Kopf darüber, bis ihm ganz schwindlig war –, dass dieses Gefühl die Ursache für alles andere war. Er stieß mit den Fersen gegen die Stuhlbeine und starrte auf den Computerbildschirm. *»Liebe Mami, mir geht es gut.«*

»Weißt du was?«, sagte Alex und strich Kits Haar zurück. Ihm fiel auf, dass sein Gesicht schmaler geworden war und er hektische Flecken auf den Wangen hatte. »Du siehst ziemlich geschafft aus. Schick deinen Gruß ab, und zieh deinen Schlafanzug an. Ich mache dir eine heiße Schokolade, die kannst du im Bett trinken. Hör dir deine CDs an. Du kannst auch im Bett zu Abend essen. Es ist nicht so schlimm, wenn du die Zähne mal nicht putzt. Aber verrat Edie nicht, dass ich das gesagt habe. Und morgen darfst du die Schule schwänzen. Du kannst lesen, fernsehen, am Computer spielen. Ich werd Kirsty fragen, ob sie morgen kommen kann, okay?«

Kit nickte.

»Marshmallows in die heiße Schokolade, wie wär das?«

Kit schaute ihn an. Beinahe hätte er gelächelt. »Danke, Daddy«, sagte er.

Stella und Edie backten für die Zusammenkunft nach der Trauerfeier: Zitronenkuchen, Haferkekse und einen Ingwerkuchen mit Zuckerrübensirup und Gewürzen. Jude bereitete Mayonnaise für die gegrillten Garnelen, die sie abends essen wollten. Sie hatte auf selbst gemachter Mayonnaise bestanden, obwohl Kühlschrank und Speisekammer eigentlich geleert statt gefüllt werden sollten. Sie schlug die Eier auf und trennte sie, indem sie die Dotter in der hohlen Hand hin und her gleiten und das Eiweiß durch die Finger rinnen ließ. Kuchenduft erfüllte die Küche. Die Abendsonne schien durch das Fenster. Die Uhr tickte, die Waschmaschine rumorte tröstlich, und irgendwo in der Ferne brummte ein Rasenmäher. Edie, die sich ausgelaugt und erschöpft fühlte, fand die friedvolle Häuslichkeit wohltuend.

Gegen Mittag war sie mit bleichem Gesicht und geschwollenen Augen wiedergekommen. Als sie für alle Tee aufgoss, zitterten ihre Hände. Stella und Jude hatten keine Fragen gestellt und sich nur erkundigt, ob alles in Ordnung sei. Edie hatte genickt und gemeint, es sei eine seltsame Zeit. Gemeinsam waren sie zum Heim gefahren, um Ellen zu besuchen. Sie hatten sich beeilen müssen, um rechtzeitig zu dem Termin mit dem Immobilienmakler wieder zurück zu sein. Der Mann hatte auf Edie wie ein Schuljunge gewirkt. Jetzt rieb sie Zitronenschale in das gesiebte Mehl und versuchte innerlich zur Ruhe zu kommen. Sie hatte sich vorgenommen, ihren Schwestern von dem Brief zu erzählen, den sie letzte Nacht gefunden hatte, den Liebesbrief an Louise, aber sie fand nicht den rechten Augenblick. Die Worte blieben ihr im Hals stecken. Sie hätte Stellas ungläubige, gekränkte Miene ebenso wenig ertragen wie Judes Verachtung. Und sie hatte auch verschwiegen, dass sie dem alten Haus einen Besuch abgestattet, in dem hübschen Garten gesessen hatte und über die Brücke gegangen war. Solange alles noch so frisch war, behielt sie es lieber für sich. Sie würde es Alex erzählen, wenn sie ihn anrief. Aber wenn sie an ihn dachte, an den großen, unordentlichen, lieben, vertrauensseligen Alex, zuckte sie, von Schuldgefühlen gepeinigt, zusammen. Denn von dem Besuch bei Rickys Mutter würde sie ihm nichts erzählen, weder jetzt noch in Zukunft. Niemand hätte ihr jemals zugetraut, dass sie Geheimnisse und heimliche Leidenschaften hatte.

Das Telefon klingelte, und Stella ging ran, kam aber gleich wieder. »Aufgelegt«, sagte sie achselzuckend.

»Hast du die PIN-Nummer eingegeben, um die Nummer zu erfragen?«

»Schon, aber der Anrufer unterdrückt seine Nummer.«

»Da krieg ich immer eine Gänsehaut«, meinte Jude. Langsam träufelte sie Olivenöl auf ihre Eigelbmasse und schlug das Gemisch energisch mit dem Schneebesen. Ihr Gesicht war angespannt, weil sie sich konzentrierte.

»Ich auch«, stimmte ihr Stella zu. Sie schien sich innerlich einen Ruck zu geben. »Ich möchte dir etwas sagen«, wandte sie sich unvermittelt an Jude. »Edie weiß es schon, und ich dachte… Na ja, jedenfalls hat Bob eine Geliebte.«

Einen Moment lang rührte Jude einfach weiter. Die Muskeln ihres Unterarms traten deutlich hervor; sie biss sich auf die Unterlippe. Dann sagte sie leichthin: »Du Ärmste.«

Stella starrte sie an und wartete, aber Jude sprach nicht weiter.

»Bald werden wir alle fort sein«, unterbrach Stella das beklemmende Schweigen, »und unser altes Leben weiterführen. So wie jetzt werden wir wohl nie wieder zusammenkommen. Ihr braucht euch um uns keine Sorgen zu machen. Ich dachte nur, ich sollte ...« Sie verstummte, griff nach einem Kochlöffel und heftete den Blick auf das Mehl und den gemahlenen Ingwer in der Rührschüssel. Sie sah todunglücklich aus.

Jude legte den Schneebesen beiseite. Sie tauchte mit der Spitze ihres kleinen Fingers in die Mayonnaise, leckte sie ab und nickte zufrieden. »Gut«, sagte sie. »Ich habe auch eine Affäre. Mit einem verheirateten Mann. Du siehst also, du bist die betrogene Ehefrau, und ich bin die böse andere.« Sie grinste freudlos. »Wieder mal.«

»Oh. Das ist natürlich deine Sache«, sagte Stella langsam. »Aber ich versteh nicht, dass du das, was mir passiert ist, deshalb einfach so abtust. Eigentlich sollte es doch umgekehrt sein. Du müsstest dir immerhin vorstellen können, wie es ist.«

»Passt auf«, begann Edie, aufgeschreckt durch den Stimmungsumschwung. »Ihr macht im Augenblick beide traumatische Erfahrungen, und dann das mit Mami ...« Sie legte eine Hand auf Stellas Arm, die den Kochlöffel immer noch in der Luft hielt. Als sie ihn sinken ließ, stieg eine Wolke Mehlstaub auf und legte sich auf die Arbeitsfläche. »Du fühlst dich schlecht, Jude, wenn du das mit Stella hörst, weil du die andere bist. Aber andererseits ...«

»Meine Güte, warum drängst du dich eigentlich immer dazwischen?«, fuhr Jude sie an. »Warum kannst du nie eindeutig Stellung beziehen? Immer dieses ›einerseits, andererseits‹. Sag mir doch einfach, dass ich ein Miststück bin! Schließlich stimmt es ja. Aber du musst dich immer in andere reinversetzen. Du leidest mit allen mit. Wie kann man eigentlich so leben? Da muss man doch verrückt werden.«

»Das kann ich dir auch nicht sagen«, gab Edie zurück. »Ich bin nun mal so. Aber jetzt geht es um Stella, nicht um mich.«

»Ach, das spielt doch keine Rolle«, sagte Stella. »Bitte, lasst uns nicht streiten. Nicht jetzt.«

»Wann denn dann?« Mit klickenden Absätzen durchquerte Jude die Küche und stellte ihre Rührschüssel in die Spüle. »Morgen? Nächstes Jahr? Jederzeit, nur nicht jetzt?«

»Du musst tiefunglücklich sein«, meinte Stella. »Dass du dich so benimmst.«

»Ach, halt dich da raus, verdammt noch mal!«, sagte Jude. »Was weißt denn du davon?«

»Dir sind alle anderen doch völlig egal. Dir geht's doch nur um dich«, fuhr Stella fort und deutete mit dem Kochlöffel auf Jude.

»Halt dich da raus, verdammt noch mal!«, wiederholte Jude in bewusst vulgärem Ton. Dann begann sie zu kichern. Sie schlug die Hand vor den Mund. »Tut mir Leid«, sagte sie mit erstickter Stimme. »Aber seht uns nur an! Drei erwachsene Frauen, die sich in der Küche ihrer toten Mutter wie kleine Mädchen zanken.«

»Ich zanke nicht«, gab Stella pikiert zurück.

Jude kicherte immer noch. Tränen traten ihr in die Augen. »Ich zanke nicht«, äffte sie Stella nach.

»Hör auf«, sagte Stella mit gepresster Stimme. »Lass das.«

Sie setzte sich an den Tisch. Tränen standen ihr in den Augen, ihre Schultern bebten. Edie wusste nicht, ob sie lachte oder weinte. Erschöpft ließ sich Jude auf den Stuhl neben Stella sinken, legte ihr den Arm um die Schulter und küsste sie auf die Stirn.

»Klar bin ich unglücklich«, sagte sie kichernd. »Wie Edie gesagt hat, so bin ich nun mal. Ich weiß nicht, wie ich das ändern soll. Aber weine nicht. Das mit Bob tut mir Leid. Alles tut mir Leid.«

Edie beobachtete die beiden. Sie fühlte sich ausgeschlossen, aber sie hatte keine Tränen mehr. Sie ging zum Herd und holte die Haferkekse aus dem Rohr, die goldbraun und knusprig waren. Sie prüfte mit dem Finger, ob der Zitronenkuchen schon fertig war. Er brauchte noch ein paar Minuten. Dann wischte sie das Mehl von der Arbeitsfläche.

»Ich geh Alex anrufen«, sagte sie.

Ihre Schwestern blickten nicht auf, als Edie den Raum verließ. Sie benutzte das Telefon in Louises Zimmer, legte sich aufs Bett und lauschte dem Amtszeichen.

»Hallo, wer ist da?«, meldete sich Jess.

»Ich bin's. Hallo, Liebling.«

»Mami? Weißt du was? Wir haben heute für das Sportfest trainiert, und ich hab das Wettrennen auf einem Bein gewonnen, und das Schubkarrenrennen mach ich mit Kelly, wenn sie's nicht mit Chloe machen will, und Mrs Friar fragt, ob du beim Wettlauf der Eltern teilnimmst.«

»Gut, aber nur, wenn es dir nichts ausmacht, wenn ich verliere.«

»Verlierst du denn?«

»Gewinnen werd ich bestimmt nicht. Andere Mütter sind halb so alt wie ich.«

»Aber hinfallen wirst du auch nicht, oder?«

»Hinfallen? Das wohl nicht.«

»Ich möchte nicht, dass du hinfällst.«

»Dir geht's also gut?«

Keine Antwort. Anscheinend war Jess nicht mehr am Apparat. Edie hörte, wie sie nach Alex rief. Sie ließ den Kopf auf das Kissen sinken, schloss die Augen und wartete auf seine Stimme.

»Edie?« Offensichtlich freute er sich, dass sie anrief.

»Hallo? Alles in Ordnung bei euch?«

»Alles bestens. Ich bereite gerade das Abendessen vor, Jess malt ein Bild für dich, Lewis ist draußen und spielt Fußball. Das Haus sieht ein bisschen chaotisch aus, fürchte ich. Na ja, mehr als nur ein bisschen.«

»Das spielt doch keine Rolle. Wie geht's Kit?«

»Er ist, na ja …«

»Was? Was ist passiert?«

»Nichts ist passiert. Er ist heute nur etwas verstört. Er spricht nicht.«

»Er ist ja nie besonders mitteilsam.«

»Nein, aber er spricht wirklich nicht. Vielleicht zehn Wörter heute.«

Edie drückte den Hörer gegen ihre Stirn. Sie fröstelte, als wäre eine Erkältung im Anmarsch.

»Edie, bist du noch dran?«

»Ja. Soll ich mal mit ihm reden?«

»Er liegt im Bett und isst ein weiches Ei. Ich habe gesagt, dass er morgen nicht in die Schule muss.«

»Aber …«

»Ich kümmere mich schon darum. Wenn du wieder da bist, besprechen wir alles.«

»Alex.«

»Ja.«

»Du bist ein richtig netter Kerl, weißt du das?«

»Nein, nein«, protestierte er lachend.

»Und ich liebe dich so sehr.«

Sie würde ihm alles ein andermal erzählen.

Sie rief ihre E-Mails ab. *»Liebe Mami, mir geht es gut«,* las sie. Das war alles.

Dann rief sie Rose bei ihrer Mutter an. Sie war gleich am Apparat.

»Es tut mir so Leid«, sagte Rose.

»Danke.«

»Sie hat immer so jung gewirkt.«

»Stimmt.«

»Da kommt man ins Grübeln …«, meinte Rose. »Es kann jederzeit passieren. Einfach so.« Ihre Stimme klang sehr ernst. »Wir sollten jeden einzelnen Tag unseres Lebens auskosten, oder?«

»Ja«, erwiderte Edie verlegen.

Sie verabredeten sich für den folgenden Tag. Rose wollte um elf zum Kaffee kommen.

Jude hatte Kerzen auf den Tisch gestellt. In einer Schale schwamm eine einzelne Rosenblüte. Jede hatte ein Schüsselchen mit warmem Wasser vor sich, sodass sie sich nach dem Schälen der Garnelen die Hände reinigen konnten.

»Das ist aber hübsch«, sagte Edie. Stella war auf dem Flur und sprach mit Sam.

»Meine Wiedergutmachung«, bemerkte Jude trocken.

Sie legte sechs Riesengarnelen in die heiße Pfanne, wendete sie in der Knoblauch-Chili-Butter und beobachtete, wie sie sich dunkelrosa verfärbten. Stellas Stimme drang vom Flur herein, zunächst besorgt, dann nervös und ungeduldig: Sie sprach jetzt mit Bob.

»Kochst du jeden Abend?«

»Wenn ich allein bin, meinst du?«, fragte Jude. »Nein. An meinen einsamen Abenden hungere ich.« Sie sah Edie an. »Du bist diejenige, die das große Los gezogen hat, nicht wahr? Von uns dreien, meine ich. Du bist letztendlich glücklich geworden.«

»Ach, glücklich …«, sagte Edie nervös.

»Ich dachte immer, Stella wäre diejenige, die glücklich wird«, meinte Jude. »Weil sie nicht so hohe Erwartungen hatte.«

Stella kehrte in die Küche zurück.

»Zeit für den Wein«, sagte sie. Und als würde sie laut überlegen, fügte sie hinzu: »Vielleicht sollte ich ihn verlassen.«

»Wir haben nur auf dich gewartet.« Edie füllte drei Gläser mit Weißwein, und sie stießen an. Ich erzähle ihnen von dem Brief, dachte sie. Wenn ich es weiß, sollen sie es auch wissen. Gerade jetzt. Sie nippte an ihrem Glas und räusperte sich. »Habt ihr euch schon mal überlegt …?«, begann sie.

Da klingelte das Telefon.

»Du bist an der Reihe«, sagte Jude zu Edie. »Wir haben den halben Tag lang telefoniert. Wahrscheinlich ist es jemand wegen Montag.«

Beinahe erleichtert ging Edie auf den Flur und nahm den Hörer ab.

»Hallo?«, meldete sie sich.

Schweigen, nur ein leises Atemgeräusch.

»Hallo?«, wiederholte sie.

»Edie.«

»Ja. Wer ist dran?« Als habe sie es nicht sofort gewusst. Als habe sie nicht darauf gewartet.

»Ricky.«

Dreiundzwanzig 23

»Ricky«, sagte sie und wandte den Blick zur Küche. Die Tür war nur angelehnt, sodass sie die Stimmen von Stella und Jude und das Brutzeln der Garnelen hörte.

»Meine Mutter hat mir erzählt, dass du da warst.«

»Ja.«

»Warum?«

»Ich weiß nicht«, sagte sie leise. »Meine Mutter ist überraschend gestorben, das war ein ziemlicher Schock, und ich bin bei euch in der Nähe vorbeigekommen, da habe ich mir gedacht ...« Sie hielt inne. »Ich weiß nicht. Woher hast du diese Nummer?«

»Aus dem Telefonbuch. Was wolltest du?«

»Nichts. Es war sehr dumm von mir. Tut mir Leid.« Nach einer Pause fügte sie hinzu: »Ich wollte wohl einfach nur wissen, wie es dir geht. Manchmal denke ich an dich und hoffe, dass alles in Ordnung ist.«

Ein verächtliches Schnauben am anderen Ende der Leitung. Sie trank einen Schluck Wein. Die Telefonschnur war völlig verdreht. Nach diesem Gespräch würde sie die Schnur entwirren, und dann würde sie sich an den Tisch setzen und Garnelen essen. »Geht es dir gut?«

»Alles bestens«, erklärte er höflich in entrüstetem Ton.

»Gut. Ich muss Schluss machen. Tut mir Leid. Tschüs.«

»Warte.«

»Ja?«

»Möchtest du, dass wir uns treffen?« Seine Stimme klang gleichgültig, als wolle er ihr zeigen, dass ihm nichts daran lag.

»Das war nicht meine Absicht.«

»Also, willst du, dass wir uns treffen, oder nicht?«

»Lieber nicht.«

»In Ordnung. Ich wohne jedenfalls in Kingsley, zwischen dir und Baylham. Da gibt's ein Pub, *The Bell.* Nach neun bin ich dort.«

»Ich glaube nicht, dass das viel Sinn hätte«, erwiderte Edie beinahe im Flüsterton.

»Schön. Wie auch immer.« Und er legte auf.

»Wer war dran?«, fragte Jude. Sie gab die Garnelen auf eine Platte und garnierte sie mit Zitronenscheiben.

»Rose.« Edie setzte sich. »Sie ist übers Wochenende hier und bleibt vielleicht bis zur Trauerfeier. Morgen kommt sie zum Kaffee vorbei.«

»Ich habe sie schon Jahre nicht mehr gesehen«, sagte Stella. »Was macht sie so?«

»Weiß ich auch nicht genau«, erwiderte Edie. »Sie arbeitet mal hier, mal dort.«

»Ist sie noch mit diesem, wie heißt er noch, verheiratet?«

»Richard? Nein. Sie haben sich kürzlich getrennt.«

»Also lebt sie allein?«

»Ja«, antwortete Edie geistesabwesend.

Sie nahm eine Garnele, knackte die Schale und pulte sie ab. Das Fleisch war hellrosa und dampfend heiß. Sie tauchte es in die gelbe Mayonnaise und warf einen Blick auf die Wanduhr. Es war fünf vor acht, draußen brach die Dämmerung herein.

Sie sprachen über die Trauerfeier. Sie hatten noch keine passenden Texte gefunden. Stella hatte vormittags im Buchladen eine Anthologie zum Thema »Trauer« gekauft, blätterte jetzt darin und hinterließ Fettflecken auf den Seiten. Jude meinte, sie sollten auf schwarze Kleidung verzichten. Stella war anderer Meinung: Schwarz sei auf jeden Fall angebracht. Sie hatte ihr schwarzes

Kostüm dabei und einen Hut, der gut dazu passte. Edie war unentschlossen; sie fand, es spiele eigentlich keine große Rolle.

»Natürlich spielt es keine Rolle«, erklärte Jude. »Jedenfalls nicht für Louise.«

»Aber wenigstens was Dunkles«, meinte Stella besorgt.

»In Indien trägt man Weiß.«

»Wir sind hier nicht in Indien. Es kommen viele ihrer eher konservativen Freunde. Was werden die denken, wenn du in Weiß eintrudelst?«

»Ich habe nicht vor, Weiß zu tragen – außerdem habe ich gar nichts Weißes zum Anziehen. Und ich trudle auch nicht ein. Ich meine nur, warum diese Konventionen ...«

»Ich glaube nicht, dass es um Konventionen geht«, fiel Edie ihr ins Wort. »Es geht doch um ein Ritual.« Wieder sah sie auf die Uhr.

Es war fast neun, als sie den Tisch abräumten. Edie ging nach oben in Louises Schlafzimmer und stellte sich vor den Spiegel. Sie musterte sich: die mageren Schultern, die braunen Haare, die Falten im Gesicht, Lachfältchen, Sorgenfalten und die Linien um den Mund; die schlaffe Haut unter den Augen. Als sie sich vorlehnte, sah sie die grauen Härchen in ihren Augenbrauen. Sie dachte an ihre Zahnfüllungen, die Narben auf ihrem Bauch, die Dehnungsstreifen an ihren Brüsten.

In ein paar Monaten würde sie vierzig werden. Sie behauptete immer, das sei ihr egal, aber nun erkannte sie, dass sie sich etwas vormachte. Das Mädchen, das sie mit sechzehn gewesen war – hoffnungsvoll, unbeschwert und noch nicht vom Leben gezeichnet –, gab es nicht mehr. An seine Stelle war eine Fremde getreten, die die Spuren des Alters im Gesicht trug und ihr halbes Leben bereits hinter sich hatte. Bald bin ich alt, dachte sie. Dann sind die Kinder erwachsen und aus dem Haus. Sie werden alle paar Tage anrufen und sich freundlich erkundigen, wie es mir geht. Übers Wochenende kommen sie vielleicht ab und zu nach Hause, bringen einen in Papier gewickelten Blumenstrauß und Urlaubsfotos mit, und am Sonntagnachmittag packen sie ihr Köfferchen wieder und kehren in ihr eigenes Leben zurück. Und lassen ein aufgeräumtes, stilles Haus zurück, ein Haus voller Gespenster.

»Es geht so schnell«, sagte sie laut. »Wie kann es nur so schnell gehen?«

»Ich mach einen Spaziergang«, verkündete sie, als sie mit der Jacke über dem Arm herunterkam. »Es ist ein wunderbarer Abend.« Sie erwartete, ja hoffte beinahe, dass eine von ihnen sie begleiten wollte. Aber Jude korrigierte Seminararbeiten, und Stella suchte immer noch nach einem passenden Gedicht. Also ging Edie allein hinaus und stand eine Weile unentschlossen auf dem Bürgersteig. Sie sah auf die Uhr. Zwanzig nach neun.

Schließlich stieg sie ins Auto und sagte sich, es sei reine Neugierde, und wenn sie in Kingsley eintraf, würde Ricky sowieso schon weg sein. Was konnte es also schaden? Sie warf einen Blick auf die Straßenkarte und fuhr langsam, damit ihm genug Zeit blieb zu gehen.

The Bell war überfüllt, es war heiß und roch nach Rauch und Bier. Die Leute drängten sich in den Ecken und hatten sogar den kleinen Garten hinter dem Haus in Beschlag genommen. Es herrschte ein ohrenbetäubender Lärm. Edie bahnte sich suchend einen Weg zwischen den Leuten hindurch. An der Bar entdeckte sie ihn nicht, auch nicht an einem der Tische oder bei den Billardspielern im Hinterzimmer. Auch nicht draußen im Dunkeln. Wahrscheinlich war das ganz gut so, denn sie fühlte sich heute ohnehin nicht besonders. Sie wandte sich zum Gehen, als sie Ricky an einem Tisch sitzen sah. Er hatte ein halb leeres Glas Bier vor sich und drehte mit einer Hand geschickt eine Zigarette. Vermutlich war ihr Blick vorher auf ihn gefallen, doch sie hatte ihn nicht erkannt. In ihrer Vorstellung war er größer, besser gebaut, attraktiver, jünger gewesen. Nicht dieser hagere Mann mit dem schütteren Haar und dem Dreitagebart, der trotz seiner Träume nicht von hier weggekommen war, sondern am Freitagabend wenige Meilen von seinem Geburtsort entfernt in einem Pub saß und Bier trank. Sie starrte ihn an, den mageren weißen Hals über dem T-Shirt, die vom Rauchen verfärbte Oberlippe, und fühlte sich wie betäubt. Sie zögerte, dann wandte sie sich zur Tür.

Aber da blickte er auf, und nun war es zu spät. Seine tiefbraunen Augen lagen unter dichten Brauen. Er stand auf, griff nach seinem Mantel auf der Stuhllehne und drängte sich wortlos an den anderen Gästen am Tisch vorbei.

»Hallo«, sagte sie und wünschte, sie wäre zu Hause.

»Hallo.« Er musterte sie, ohne zu lächeln.

»Lange her.«

»Ja.«

»Hm …« Sie wusste nicht, was sie mit diesem Mann reden sollte.

»Möchtest du was zu trinken?«, fragte er schließlich, steckte die Hand in die Tasche und klimperte mit Kleingeld.

In dem Lärm verstand sie kaum, was er sagte. »Nein. Ich bleibe nicht.«

»Du meinst also, du wirfst mal rasch einen Blick auf mich und haust dann wieder ab? Und, wie ist dein Eindruck? Enttäuschend, oder? Ich seh wohl doch nicht so gut aus? Ein bisschen schäbig für deine Verhältnisse, nehme ich an.«

»Nein«, protestierte sie. »Aber das Ganze war ziemlich dumm von mir. Ich weiß gar nicht, warum ich hier bin.«

»Was sagst du?«

»Ich weiß gar nicht, warum ich hier bin«, wiederholte sie laut.

Jemand rempelte sie von hinten an, und sie spürte einen Spritzer Bier auf der Schulter.

»Komm«, sagte er, packte sie am Oberarm und führte sie zur Tür. Seine Finger gruben sich in ihr Fleisch.

»Wohin gehen wir?«

»Einfach nur hier raus.«

»Ich glaube nicht …«

»Was?«, fragte er viel zu laut. »Was glaubst du nicht?«

Sie sah ihn beunruhigt an. Eine blaue Ader pulsierte an seiner Schläfe. Seine Augen waren leicht blutunterlaufen.

»Ich hab einen Fehler gemacht«, sagte sie leise.

Dann standen sie draußen in der Kälte, und er hielt sie immer noch am Arm. Er zog sie die Straße entlang, vorbei an einem Wettbüro, einem Postamt, einem Eisenwarenladen mit Armeemessern im Schaufenster.

»Zweiundzwanzig Jahre«, sagte er.

»Ja.«

»Du hast dich nicht sehr verändert.«

Edie fasste sich ins Gesicht. »Ich hoffe, das stimmt nicht.«

»Ich hab dagesessen und überlegt: Wie sieht sie wohl aus? Werde ich sie wiedererkennen? Jedes Mal wenn eine Frau reinkam, dachte ich, vielleicht ist sie das, die Dicke mit den fettigen Haaren, die magere Blonde oder die da, die wie fünfzig aussieht, oder die mit den gefärbten roten Haaren und der dicken Schminke. Ich dachte, vielleicht hat sie sich völlig verändert und ist kein bisschen mehr wie früher. Aber du bist die Alte. Die dünne Edie mit den braunen Haaren. Du bist da, und ich bin da, und was machen wir jetzt?«

»Wohin gehen wir?« Sie versuchte sich seinem Griff zu entwinden, aber er ließ sie nicht los.

»Und wie steht's mit mir? Ich habe mich verändert, nicht wahr? Das hab ich dir angesehen. Du wolltest dich umdrehen und gehen, stimmt's? Seh ich so schlimm aus?«

»Das ist es nicht.« Sie blieb stehen und blickte ihn an. Hier gab es keine Straßenlaternen mehr, und sie fühlte sich unbehaglich im Dunkeln. Sie holte tief Luft. »Ricky.« Sie sagte seinen Namen, um sich klar zu machen, dass sie nicht träumte. »Ich wollte dich sehen, weil ich mich falsch verhalten habe. Ich habe so oft an dich gedacht, wahrscheinlich weil ich mich schäme.« Sie verschwieg ihm, dass sie seit zweiundzwanzig Jahren mindestens einmal in der Woche von ihm träumte – verstörende erotische Träume, von denen sie wach wurde; dann streckte sie die Hand nach Alex' breitem, warmem Rücken aus und wartete, bis die Bilder verblassten.

»Du bist also hier, um dich zu entschuldigen?« Seine Stimme klang sachlich und beinahe so, als langweile er sich.

»Wahrscheinlich.« Nach einer Pause fuhr sie fort: »Ich komme mir ziemlich dumm dabei vor. Da stehen wir, zwei Menschen, die nicht mehr ganz jung sind, und du hast bestimmt schon seit Jahren nicht mehr an mich gedacht.« Sie hielt inne, aber er schwieg. »Für mich war es immer etwas Unerledigtes. In meinem Leben ist damals alles verkehrt gelaufen, und ich habe keinen Ausweg gesehen. Ich war krank vor Elend und hatte Schuldgefühle. Ich dachte, alles sei meine Schuld gewesen.«

»Stimmt, es ist lange her«, bemerkte er nach einer Weile. »Wir waren Kinder. Es ist fast wie ein Traum.«

»Es ist merkwürdig. Mir kommt es vor, als sei es erst gestern gewesen.« Edie lachte leise. »Ich erinnere mich sogar noch, was du anhattest, an unsere Gespräche.« Sie wusste, dass sie das nicht hätte sagen sollen, und schluckte. »Ich habe noch alle Briefe, die du mir geschrieben hast.«

»Ich war ein dummer Junge. Ein Träumer.« Er zog eine Tabaksdose aus der Tasche und begann sich im Dunkeln eine Zigarette zu drehen. »Ich dachte, ich könnte mein Leben ändern. Lächerlich, nicht? Ich hatte diese Idee, dass ich etwas ändern könnte. Das verstehst du nicht, oder? Für Leute wie dich, die in großen Häusern am Stadtrand wohnen, ist das anders. Ihr kommt immer weg, ihr werdet Ärzte und so weiter – das bist du doch geworden? Stimmt's? Siehst du. Und ich konnte es drehen und wenden, wie ich wollte, mir blieb keine andere Wahl, als zu bleiben, wo ich war.«

»Es tut mir Leid.« Sie wusste nicht, was sie sonst sagen sollte.

Er gab ihr eine dünne Zigarette. Edie nahm sie und beugte sich über das Zündholz, das im Halbdunkel aufflammte. Sie sog den beißenden Rauch tief in die Lunge.

»Wahrscheinlich«, sagte sie, »willst du jetzt zu deinen Freunden zurück.«

»Eigentlich nicht.« Er zog an seiner Zigarette, die hell aufglomm. »Natürlich habe ich an dich gedacht, Edie. Ich habe dich gehasst. Du hast mich verraten. Ich habe dir die Schuld an allem gegeben, was danach passiert ist, an allem, was schief gegangen ist. Ich hielt dich für ängstlich, schwach und sentimental. Für einen Feigling, der es nicht wert ist, dass man sich über ihn Gedanken macht. Ich habe dich verachtet, und ich habe mich verachtet, weil ich dir vertraut hatte. All die schönen Liebesschwüre hatten nichts zu bedeuten.«

»Das ist nicht wahr«, erwiderte sie. »Sie hatten etwas zu bedeuten.« Es schien ihr so wichtig, dass er das wusste. Sie legte ihm die Hand auf die Schulter und sagte noch einmal: »Sie hatten etwas zu bedeuten.«

»Das spielt jetzt keine Rolle mehr. Das ist alles Geschichte. Und du fehlst mir überhaupt nicht.«

»Ich muss zurück«, sagte sie und ließ die Hand sinken. Plötzlich fröstelte sie.

Er zuckte die Achseln. »Gut.«

»Mein Auto steht vor dem Pub.«

»Ich begleite dich. Ich könnte noch ein Bier vertragen.«

Schweigend gingen sie nebeneinander her. Eine Gruppe Teenager kam ihnen entgegen, sie unterhielten sich, lachten laut.

»Was machst du beruflich?«, fragte sie. Endlich war das Pub in Sicht.

»Ich arbeite für eine Heizungsfirma.«

»Ach ja?«

»Du weißt wohl nicht, was du dazu sagen sollst?«

»Nein«, gab sie zu.

»Wenn ich gesagt hätte, Filmregisseur, hättest du sagen können: wie großartig, wie interessant! Du hättest fragen können, ob du womöglich einen Film von mir gesehen hast und so weiter. Aber ich arbeite für eine Heizungsfirma in der Nähe von Birmingham. Kein besonders anregender Gesprächsstoff, nicht wahr?«

»Da steht mein Wagen«, sagte sie erleichtert. Sie zog den Schlüssel aus der Jackentasche und schloss auf.

»Sie hat mich nie besonders leiden können, stimmt's?«

»Wer?«

»Deine Mutter, Louise.«

»Ich glaube, sie hat sich Sorgen gemacht«, sagte Edie und stieg ein.

»Das war auch ganz richtig so. Ein Junge wie ich. So einfache Leute.«

»Auf Wiedersehen, Ricky.«

»Na dann, tschüs«, sagte er, aber dann hielt er die Tür fest, die sie gerade zuschlagen wollte. »Edie?«

»Ja?«

»Es ist nur – ich weiß nicht –, es ist seltsam, oder?«

»Ja«, sagte sie leise. Sie streckte die Hand aus und berührte seine stoppelige Wange. »Es ist seltsam.«

»Kann ich mich zu dir ins Auto setzen und noch eine letzte Zigarette rauchen? Irgendwie habe ich keine Lust mehr aufs Pub oder auf zu Hause. Noch nicht.«

»Gut.«

Sie öffnete die Beifahrertür, und er stieg ein. Er drehte wieder zwei Zigaretten, ohne sie zu fragen, genau wie früher, und steckte ihr eine in den Mund. Er zündete ein Streichholz an, und im aufflammenden Licht sah sie sein Gesicht, so wie es früher gewesen war, und wie damals schlug ihr das Herz bis zum Hals.

»Nichts läuft so, wie man es sich vorstellt«, meinte er. »Und plötzlich ist es zu spät. Plötzlich wird dir klar, dass du den Zug verpasst hast. Aber das merkst du erst, wenn es zu spät ist.«

»Es ist nie zu spät«, widersprach sie.

»Mein Gott.« Er schloss die Augen und ließ den Kopf auf die Rücklehne sinken. »Mein Gott.«

Sie tat den ersten Schritt. Später würde sie sich nicht einmal damit trösten können zu sagen, dass er angefangen hatte. Sie nahm ihm die Zigarette aus dem Mund, reichte mit der freien Hand über den Schaltknüppel, zog Ricky am Hinterkopf zu sich und küsste ihn auf die Lippen. Sie wusste noch, wie er sich anfühlte, wie er schmeckte. Tabak und Bier. Seine Bartstoppeln kratzten. Die Zigaretten zwischen ihren Fingern brannten langsam herunter. Die Jahre verschwanden wie Rauch.

Lange her. Alex hatte ihr versichert, wenn er je in Versuchung geraten würde, ihr untreu zu werden, würde er an seine Kinder denken, sich ihre wachsamen Gesichter vorstellen. Edie dachte an ihre Kinder. Sie schloss die Augen und sah ihre Gesichter vor sich. Lewis. Kit. Jess. Bestimmt schliefen sie jetzt, den Mund leicht geöffnet, mit zuckenden Augenlidern, eingetaucht in den Strom der Träume. Auch Alex lag vermutlich schon im Bett, ihr Platz neben ihm war leer. Und Louise lag aufgebahrt in der Kapelle der Trauerhalle, die Augen geschlossen, die Hände gefaltet, als bete sie. Sie sah alle diese Bilder, während sie sich im Sitz zurücklehnte und zuließ, dass Ricky ihre Bluse aufknöpfte und seinen Kopf auf ihre Brüste legte.

Vierundzwanzig 24

»Was hab ich getan?«, flüsterte Edie, als sie in Louises Bett lag und auf den Morgen wartete. Allmählich wurde der Himmel heller – von Tiefschwarz über Dunkelblau zu Graublau –, und plötzlich sangen die Vögel. Zuerst unterbrach nur ein vereinzeltes Trillern die Stille, aber bald zwitscherte der ganze Vogelchor. Sie roch den Tabak auf ihrer Haut, schmeckte ihn auf der Zunge. Ein dumpfer Kopfschmerz plagte sie, obwohl sie doch gestern nur ein Glas Wein zum Abendessen getrunken hatte.

Warum hatte sie das getan? Nicht aus sinnlicher Begierde, auch nicht aus irgendeinem Hang zur Theatralik. Nicht, weil sie betrunken gewesen wäre. Und auch nicht, weil Alex sie enttäuscht hätte – nie hatte sie so zärtliche Gefühle für ihn gehegt wie jetzt. War der Grund etwas so Armseliges wie wehmütige Erinnerung? War Treue so leicht zu erschüttern? Du lebst jahrelang so dahin, bist treu, glaubst, eine Entscheidung getroffen zu haben, setzt mit aller Willenskraft durch, was du dir vorgenommen hast, arbeitest an der Beziehung, und dann stellt sich heraus, dass alles nur Gewohnheit war. Jeden Tag kommst du nach Hause, zu Mann und Kindern, und denkst: Das ist das Leben, das ich mir aufgebaut habe. Nur selten wird der Alltagstrott durchbrochen. Du wachst neben ihm auf, ihr kocht gemeinsam, am Sonntag geht ihr alle zusammen im Park spazieren, du backst den Kuchen, er ist für die Currygerichte zuständig. Jedes zweite Wochenende und jeden Mittwochabend übernachten seine Kinder aus erster Ehe bei euch, und du stellst

Blumen in ihr Zimmer und versuchst ihnen das Gefühl zu geben, dass es auch ihr Zuhause ist. Ihr berichtet euch gegenseitig von euren Problemen am Arbeitsplatz. Ihr sprecht über andere Paare. Ab und zu gibt es Streit, aber immer um dieselben Kleinigkeiten, es gehört einfach zu den Gewohnheiten, die man sich geschaffen hat. Es gibt Geschichten, die ihr als Paar erzählt, und oft führt einer den Satz des anderen zu Ende. Er massiert dir den Rücken, wenn du Schmerzen hast, und du schneidest ihm die Haare im Nacken und bügelst seine Hemden. Er räumt die Spülmaschine ein, und du sortierst die Anziehsachen der Kinder. Der eine darf etwas trinken, der andere setzt sich ans Steuer. Abwechselnd kümmert ihr euch darum, dass sich die Kinder die Zähne putzen. Ab und zu gehst du allein mit Freunden aus, aber am Ende des Tages legt ihr euch stets gemeinsam schlafen, und ihr schlaft auch oft genug miteinander, ihr findet euch im Dunkeln und wisst inzwischen, was dem anderen Lust bereitet. Ihr habt ein gemeinsames Bankkonto und gemeinsame Erinnerungen. So baut ihr, Stein für Stein, euer Leben auf.

Und dann, eines Tages, sitzt der Mann deiner Träume neben dir im Auto. Dein Zuhause ist weit weg, du hast die Anker gelichtet, beugst dich zu ihm hinüber und küsst ihn auf den Mund, zärtlich, und er schließt die Augen genau wie früher. Blindlings knöpft er dir die Bluse auf und küsst deine Brüste. Er streift deine Jeans herunter. Seine Hände auf deinem Körper sind kalt, sein Gesicht ist bleich und schmal. Und obwohl er dir so vertraut ist, ist er dennoch ein Fremder, und damit wirst auch du zu einer Fremden. Und ihr liebt euch im Auto wie verzweifelte Teenager – die Kleider sind wie Zwangsjacken, und der Schaltknüppel bohrt sich in deine Rippen, das Lenkrad engt dich ein, der Türgriff drückt gegen deinen Kopf –, während der Mond euch durch die verschmierte Scheibe beobachtet. In nicht einmal fünf Minuten hast du die Welt, die du dir aufgebaut hast, zertrümmert.

Edie setzte sich im Bett auf. Sie konnte es passivisch ausdrücken: Diese Geschichte war ihr passiert wie ein Erdrutsch, ein

Anfall von Wahnsinn, ein Wettersturz. Oft genug hatte sie gehört, dass Leute sagten: »Ich konnte nicht anders, es ist mir einfach passiert, ich habe für einen Moment den Verstand verloren …« Und sie hatte zweifellos unter Stress gestanden. Ihre Mutter war plötzlich gestorben, und der Gedanke an den Selbstmord ihres Vaters, der zwei Jahrzehnte zurücklag, quälte sie neuerdings wieder. Sie war für kurze Zeit nicht sie selbst gewesen. Aber sie hatte immer geglaubt, solche Entschuldigungen seien nur Ausreden von Leuten, die die Verantwortung für ihre Fehler nicht auf sich nehmen wollen.

Edie schwang die Beine aus dem Bett. Es war halb sechs und bereits hell. Heute Vormittag würde der Container geliefert werden, den sie bestellt hatten, und ein Freund von Louise würde mit seinem Lastwagen vorfahren, um ein paar Ladungen zum Sperrmüll zu transportieren. Sie mussten Louises Kleider durchsehen, die Blumen und die Getränke abholen. Um elf Uhr würde Rose kommen. Edie duschte rasch, zog sich die Jeans und ein T-Shirt über und ging hinunter durch den Flur, in dem sich Mülltüten und Kartons stapelten und die Bilder bereits abgehängt waren. In der Küche waren die meisten Schränke schon ausgeräumt bis auf ein paar Töpfe und Pfannen, Teller und Besteck für die nächsten paar Tage. An der Tür standen Pappkartons mit Käsereiben, Zitronenpressen, Kochlöffeln, Toastern, Kuchenhebern, Tupperware und Kuchenformen. Sie hatten die Sachen unter sich aufgeteilt. Stella hatte sich die Amsel aus Porzellan gesichert, die Louise in die Mitte des Apple Pie zu platzieren pflegte, damit die Teigdecke die Form eines Zelts bekam; Edie nahm den großen Becher, aus dem Vic immer seinen Tee getrunken hatte; sie hatte ihn ganz hinten im Küchenschrank entdeckt.

Sie setzte Wasser auf und mahlte Kaffeebohnen. Jude hatte darauf bestanden, den Kaffee im Kühlschrank aufzubewahren, damit er aromatisch blieb. Sonst war nicht mehr viel darin: nur Milch und Butter, vier Eier, ein Bund Frühlingszwiebeln und ein paar Tomaten. Heute musste sie fürs Abendessen einkaufen – das letzte Essen, bei dem die drei Schwestern unter sich sein würden – und für morgen, denn dann würden Alex und die Kinder eintreffen.

Edies Herz zog sich zusammen. Was sollte sie Alex erzählen? Er würde auf das Haus zusteuern, die Schlafsäcke der Kinder unter dem Arm, ein freudiges Lächeln auf den Lippen. Wie sollte sie seinem offenen, herzlichen Blick begegnen?

Das Wasser kochte. Edie brühte einen starken Kaffee auf, in dem fast der Löffel stecken blieb; dann toastete sie eine Scheibe dunkles Brot und bestrich es mit dicker, bitterer Marmelade. Trotz ihres Heißhungers war ihr übel, und sie fühlte sich zittrig. Sie umschloss die Tasse mit beiden Händen und atmete den Dampf ein. Bei dem Gedanken, es ihm zu sagen, wurde ihr flau im Magen, ihr Mund war wie ausgetrocknet. Sie wusste, wie er reagieren würde. Sein Ausdruck würde sich nicht verändern, aber es wäre, als erlösche ein Licht. Dann würde sein Gesicht erschlaffen und er in sich zusammensinken. Das hatte sie schon öfter beobachtet, wenn seine Kinder aus erster Ehe auf ihn losgingen. »Was hast du schon für eine Ahnung?«, hatte Gabriel, unüberhörbar im Stimmbruch, ihn einmal angeschrien. »Du bist ein Trottel und Versager!« Edie hatte Alex tröstend die Hand auf die Schulter gelegt, und er hatte sie dankbar angesehen. Aber nun würde sie diejenige sein, die ihn verletzte, und es würde niemand da sein, ihn zu trösten. Vielleicht sollte sie es ihm lieber doch nicht sagen? Dann wäre es ihr Geheimnis. Sie würden sich darüber unterhalten, wer in ihrem Freundeskreis ganz bestimmt treu war, und wenn sie ein bisschen beschwipst oder sentimental waren, würden sie einander versichern, dass ein Seitensprung für sie beide nicht in Frage kam. Sie würde eine Gänsehaut bekommen, und ihr Herz würde laut pochen. Aber sie würde nichts verraten, und nach und nach – wie lange dauerte so etwas eigentlich? – würde die Schuld verblassen, bis es nur noch eine Dummheit war, die sie vor langer Zeit begangen hatte.

Sie trank ihren Kaffee aus und sah auf die Uhr. Viertel nach sechs. Der Himmel war von klarem Blau und die Luft nicht mehr so kalt. Edie nahm ein paar leere Kisten, ging zu dem hohen Vorratsschrank in der Ecke und begann, die Dosen mit Bohnen, Mais und Thunfisch sowie die Tüten mit Reis, Nudeln und Mehl auszusortieren. Bei der Hälfte der Sachen war das Haltbarkeitsdatum abgelaufen, und sie wanderten direkt in einen Müllsack, den Edie mit all den anderen Säcken neben die überfüllte Mülltonne stellte. Als Nächstes widmete sie sich den Büchern. Sie stapelte die Bände, die Jude und Stella sich ausgesucht hatten, legte ihre in die Kiste mit Vics Becher und einem Mixer und verstaute den Rest für eine Sozialstation in Kartons. Die Bilder packte sie in Noppenfolie, die Gläser wickelte sie in Zeitungspapier.

Um acht Uhr, als Stella noch schlief und Jude, nach dem Gurgeln des Wasserspeichers zu schließen, im Bad war, wurde der Container gebracht, und Edie fing an, die Sachen hinauszutragen. Sie arbeitete stetig, ohne Pause, froh über die Schmerzen in Armen und Rücken und den Schweiß, der ihr auf die Stirn trat und zwischen ihren Brüsten hinunterrann.

»Kann ich das Hochzeitsfoto von Mama und Papa haben?«, fragte sie später, als sie bei einer Tasse Kaffee im Garten saßen und der Container voll beladen war. »Das im Schlafzimmer.«

Den Brief an Louise würde sie nicht erwähnen. Nicht jetzt. Er war Louises Geheimnis, und Edie wünschte, sie selbst hätte es nie erfahren.

Dann sahen sie Louises Kleider durch. Es dauerte nicht lange. Einige packten sie in Tüten für den Laden der Sozialstation in Shrimpley. Stella behielt Louises guten schwarzen Mantel, ihr langes blaues Samtkleid, den orangefarbenen Rock, ein Leinenkostüm und mehrere Paar Schuhe. Edie nahm sich eine gelbe Strickjacke, die Louise ihrer Erinnerung nach in Baylham getragen hatte, obwohl sie die Jacke bestimmt nie anziehen würde, außerdem ein paar Schals und einen schwarzen Glockenhut. Jude wollte nichts. Jedes Mal, wenn man ihr ein Kleidungsstück zur Begutachtung hinhielt, schüttelte sie den Kopf und schaute weg.

»Gestern früh bin ich zu unserem alten Haus gefahren«, sagte Edie, während sie T-Shirts zusammenlegte.

»Meine Güte! Da hast du also gesteckt, während wir uns hier abgerackert haben! Warum? Und wieso erzählst du uns das erst jetzt?«

»Tut mir Leid. Ich … Na ja, gestern ist mir alles ein bisschen zu viel geworden.«

»Und wie war es?«

»Völlig verändert. Alles modernisiert. Vermutlich ganz hübsch, aber es war ein eigenartiges Gefühl.«

»Das kann ich mir vorstellen.«

»Ich habe mit der Frau gesprochen, die jetzt dort wohnt, und sie hat mich ins Haus gelassen.«

»Ich wollte, ich wär dabei gewesen.«

»Das wär mir auch lieber gewesen«, sagte Edie. »Ich hätte nicht allein hinfahren dürfen. Ich war nicht ganz bei mir.«

Nicht ganz bei mir, wiederholte sie für sich. Das ist genau der richtige Ausdruck. Halt dich daran. Das war ich gar nicht. Ich war das nicht in dem Auto, als sein Mund sich auf meinen presste, seine Hände meine Brüste berührten, seine Tränen auf meinen Hals fielen. Sein Geruch nach Einsamkeit. Und inmitten ihrer Schuldgefühle überfiel sie ein schreckliches Verlangen.

»Hier«, sagte sie, »wie wär's mit dieser Jacke, Jude?«

Rose traf kurz nach elf ein. Sie stieg mit einem riesigen Blumenstrauß aus dem Wagen, trug eine enge Lederhose und eine strahlend weiße Baumwollbluse. Ihr blondes Haar mit den Strähnchen war kunstvoll hochgesteckt. Sie hatte Make-up – eine Grundierung, um die Fältchen abzudecken, Eyeliner, Wimperntusche, Rouge, Lippenstift – und Parfüm aufgelegt. Edie hatte immer noch ihr altes T-Shirt und die ausgeleierten Jeans an. Sie hatte die Schuhe ausgezogen, und eine Socke hatte ein Loch. Die Haare hatte sie achtlos zusammengebunden, und von der morgendlichen Arbeit war sie noch ganz verschwitzt.

»Na so etwas!«, rief Edie mit wehmütigem Lachen. »Du siehst aus, als würdest du zu einer Party gehen, und ich, als hätte ich eine Woche auf einer Parkbank übernachtet. Wirklich, Rose, du bist noch hübscher als früher! Wie machst du das nur?«

»Sei nicht albern!«, sagte Rose, wirkte jedoch sichtlich geschmeichelt. Sie tippte sich mit ihrem dunkelroten Fingernagel an die Wange. »Das ist alles nur Fassade. Jeden Morgen ein frischer Anstrich, mein wahres Gesicht kriegt keiner zu sehen. Darunter bin ich in Auflösung begriffen.«

»Ich glaube dir kein Wort«, widersprach Edie liebevoll. »Du warst immer das hübscheste Mädchen der Klasse. Neben dir habe ich mich wie eine graue Maus gefühlt. Komm, jetzt gibt's Kaffee, und du kannst mir erzählen, was sich in deinem Leben so tut.«

»Wenn sich doch nur was tun würde! Ich warte noch immer auf den Märchenprinzen.«

Sie saßen im Garten. Rose wandte ihr Gesicht der Sonne zu und seufzte.

»Die schönste Jahreszeit«, meinte sie. »Da fühle ich mich so voller Leben und Hoffnung. So, als würde ich mich noch mal verlieben. Oder mir wenigstens ein tolles neues Kleid kaufen. So schlimm können die Dinge gar nicht sein, wenn man die Sonne auf der bloßen Haut spürt.«

»Ich weiß nicht. Der Frühling macht mir immer ein bisschen Angst, als könnte ich was verpassen. Er ist so schnell wieder vorbei und löst bei mir eine gewisse Panik aus.«

»Meine Güte, du änderst dich wohl nie! Hör sich das einer an, sogar der Frühling stimmt dich melancholisch! Sprich weiter, sag, es ist, als würde das Leben verrinnen, und dass es dir die Sterblichkeit bewusst macht, dann glaube ich, dass wir beide wieder sechzehn sind und du gleich ein paar Verse zitieren wirst, die ich nicht verstehe.«

Edie lachte. »Entschuldige.«

»Es gefällt mir aber. Schön, dass sich manches einfach nicht ändert. Weißt du noch, wie wir morgens im Gottesdienst unsere Kicheranfälle bekommen haben?«

»Ja. Ich habe schon seit einer Ewigkeit nicht mehr so gekichert, dass es wehtut.«

»Hmm.« Rose nippte an ihrem Kaffee und hinterließ einen roten Halbmond am Tassenrand. Hier draußen im grellen Sonnenlicht bemerkte Edie, dass Rose trotz ihres Make-ups und ihres gestylten Haars müde und mitgenommen aussah. »Jedenfalls tut mir das mit deiner Mutter wirklich Leid.«

»Danke.«

»Sie war immer so nett zu mir. Im Grunde war sie mein Vorbild – immer attraktiv und sprühend vor Leben. Deshalb wollte ich auch zur Trauerfeier kommen, obwohl ich sie schon seit Jahren nicht mehr gesehen habe. Ich kann es gar nicht fassen, dass sie tot ist. Wie kommst du damit zurecht?«

»Es ist mir schon mal besser gegangen«, erwiderte Edie vorsichtig. »Ich war überhaupt nicht darauf vorbereitet. Man denkt immer, mit zunehmendem Alter würde man klüger und abgeklärter und es könne einen nichts mehr erschüttern. Aber plötzlich habe ich keine Mutter mehr. Es klingt lächerlich, aber vielleicht habe ich jetzt erst richtig begriffen, dass ich kein Kind mehr bin.«

»Das kann ich mir nicht vorstellen«, meinte Rose.

»Wir hatten unsere Probleme. Nach Daddys Tod, meine ich. Irgendwie hat sie sich abgekapselt. Am schlimmsten war es natürlich für Jude, sie hat länger bei ihr gelebt und ihre Kämpfe mit ihr allein ausfechten müssen. Aber Louise muss sich gefühlt haben, als hätte sich ihr schönes, behagliches Leben plötzlich in einen Albtraum verwandelt. Wir haben nie darüber gesprochen. Es war wie eine stillschweigende Abmachung. Ich habe immer gedacht, es kommt schon noch die Zeit, um sich auszusprechen. Und jetzt ist es zu spät.«

»Ich bin überzeugt, ihr habt alles richtig gemacht«, erwiderte Rose. »Keine Beziehung ist perfekt, oder? Wenn ein Mensch stirbt, reden immer alle darüber, was sie falsch gemacht haben, aber vielleicht sollten sie lieber darüber nachdenken, was sie alles richtig gemacht haben.«

»Wahrscheinlich hast du Recht. Weißt du, Rose, sie tut mir einfach Leid.«

Sie tranken ihren Kaffee. Rose zündete sich eine Zigarette an und lehnte sich mit einem leisen Seufzer zurück. »Wie geht's Alex?«

»Gut«, sagte Edie vorsichtig.

»Ihr beide kommt großartig miteinander aus, oder? Ihr passt wirklich gut zusammen. Nach all den Jahren seid ihr noch immer richtig nett zueinander. Ich weiß nicht, wie ihr das hinkriegt.«

Einen Augenblick stockte Edie der Atem. »Wir kommen ganz gut zurecht«, brachte sie schließlich heraus, von Schuldgefühlen geplagt.

»Komm schon, er betet dich an. Das sieht doch jeder.«

»Ich habe Glück gehabt«, meinte Edie. Sie nahm ihre Sonnenbrille vom Tisch und setzte sie auf.

»Schau mich an. Am Anfang einer Beziehung läuft immer alles wunderbar, aber ich schaffe es einfach nicht über die Fünfjahreshürde. Na ja.« Sie blies Rauch in die Luft. »Ich gebe meinen Eltern die Schuld, weil sie mir mit ihren Streitereien die Kindheit vermasselt und sich haben scheiden lassen. Wahrscheinlich haben sie geglaubt, es sei das Richtige, mit der Scheidung zu warten, bis ich größer bin. Aber ich wünschte mir, sie hätten es früher getan und mir das schreckliche Geschrei Abend für Abend erspart. Aber vielleicht sage ich das auch nur, um meine eigenen Scheidungen besser wegzustecken.«

»Aus welchem Grund haben sie sich eigentlich getrennt?«

»Abgesehen davon, dass sie nicht miteinander ausgekommen sind? Mein Gott, keine Ahnung.«

»War jemand Drittes beteiligt?«

»Du meinst, ob er oder sie eine Affäre hatte? Also, meine Mutter eher nicht. Oder vielleicht doch. Man kann ja nie wissen, was sich im Leben der anderen abspielt. Aber ich kann es mir nicht vorstellen. Du etwa? Was Dad betrifft, weiß ich nicht so recht, vielleicht schon eher. Ich glaube, ich möchte es gar nicht wissen, obwohl ich jetzt fast vierzig bin und sie auf die siebzig zugehen. Wenn es um die eigenen Eltern geht, ist man nie so ganz erwachsen, was meinst du? Und man möchte sich mit Sicherheit keine Gedanken über ihr Liebesleben machen.«

»Nein«, sagte Edie. »Da hast du Recht. Darf ich?« Sie griff nach der Schachtel, nahm sich eine Zigarette von Rose und zündete sie mit dem Feuerzeug an, das auf dem Tisch lag.

»Ich wusste gar nicht, dass du rauchst.«

»Ich rauche auch nicht. Solange ich hier bin, herrscht der Ausnahmezustand. Kommen deine Eltern beide zur Trauerfeier?«

»Ich denke schon. Es macht ihnen nichts aus, wenn sie sich irgendwo über den Weg laufen. Und schließlich waren sie untereinander recht gut befreundet.«

»Ja.« Edie konzentrierte sich auf ihre Zigarette. Alles erschien ihr sonnenklar. Rose brauchte eigentlich nur zwei und zwei zusammenzuzählen. »Ich bin gestern zu unserem alten Haus gefahren«, sagte sie, um das Thema zu wechseln.

»Tatsächlich! War es das erste Mal?«

»Ja. Seit zweiundzwanzig Jahren.«

»Warst du auch drinnen?«

»Ja. Alles ist anders, als ich es in Erinnerung hatte. Aber auch wenn sich gar nichts verändert hätte, wäre es wohl trotzdem nicht so wie früher.«

»Mein Gott, was hatten wir dort für einen Spaß! Ich denke noch oft an die Zeit zurück. Weißt du noch, unsere Party?«

»Na klar.«

»Matt, so hieß er.« Sie kicherte wie ein Teenager. »Und du warst mit diesem Ricky zusammen.«

»Ja«, sagte Edie. Sie schloss die Augen hinter der Sonnenbrille und inhalierte den Rauch. »Stimmt.«

»Und jetzt sind wir schon fast in den mittleren Jahren.«

»Ja.«

»Ich wär lieber noch mal siebzehn«, meinte Rose. »Ich glaube, das ist mein wahres Alter. Siebzehn. Sechzehn wäre noch besser. Ich kann es einfach nicht fassen, dass dies alles endgültig vorüber ist.«

25 *Fünfundzwanzig*

Liebe Mami, tippte Kit mit einem Finger, *ich habe geträumt, dass du nie mehr wiederkommst. Und ich habe dich gesucht und überall geschaut, dich aber nirgends gefunden. Dann bin ich aufgewacht …*

Er überlegte kurz und runzelte die Stirn. Das mit dem nassen Laken würde er ihr nicht erzählen, auch nicht von Lewis, der ihn im Badezimmer ertappt und angeekelt die Nase gerümpft hatte, als er seinen feuchten Schlafanzug auszog.

Später ist es mir noch eine Ewigkeit ganz echt vorgekommen, nicht wie ein Traum. Daddy und ich haben gerade ausgerechnet, dass es noch 22 Stunden und 20 Minuten dauert, bis wir zu dir fahren. Das macht 1320 Minuten. Aber Lewis meinte, es würde länger dauern, weil Daddy immer mindestens eine Stunde zu spät dran ist. Ich hab dich lieb und bin froh, dass es nur ein Traum war. Kitxxxx

Edie sah ihn, als sie Rose nachwinkte. Er stand am anderen Ende der Straße und beobachtete sie, die Hände in den Taschen. Sie wandte sich abrupt ab und winkte Rose ein letztes Mal. Der Wagen fuhr an, und Edie blieb, wo sie war. Alles wirkte irreal. Das Sonnenlicht, das auf den Autos und in den Fensterscheiben glitzerte. Das geometrische Streifenmuster, das die Schatten der Bäume auf die Straße warfen. Plötzlich war ihr der Tag zu hell, und sie fühlte sich bloßgestellt.

Wieder blickte Edie auf. Er stand immer noch da und hob die Hand. Sie schaute sich um, die Haustür stand halb offen. Drinnen war es dunkel und kühl. Jude belegte Brötchen mit Parmaschinken. Stella packte die Gläser aus, die geliefert worden waren, und wischte sie mit einem Geschirrtuch sauber. Edie zögerte, bevor sie mit ihren verschwitzten Kleidern und ihrem schulmädchenhaften Pferdeschwanz auf ihn zuging.

»Hallo«, sagte er.

»Hallo.«

Er trug dieselben Sachen wie am Vorabend. Ihr fiel auf, dass seine Finger fleckig und seine Zähne verfärbt waren.

»Was machst du hier?«

Er zuckte die Schultern und steckte die Hände in die Hosentasche. Er war mager, beinahe unterernährt. Seine Haut war fahl, als ginge er nie an die frische Luft, sein Hals dünn, nur der Adamsapfel ragte hervor. Die Augen unter den dichten Brauen sahen sie an.

»Gehen wir ein bisschen spazieren?«

»Gut«, sagte sie, obwohl sie ahnte, dass eine Katastrophe nahte. »Aber nur ein paar Minuten. Ich muss gleich wieder rein.«

Sie bewegten sich vom Haus fort. Die Hitze war drückend, die Fahrbahn flimmerte.

»Es war ein Fehler«, begann sie schließlich. »Ich weiß nicht, wie es passieren konnte, aber es war ein Riesenfehler.«

»Ein Fehler«, wiederholte er, als sei es ein Fremdwort, das er kaum aussprechen konnte.

»Ich bin verheiratet. Habe Kinder.«

»Ja«, sagte er.

»Und du?«

»Nicht mehr. Ich lebe allein.«

»Ich habe alles kaputtgemacht«, sagte Edie mehr zu sich als zu ihm. Sie war schwach und erschöpft, stolperte über eine Spalte im Straßenpflaster und hatte plötzlich das Gefühl, nicht mehr weitergehen zu können. Er streckte den Arm aus, um sie zu stützen, und sie ließ es zu. Langsam gingen sie die Straße entlang zu den Wiesen vor der Stadt.

»Wann fährst du zurück?«, fragte er.

»Dienstag, glaube ich. Die Beerdigung ist am Montag.«

»Und wann kommt deine Familie?«

»Morgen.«

»Erzählst du es ihm?«

»Ich weiß nicht. Wahrscheinlich.«

»Warum?«

»Wegen des Vertrauens vielleicht?«

Er musterte sie kurz von der Seite. »Manchmal ist es gut, Geheimnisse zu haben. Ehrlichkeit ist oft nur ein schönes Wort für Grausamkeit.«

»Vielleicht.« Sie hielt inne. »Ich muss jetzt zurück, Ricky. Jude und Stella fragen sich bestimmt schon, wo ich stecke.«

»Gut.«

Doch sie gingen weiter, bis sie die Häuser hinter sich gelassen hatten. Als er auf einer Wiese stehen blieb, blieb sie auch stehen. Sie wartete. Und als er die Hand auf ihren Hinterkopf legte, der von der Sonne erhitzt war, ließ sie ihn gewähren. Obwohl sie nicht wollte, dass er sie anfasste, obwohl sie das auf keinen Fall zulassen durfte. Er öffnete ein Holzgatter, das mit einer orangeroten Schlaufe geschlossen war, zog es sorgfältig hinter ihnen wieder zu und führte sie die Hecke entlang zu einer Stelle, die man von der Straße aus nicht einsehen konnte.

»Ich werde mir das nie verzeihen«, sagte sie laut, und er küsste sie leidenschaftlich auf den Mund, während sie die Worte formte. »Nicht«, sagte sie, aber sie ließ zu, dass er sie ins Gras hinunterdrückte und ihre Jeans herunterstreifte. Dann lag er auf ihr, den Mund auf ihrem Mund, die Brust auf ihren Brüsten. Sein Körper drängte sich gegen ihren Körper, Disteln stachen in ihre nackten Schenkel, eine Brennnessel versengte ihren Unterarm, und die Sonne brannte so unerbittlich, dass ihre Augen schmerzten.

Edie stand auf, zog ihre Jeans hoch, ihr T-Shirt herunter und zupfte sich das Gras aus den Haaren, während er sie schweigend beobachtete. Dann wandte sie sich ab und ging weg, und diesmal drehte sie sich nicht um, kein einziges Mal, sie ging einfach weiter die Straße hinauf, über den Hügel und in die Sackgasse, wo die Tür zum Haus ihrer Mutter immer noch offen stand und ihre Schwestern im Garten auf sie warteten und nicht einmal bemerkt hatten, dass sie fort gewesen war.

Sie nahmen ihre letzte Mahlzeit zu dritt ein – sie hatten sich Essen aus einem indischen Restaurant in der Stadt geholt, weil Edie es nicht geschafft hatte, etwas zu besorgen. Fleischstücke in orangefarbener, öliger Sauce, ganze Chilis in matschigem Spinat, schleimige Okra und klumpigen Reis. Dazu zwei Flaschen Rotwein. Sie aßen langsam. Ihre erhitzten, verschwitzten Gesichter glänzten im Kerzenlicht.

Edie betrachtete ihre Schwestern. Stella hatte sich die Haare zu einem dicken Zopf geflochten, genau wie früher, als sie noch jung und unbeschwert war. Sie trug eine pinkfarbene Baumwollbluse, die am Hals aufgeknöpft war. Ihre Haut war glatt und seidig. Eigentlich sah sie aus wie damals, wenn sie nach einem heißen Bad nach unten kam und vor Jugend und Gesundheit nur so strotzte. Und sie hatte Ähnlichkeit mit Louise, wenn sie sich an Vic lehnte, die Hand auf seinen Arm legte, ein Lächeln auf den roten Lippen, und ihre Brüste sich unter dem dünnen Stoff ihres Kleides abzeichneten. Jude erinnerte an eine Skulptur. Ihr Hals war lang, ihre Stirn hoch, ihre Wangenknochen traten hervor. Ihre Augen glänzten im Halbdunkel. Aber wenn sie den Kopf zurückwarf und lachte, sah Edie wieder das junge Mädchen vor sich, das sie einst gewesen war, plump, trotzig und unbeholfen.

»Stoßen wir an!«, sagte sie, griff nach ihrem Glas und hob es in die Höhe, sodass sich das Kerzenlicht darin spiegelte. »Auf uns!«

»Darauf trinke ich«, meinte Jude mit einer Spur Ironie in der Stimme.

»Und auf Vic und Louise«, bat Stella. »Auf die Familie.«

»Auf die Familie.«

Sie ließen ihre Gläser klingen und tranken.

»Liebste Edie, ich habe das Gefühl, dass du schon seit Wochen und nicht erst seit ein paar Tagen fort bist. Aber morgen sehe ich dich ja wieder. Gute Nacht, mein Schatz, schlaf gut. Alex.«

26
Sechsundzwanzig

»Oma.«

Ellen rührte sich nicht. Sie saß in ihrem überheizten Zimmer im Lehnstuhl, mit dem Rücken zum Fenster, den Teddy im Arm. Edie hatte ihr Wicken aus Louises Garten mitgebracht und auf den Tisch gestellt, ein feucht glänzender pastellfarbener Strauß.

»Ellen.«

Sie wandte sich um und sah Edie an.

»Ja.«

»Ich möchte dir etwas erzählen. Du bist die Einzige, mit der ich reden kann. Du hättest es verstanden. Da bin ich mir sicher.«

Sie griff nach der Hand ihrer Großmutter. Der goldene Ehering saß locker an ihrem mageren Finger, aber ihre Knöchel waren geschwollen und verhinderten, dass der Ring herunterrutschte. Die Haut war schlaff wie ein schlecht sitzender Handschuh. Ellen ließ Edie für kurze Zeit ihre Hand halten, dann zog sie sie stirnrunzelnd weg.

»Tu das nicht«, sagte sie in scharfem Ton, der so deutlich an die lebhafte, resolute Ellen von einst erinnerte, dass Edie für einen Augenblick den Faden verlor. Sie blickte in die matten Augen ihrer Großmutter. Was, wenn Ellen trotz ihres ausdruckslosen Gesichts und ihres gebrechlichen Körpers ganz genau wusste, was vor sich ging? Wenn sie ihrem Verfall ohnmächtig zusehen musste, während dumme Leute überlaut mit ihr sprachen, als wäre sie ein

Kleinkind, sie mit breiiger Babynahrung fütterten, ihr Windeln anlegten und Teddys in den Arm drückten?

»Ich weiß nicht, wo ich anfangen soll«, sagte Edie.

»Eine Geschichte«, sagte Ellen hoffnungsvoll.

»Ja, eine Geschichte.«

Sie handelte von einem stillen Mann, von normalen Menschen, die im Leben Fehler begehen und dafür grausam bestraft werden. Von Lügen, Untreue, gescheiterter Liebe und von Ereignissen, die einfach nicht zu einer erträglichen Vergangenheit verblassen wollten. Eine Geschichte von Mustern, die sich über Generationen hinweg ständig wiederholten.

Edie begann damit, wie Louise und Vic sich ineinander verliebten. Sie schilderte ihren Hochzeitstag: wie Louise ausgesehen hatte im Kokon ihres weißen Kleides. Dass Vic überwältigt gewesen war vor Freude, weil er wusste, dass er ein langweiliger, unscheinbarer, schüchterner Mann war, der sich keine großen Hoffnungen machen durfte, aber nun eine Prinzessin im Arm hielt; seine Finger versanken in den Satinfalten ihres Brautkleides, ihr Duft stieg ihm zu Kopf. Sie kauften ein altes Haus und bevölkerten es mit Töchtern. Aber das Leben war kein Märchen. Vic hatte einen Job, den er verabscheute und dem er nicht gewachsen war. Ständig hatten sie Geldsorgen. Louise wurde unzufrieden mit ihrer Rolle als Hausfrau und Mutter und mit ihrem introvertierten, wortkargen Mann. Für sie war Vic ein Versager. Nach und nach legte sich die Enttäuschung wie ein Nebel über ihr Leben.

Ellen schmiegte das Kinn an den Kopf des Teddys und schwieg. Edie erzählte weiter; was sie nicht genau wusste, dichtete sie hinzu. Sie sprach von Louises Affäre, die sich über den Sommer bis in den Herbst hinzog. Die heimlichen Rendezvous, die Lügen, die sie Vic auftischte, die Erregung, die Ausflüchte. Louise wusste, dass sie Schluss machen musste, schaffte es aber nicht. Sie war grausam zu Vic, weil sie sich schuldig fühlte. Beinahe hasste sie ihn, weil sie erkannte, wie sehr sie ihn verletzte.

Dann erzählte Edie von ihrer Familie, ihrem stillen mittleren

Sohn, der Vics Augen hatte. Schließlich kam sie zu ihrer Begegnung mit Ricky. Sie lauschte der eigenen Stimme, die sachlich und nüchtern klang. Für die ganze Geschichte brauchte sie eine halbe Stunde. Als sie damit zu Ende war, schwieg sie eine Weile. Dann fügte sie hinzu: »Bald kommen Alex und die Kinder. Was soll ich tun?«

Ellen antwortete nicht. Sie starrte auf den Rasen hinaus, wo eine Frau im Rollstuhl von ihrem übergewichtigen, nicht mehr ganz jungen Sohn über den frisch gemähten Rasen geschoben wurde. Ihre Beine hingen herunter wie rosafarbene Würste. Der Schweiß lief ihm über das gerötete Gesicht.

»Ich will nach Hause«, sagte sie. »Bring mich nach Hause.«

»Wir können sie nicht dort lassen.«

»Was schlägst du denn vor?«

»Keine Ahnung. Ich schlage gar nichts vor, ich sage nur, dass wir sie nicht dort lassen können. Sie hasst dieses Heim. Sie ist unglücklich.«

»Ich kann mich nicht um sie kümmern, nicht mit Sam.«

»Ich meine auch nicht, dass sie bei einer von uns wohnen sollte. Sie braucht Pflege rund um die Uhr. Aber wenn sie bleibt, wo sie ist, wer wird sie dann besuchen? Niemand, höchstens eine von uns ein paarmal im Jahr. Und sie sitzt Tag für Tag in ihrem Zimmer und starrt aus dem Fenster.«

»Sie hat nichts davon, wenn wir sie besuchen«, sagte Stella. »Sie weiß gar nicht, wer wir sind, und wenn wir zur Tür hinausgehen, hat sie uns schon wieder vergessen.«

»Willst du damit sagen, dass es egal ist? Dass in ihrem Leben nichts mehr von Bedeutung ist?«

»Nein«, entgegnete Stella. »Du weißt genau, dass ich das nicht meine. Nur dass es für uns wohl mehr Bedeutung hat als für sie – ihretwegen fühlen wir uns schuldig.«

»Was meinst du?«, fragte Edie Jude, die bisher geschwiegen hatte und auf ihrer Unterlippe herumkaute.

»Du hast vollkommen Recht, finde ich«, sagte Jude langsam.

»Ich war nur gerade dabei, meinen ganzen Mut zusammenzukratzen, um zu sagen, dass ich sie nehme.«

»Du?«

»Ich versteh nicht, wieso dich das derart überrascht. Warum denn nicht?« Jude sah Edie mit hochgezogenen Augenbrauen an. »Ich denke darüber nach, seit unsere Mutter gestorben ist.«

»Aber wie willst du sie in deinem Leben unterbringen? Ich meine ...«

»Ich rede nicht davon, sie in meine Wohnung aufzunehmen und meine Arbeit aufzugeben, damit ich sie füttern und aufs Klo setzen kann. Ich sage nur, wenn sie näher zu einer von uns ziehen soll, dann in meine Nähe. Ich habe keine anderen Verpflichtungen wie ihr beide.«

»Aber du bist es doch, die immer gegen familiäre Pflichten wettert.«

»Dann hätte ich jetzt etwas, gegen das ich wettern und dem ich die Schuld an allem und jedem zuschieben könnte.«

»Ich weiß nicht«, meinte Stella. »Irgendwie finde ich es ungerecht, wenn nur eine von uns die ganze Belastung zu tragen hat.«

»Vielleicht ist die Belastung gar nicht so groß«, erwiderte Jude. »Und wenn ich keine Kinder mehr bekomme – was nach Lage der Dinge ja durchaus wahrscheinlich ist –, dann habe ich wenigstens eine Oma zu versorgen. Ich brauche mich ja nicht um die Windeln, das Wundliegen, die Zehennägel und so weiter zu kümmern. Ich glaube nicht, dass ich das besonders gut kann.«

Edie betrachtete Jude. Sie trug ein kurzärmeliges gelbes Kleid mit tief sitzender Taille und hatte ihr glänzendes Haar hinter die Ohren gekämmt. Die schlanken Beine hatte sie ausgestreckt, ihre Füße steckten in leichten Sandalen, die Zehennägel waren braunrot lackiert. Sie sah aus, als gehöre sie einer anderen Spezies an.

»Und was ist mit deiner Freiheit?«, fragte Edie. »Deiner Spontaneität?«

»Ach, ich glaube, die Freiheit wird überschätzt«, meinte Jude wegwerfend. Dann fügte sie hinzu: »Sie wird ja sowieso nicht mehr lange leben.«

»Jude!« Stella machte ein schockiertes Gesicht.

»Wieso? Sie ist eine gebrechliche alte Frau mit Diabetes, einem Herzgeräusch und einem schwachen Kreislauf. In den nächsten Jahren wird sie sterben. Und dann werde ich mich edelmütig und tugendhaft fühlen. Diese Regung hat Seltenheitswert bei mir.«

Edie kicherte. »Abgemacht«, sagte sie. »Wenn du dich dann gut fühlst.«

Jude reckte sich in ihrem Stuhl, warf einen Blick auf die Uhr und schaute Edie an. »Alex wird bald da sein.«

»Ungefähr in einer halben Stunde, falls er rechtzeitig losgefahren ist, womit nicht zu rechnen ist.« Edie stand auf. »Ich geh noch rasch duschen. Dann richte ich das Essen. Ich hab auf dem Rückweg von Oma Käse, Aufschnitt und Salat gekauft.«

Nach dem Duschen kleidete sich Edie sorgsamer als sonst. Sie zog einen dünnen, gemusterten Rock an, der gerade übers Knie reichte, und eine blaue Bluse, die Alex ihr gekauft hatte. Dann föhnte sie sich das Haar, band es im Nacken zusammen, legte Ohrstecker an und sprühte sich einen Hauch von Parfüm aufs Handgelenk. Zum ersten Mal seit Louises Tod schminkte sie sich – sehr dezent, aber es gab ihr immerhin das Gefühl, Einfluss auf ihr Aussehen zu haben. Schließlich stellte sie sich vor den hohen Spiegel, den Stella bekommen sollte, und musterte sich. Sie sah ganz normal aus: eine gesunde, ordentliche dunkelhaarige Frau, die auf die vierzig zuging. Gar nicht wie eine Frau, die nachts weinte, von Panikattacken geschüttelt wurde, ihren Mann betrog, auf einer Wiese Sex hatte, wenige Meter neben der Straße, die Jeans um die Knöchel. Sie trat noch näher an den Spiegel heran, fixierte sich, aber ihre Augen verrieten nichts.

Sie trafen um zwei ein und sprangen mit erhitzten Gesichtern, die Kleider voller Krümel, aus dem heißen, engen Wagen. Alex hatte Schweißflecken unter den Achseln, und seine Stirn glänzte feucht.

»Komm mir lieber nicht zu nahe«, warnte er Edie und strahlte sie an.

»Ich will aber«, entgegnete sie, nahm sein Gesicht in die Hände und küsste ihn auf den Mund. »Hallo.« Sein Blick machte sie befangen.

Sie umarmte die Kinder. Lewis entzog sich, aber Jess und Kit lehnten sich mit ihren seidigen Köpfen und ihren warmen und verschwitzten Körpern an ihre Mutter. Sie schlangen die Arme um ihren Hals und rieben die erhitzten Wangen an ihre.

»Ich habe euch so vermisst«, sagte Edie und spürte die Last ihrer Erwartungen, die beharrliche Liebe ihrer Kinder, die sie erdrückte. »Jess, du hast ja einen Zahn verloren.«

»Und die blöde Zahnfee hat vergessen, ihr ein Pfund zu geben«, meinte Alex. »Ich trage erst mal unsere Sachen ins Haus. Sogar an deine Kleider für die Trauerfeier habe ich gedacht.«

»Wir nehmen Louises Zimmer. Die Kinder schlafen im Wohnzimmer auf dem Fußboden. Es ist nur für eine Nacht, also kannst du ihre Schlafsäcke und Kleider einfach dort ablegen. Wie war die Fahrt?« Sie redete zu schnell, lächelte zu viel. Das musste ihm auffallen.

»Ach, du weißt schon, Jess musste drei Minuten nach der Abfahrt aufs Klo. Kit hat Lewis Cola auf den Schoß geschüttet. Lewis hat ihn geschlagen. Ich habe Lewis angeschrien. Jess hat angefangen zu weinen. Alles wie immer.«

»Wann kommen Leah und Gabriel?«

»Morgen um halb zwölf. Ist das in Ordnung? Die Trauerfeier ist doch erst um zwei, oder?«

»Ja. Ich glaube nicht, dass wir viel vorbereiten müssen. Wir laden alle, die wollen, anschließend hierher ein. Dann gibt's Tee und Sekt, Kekse und Kuchen.«

Sie gingen zusammen ins Haus und durch den leeren, hallenden Flur hinauf in Louises Zimmer.

»Mir kommt es vor, als hätte ich dich eine Ewigkeit nicht mehr gesehen«, sagte Alex. »Aber das habe ich dir ja schon geschrieben.« Er umarmte sie von hinten und küsste ihren Kopf.

»Hmm.« Edie lehnte sich an ihn. Sie hörte die Kinder im Garten, und als sie aus dem Fenster blickte, sah sie, wie Lewis seinen Fußball in die Wicken schoss.

»War die Woche sehr schlimm?«

»Nicht schlimm, eher seltsam. Jedenfalls kann ich jetzt besser nachfühlen, was du normalerweise durchmachst. Ich möchte dir so viel erzählen. Sachen, die man am Telefon nicht gut sagen kann.«

Sie drehte sich in seinen Armen um und blickte ihm in die Augen. Jetzt konnte sie es sagen. Ihm damit einen Schlag versetzen. Er lächelte sie an und strich ihr eine lose Strähne hinters Ohr. »Wir haben ja viel Zeit.«

»Mami!« Kits Stimme zitterte. »Mami, wo bist du?«

»Ich komme schon«, rief sie und löste sich aus Alex' Umarmung. »Wahrscheinlich seid ihr alle am Verhungern. Der Tisch ist schon gedeckt. Ich hole die Kinder.«

»Ich stell mich nur noch schnell unter die Dusche. Dann kann ich dich richtig in die Arme nehmen.«

Edie saß mit einem Buch auf dem Sofa im Wohnzimmer. Jess ließ sich auf den Schoß ihrer Mutter plumpsen und drängte sich in ihre Arme, sodass ihre Haare Edies Wange kitzelten. Jess' Atem war warm, und sie zappelte unaufhörlich. Neben Edie hockte Kit. Sein Kopf ruhte auf ihrer Schulter, während er sein Bein an Edie presste. Die Augen hatte er geschlossen. Er hörte der vorlesenden Edie nicht zu, sondern ließ seine Gedanken schweifen. Ab und zu schlug er die Augen auf, um sich zu vergewissern, dass sie wirklich da war. In ihrem Haar hing ein Grashalm, und auf dem Arm hatte sie einen leichten Ausschlag. Auch roch sie anders, als er es in Erinnerung hatte. Als habe sie neben einem Lagerfeuer gestanden. Und sie duftete nach einem Parfüm, das sie normalerweise nur benutzte, wenn sie mit Alex ausging. Draußen spielten Lewis und Alex auf dem kleinen Rasen Fußball. Immer wieder hörte er ihre Stimmen: Freudenrufe, Protestgeschrei. Jude und Stella waren oben und überlegten, was sie zur Trauerfeier anziehen sollten.

Kit wollte sich nie wieder von der Stelle rühren. Er wollte nur noch, an die Schulter seiner Mutter gelehnt, vor sich hin dösen und ihre Stimme hören. Wenn er die Augen aufschlug, würde sie ihn anlächeln, ihm vielleicht das Haar aus der heißen Stirn streichen oder ihn auf die Wange küssen.

»Kit?«

Er schaute auf.

»Warum gehst du nicht nach draußen Fußball spielen? Ein bisschen frische Luft könnte nach der langen Fahrt nicht schaden.«

Er schüttelte den Kopf und schloss die Augen wieder. Edie nahm den Faden der Geschichte wieder auf. Irgendwo an einer Fensterscheibe summte eine Biene. In der Ferne ein Lachen; der Duft des Toasts vom Mittagessen hing noch in der Luft. Wenn er sich nicht vom Fleck rührte, sondern hier bei seiner Mutter blieb, war er in Sicherheit. Dann konnte ihm nichts und niemand etwas tun.

»Mami hatte eine Affäre.«

»Tja, schön für sie, würde ich sagen.« Sie waren im Schlafzimmer, wo sich Alex zum Abendessen umzog und Edie Louises Schmuck in drei glitzernde Häufchen aufteilte. Bei einem Mondsteinring, den alle drei gern haben würden, zögerte sie. Wie hatte sie ihn als Kind geliebt, wenn er an der Hand ihrer Mutter prangte! Dann legte sie ihn auf Judes Haufen.

»Nein, ich meine, als Daddy starb.«

»Oh.« Alex runzelte nachdenklich die Stirn. »Woher weißt du das?«

»Ich habe einen Liebesbrief gefunden.«

»Bist du dir auch sicher …?«

»Das Datum ist ein Hinweis. Es passt genau, und wenn ich zurückdenke, wird mir plötzlich alles klar. Falls Vic dahintergekommen ist …«

»Ich verstehe.«

»Es wirft ein ganz anderes Licht auf die Sache.«

»Stimmt.«

»Du glaubst, das Vergangene zu verstehen, bis du plötzlich erkennst, dass es hundert verschiedene Möglichkeiten gibt, sie zu sehen. Alles verändert sich, andauernd.«

»Betrifft das auch deine Gefühle für Louise – bist du jetzt wütend auf sie?«

»Ich weiß nicht. Jetzt ist sie tot. Beide sind tot. Ihre ganze Verzweiflung ist nur noch ein Stück Vergangenheit. Und es liegt schon so lange zurück. Eigentlich tut sie mir nur schrecklich Leid. Beide tun mir Leid.« Sie griff nach einem Silberarmband und spielte mit dem Verschluss.

»Die Strafe ist ziemlich grausam, findest du nicht?«

»Dass er sich umgebracht hat, meinst du?«

»Ja. Wie konnte sie sich das jemals verzeihen?«

»Oder ihm verzeihen.«

»Das auch. Es ist bestimmt eigenartig für dich, dass du es erst nach ihrem Tod rausgefunden hast. Nun wirst du nie erfahren, was all das zu bedeuten hatte. Es gibt nur Bruchstücke einer Geschichte, deren Ende du nicht kennst.«

»Ja, es ist eigenartig und sehr beunruhigend.«

»Was sagen Jude und Stella dazu?«

»Ich hab's ihnen nicht erzählt.«

»Warum denn nicht?«

»Ich dachte – ach, ich weiß auch nicht. Zuerst wollte ich es ihnen sagen, aber dann hab ich mir überlegt, dass es Louises Geheimnis war und nicht meines. Und sie hat nie ein Sterbenswörtchen verraten, zweiundzwanzig Jahre lang nicht. Vielleicht hat sie es nie jemandem erzählt. Habe ich dann das Recht, mit anderen drüber zu reden?«

»Ich weiß es nicht«, sagte Alex nachdenklich. »Wenn du sie vor die Wahl stellen würdest, dann würden sie es bestimmt wissen wollen. Vor allem Jude.«

»Natürlich. Jeder will es wissen. Wenn ich sage …«, sie schluckte, dann fuhr sie fort: »Wenn ich sage, es gibt da ein Geheimnis, das dir nicht gefallen wird, willst du es wissen oder nicht – was würdest du denn antworten?«

Dieses Gespräch mit Alex hatte sie sich ausgemalt, als sie den Brief fand – eine angeregte Erörterung der Folgen, die Erleichterung, sich mit einem verständnisvollen Menschen austauschen zu können. Aber nun erschien ihr jedes Wort unehrlich und gefährlich. Sie überlegte, was sie gesagt hätte, wenn mit Ricky nichts gewesen wäre, und bediente sich dieser Worte; doch dabei fühlte sie sich wie eine Schauspielerin, die ihren Text nicht gut genug gelernt hatte und auf der Bühne ständig ins Stammeln geriet.

»Keine Ahnung.«

»Du würdest doch bestimmt wollen, dass ich es dir erzähle, oder?«

»Da bin ich mir nicht so sicher. Es gibt Dinge, die man besser nicht wissen sollte.«

»Wirklich?«, fragte Edie zweifelnd.

»Angenommen«, begann er fröhlich. »Angenommen, du hättest eine Affäre.«

»Ja?« Sie lächelte ihn an und hatte das Gefühl, ihre Knie würden gleich nachgeben, und dann dachte sie daran, dass sie schon oft so miteinander gesprochen hatten: Stell dir vor, wie du dich fühlen würdest oder wie mir zumute wäre!

»Würde ich das wirklich wissen wollen? Wenn ich mich zwischen Wissen und Nichtwissen entscheiden müsste – und wenn das Nichtwissen gleichzeitig bedeuten würde, dass ich vergesse, dass ich jemals die Möglichkeit hatte, es herauszufinden – wenn du verstehst, was ich meine …«

»Ja.«

»Dann wäre ich wohl klug beraten, mich für das Nichtwissen zu entscheiden. Manchmal denke ich nämlich, dass es im Hinblick auf Beziehungen zwei Sorten von Menschen gibt – diejenigen, die nicht genug über ihren Partner wissen wollen, und die anderen, die zu viel, ja alles wissen wollen. Die Gleichgültigen und die Besessenen. Man könnte verrückt werden, wenn man herausfinden wollte, was genau im Kopf eines geliebten Menschen vorgeht.«

»Das ist nicht dasselbe – du willst doch gar nicht wissen, was mir den ganzen Tag durch den Kopf geht, sondern was in meinem Leben geschieht…?«

»Jedenfalls ist es mein Glück, dass wir eine rein theoretische Frage erörtern und du keine Affäre hast. Dann würde ich nicht so vernünftig reden. Ich glaube, ich würde durchdrehen.«

Edie versuchte zu lächeln. »Wir kommen vom Thema ab, es geht doch um Louise.« Verwundert stellte sie fest, wie natürlich ihre Stimme klang.

»Je älter ich werde«, meinte Alex, »desto klarer wird mir, dass es nichts bringt, einen Menschen zu verurteilen. Man muss Verständnis für ihn aufbringen. Du brauchst eigentlich nur Mitgefühl für deine Eltern zu empfinden, die in ihrer Tragödie gefangen waren, oder?«

»Ja«, sagte Edie. »Wahrscheinlich hast du Recht.«

»Komm.« Er nahm ihre Hand und zog sie von Louises Bett hoch. »Lass uns das Abendessen vorbereiten. Ich besorge die Getränke. Und dann legst du dich früh ins Bett. Du siehst erschöpft aus.«

»Wirklich?«

»Völlig geschafft.«

Sie wachte um eins auf, lag da und lauschte seinen Atemzügen. Eine Weile starrte sie in die Dunkelheit. Dann stand sie auf, ganz leise, damit er nicht aufwachte, trat ans Fenster und blickte auf den nächtlichen Garten und das dichte Dunkel der Bäume hinaus.

Sie hatte Durst, deshalb ging sie ins Badezimmer und horchte dabei auf die Kinder, aber alles war ruhig. Sie trank ein Glas Wasser und schaute auf die Straße hinaus. Einen Augenblick lang glaubte sie eine Gestalt zu erkennen, die neben der Straßenlaterne stand, aber als sie wieder hinsah, war niemand dort. Es war Einbildung gewesen. Sie schlich zurück ins Schlafzimmer und legte sich wieder hin. Sie schloss die Augen und wartete auf den Morgen.

27 Siebenundzwanzig

Am nächsten Morgen bestand Alex darauf, alle mit einem herzhaften Frühstück zu verwöhnen, obwohl Jude das Gesicht verzog und Stella einwandte, sie hätten gerade erst den Kühlschrank leer geräumt und er dürfe ihn nicht wieder auffüllen.

»Vor der Trauerfeier kriegt ihr kein Mittagessen«, erklärte er mit Nachdruck. »Und Fett ist eine gute Grundlage für große Gefühle, finde ich.«

Um acht war er vom Einkaufen zurück und packte durchwachsenen Speck, Eier, Schweins- und Knoblauchwürstchen, Pilze, Tomaten und sogar – mit triumphierender Geste – Blutwurst aus.

»Der richtige Zeitpunkt ist das ganze Geheimnis«, meinte er.

Er spannte Lewis und Kit ein, ihm zu helfen. Bald erfüllte der Duft von Gebratenem die Küche, und die blank polierten Flächen waren mit Fett bespritzt. Lewis wendete den Speck und die Würstchen, Kit schüttete frisch gepressten Orangensaft in sieben Gläser und zählte Messer und Gabeln ab. Alex mahlte Kaffee, schnitt Tomaten in Scheiben und bestreute sie mit Kräutern, toastete dunkles Brot und brutzelte die Blutwurstscheiben in der Pfanne. Geschickt schlug er die Eier auf und beträufelte sie mit dem Fett des ausgelassenen Specks.

»Perfekt!«, rief er. »Los, ihr müsst essen, solange es heiß ist.« Er häufte die Teller voll.

Edie tunkte Brot in das Eigelb und sah zu, wie es klebrig und gelb auf dem Teller zerfloss. Dann schnitt sie ein kleines Stück

Speck ab und stippte es in das Eigelb, bevor sie es in den Mund schob. Hunger hatte sie nicht. Sie spülte den Bissen mit einem Schluck Kaffee hinunter. Sie fühlte sich weit weg, wie in einem ihrer Träume. Morgen würde sie nicht mehr hier sein. Sie alle würden nach Hause zurückkehren, ohne dass die Notwendigkeit bestand, wieder zusammenzukommen. Alles wäre dann nur noch Erinnerung, wie ein Schnappschuss, der mit den Jahren vergilbt. Sie würde daran zurückdenken wie an einen Familienurlaub: strahlende Bilder und ringsum Nebel und Schweigen. Sie spießte ein Stück Wurst auf die Gabel. Ein Brief. Ein Haus. Eine Brücke. Ein Fremder aus fernen Zeiten.

Sie fuhr zusammen und ließ ihren Blick über die Runde schweifen. Keiner sprach, alle konzentrierten sich auf das Frühstück. Kit hatte Ringe unter den Augen. Lewis' Haare standen ab wie das gesträubte Gefieder einer Eule. Jess' Lippen glänzten fettig gelb; sie hatte Grübchen an den Handgelenken, ein letztes Überbleibsel aus der Kleinkindzeit. Jude war noch im Morgenmantel. Ihr Schlüsselbein zeichnete sich scharf ab; sie war blass und stocherte in ihrem Essen herum. Stella aß zufrieden, sie sah jünger und hübscher aus als vor einer Woche. Und Alex – Alex häufte systematisch Würstchen, Speck, Blutwurst und Pilze auf seine Gabel und tunkte alles ins Eigelb. Jess sagte etwas zu ihm, und er beugte sich aufmerksam zu ihr hinunter, die Gabel halb zum Mund geführt. Anscheinend hatte er Edies Blick gespürt, denn er sah auf und lächelte ihr zu.

»Iss!«, befahl er. »Und du auch, Jude! Ich bin hergekommen, um dafür zu sorgen, dass ihr diesen Tag übersteht.«

Im Haus herrschte ein ständiges Kommen und Gehen. Alex, der das Frühstücksgeschirr gespült und den Rasen gemäht hatte, machte sich ziemlich spät auf den Weg, um Leah und Gabriel vom Zug abzuholen. Eine halbe Stunde später kehrte er mit ihnen zurück. Edie hatte sie kennen gelernt, als sie noch klein waren, aber jetzt waren sie so gut wie erwachsen. Gabriel hatte das Stadium der Pickel, der schlaksigen Erscheinung und des Stimmbruchs hinter sich gelassen. Er war größer als Alex, hatte dunkle Augen und einen kahl rasierten Schädel. Leah hatte eine zarte Haut, ihr langes dunkles Haar war kunstvoll zu einer zerzausten Frisur arrangiert. Jetzt beklagte sie sich über den schwarzen Rock, den sie auf Anordnung ihrer Mutter angezogen hatte, und über die hässlichen Schuhe, die an den Zehen drückten. Sie umarmte Edie. Gabriel hatte die Stöpsel seines tragbaren CD-Players im Ohr. Als er sie auf beide Wangen küsste, hörte sie den blechernen Rhythmus der Musik.

Dann trafen Bob und Sam ein. Stella hatte Recht gehabt, Sam war ein großer, kräftiger junger Mann geworden, der ins Leere blickte und beim Gehen schlurfte. Neben ihm wirkte Bob schmächtig. Edie beobachtete, wie sie sich an der Tür begrüßten. Stella war kühl und beherrscht. Als Bob sie küsste, drehte sie sich weg, sodass sein Kuss nur ihre Wange streifte.

Edie und Jude fuhren los, um Ellen aus dem Heim abzuholen. Man hatte versprochen, Ellen rechtzeitig fertig zu machen, aber bei ihrer Ankunft trug sie einen fleckigen Wollrock und eine hässliche braune Strickjacke, an der einige Knöpfe fehlten; dazu dicke Stützstrümpfe mit Laufmaschen und rosafarbene Schlappen. Und sie roch nach Urin.

»Sie stirbt doch bestimmt vor Hitze«, meinte Edie.

»Und sie sieht scheußlich aus. Als hätte niemand Zeit gehabt, sich um sie zu kümmern.«

Jude durchstöberte den Schrank. Sie fand nur wenige Kleidungsstücke, die alle alt und unförmig waren: dicke Röcke und triste Kleider in Braun, Dunkelblau, Dunkelgrau.

»So ein Mist!«, sagte Jude angeekelt. »Als würden sie alles daransetzen, sie noch unansehnlicher zu machen, als sie ohnehin schon ist!«

Sie zog ein braungraues Hemdblusenkleid heraus und hielt es in die Höhe. »Wer zieht denn so was an? Ich wundere mich, dass Mum das zugelassen hat.«

»Wie wär's damit?« Edie holte eine hellrosa Bluse aus einer Schublade. »Die wäre doch eher geeignet.«

»Hör mal«, sagte Jude. »Wir benehmen uns, als wäre sie gar nicht da.« Sie kniete sich vor Ellen hin und hielt die Bluse in die Höhe. »Was meinst du, Oma? Gefällt sie dir?«

Ellen streckte die Hand aus und tastete nach dem Baumwollstoff. »Rosa«, sagte sie.

»Genau. Magst du sie anziehen?«

Ellen antwortete nicht, und Jude legte die Bluse aufs Bett.

»Wie wär's mit einer Hose statt einem langweiligen alten Rock und dicken braunen Strümpfen? Ja? Schau, diese schwarze Freizeithose passt doch. Dazu geben wir dir eine schwarze Jacke von Louise, wenn wir zu Hause sind. Ich hab sie in den Sack für die Sozialstation gesteckt. Das ist dann wie ein Hosenanzug. Damit siehst du bestimmt großartig aus.« Sie legte die Hand auf Ellens Arm. »Oma? Eine Hose?«

»Eine Hose«, wiederholte Ellen, was Jude als Zustimmung wertete.

Sie zogen ihr die kratzige Strickjacke und die dünne Bluse aus. Darunter trug sie ein schmutziges, glänzendes Hemd. Ihre Arme waren dünn, die Haut war schlaff.

»Wir ziehen dir ein frisches Unterhemd an, ja? Arme hoch! So ist es gut.«

Es schien ihnen ungehörig, Ellens gealterten Körper, ihre erschlafften Brüste zu sehen. Anscheinend empfand sie das genauso, denn sie verschränkte die Arme über der nackten Brust.

»Gut, und jetzt noch das.«

Sie streiften ihr ein Unterhemd über den Kopf und knöpften schließlich die rosafarbene Bluse zu.

»Möchtest du aufstehen, Oma?«

Sie halfen ihr auf und zogen ihr den Rock und die dicken Strümpfe aus. Sie machte ein verwirrtes Gesicht. An ihren mageren Beinen zeichneten sich die Venen ab, ihre Knöchel waren geschwollen, die Füße violett verfärbt, die Zehennägel gelb. Edie dachte an Jess, ihren knuddeligen Körper, ihren frischen Geruch.

»Ich werd sie waschen«, erklärte sie.

Sie füllte eine Schüssel mit lauwarmem Wasser und wischte Ellen mit einem weichen Lappen zwischen den Beinen sauber.

»Für den Gottesdienst sollten wir ihr eine Windel anziehen.«

»Ist das wirklich nötig?«

»Ja. Ich mache das jetzt. Hier durch. Und nun den großen Schlüpfer.«

»Wir behandeln sie wie ein Baby.«

»Es ist besser so. Damit bleibt uns einiges erspart.«

»Die Hose«, sagte Jude. »Genau. Den Fuß hoch.«

Sie knöpften ihr die Hose über der Windel zu und zogen ihr Halbschuhe an. Edie bürstete ihr die dünnen Haare, während Jude ein Fläschchen Parfüm aus der Handtasche zog und Ellen ein paar Tropfen aufs Handgelenk und hinter die Ohren tupfte.

»Schau dich nur an!«, sagte Jude und schob Ellen vor den Spiegel.

Sie führten sie die Treppe hinunter zum Ausgang. Ellen lächelte, als sie die frische Luft im Gesicht spürte.

»Gehen wir nach Hause?«

»Du verbringst den Tag mit uns«, sagte Edie. Und nach einer kurzen Pause fügte sie hinzu: »Heute ist die Trauerfeier für Louise.«

»Trauerfeier?«

»Louise ist tot, Oma«, erklärte Jude.

»Meine kleine Louise?«

»Ja, dein kleines Mädchen. Sie ist bei einem Unfall ums Leben gekommen. Wir nehmen heute von ihr Abschied.«

»Nein. Das ist nicht wahr. Ich sehe dich doch vor mir.«

»Komm, hier ist das Auto. Vorsicht mit dem Kopf.«

Sie setzten sie auf den Beifahrersitz neben Jude und schnallten sie an.

»Nach Hause«, sagte sie noch einmal.

»Ich bin jetzt keine Tochter mehr. Mein Leben lang war ich Tochter. Jetzt bin ich nur noch Mutter. Ich habe so vieles hinter mir, was nie mehr wiederkehren wird.«

»Mutter. Ehefrau. Schwester. Freundin. Du bist vieles für viele Menschen.«

»Ich war noch einmal in unserem alten Haus.«

»Wirklich? Ich hatte schon überlegt, ob du noch mal hinfährst.«

»Und auf der Brücke, wo, du weißt schon …«

»Ja.«

»Es erschien alles so weit weg und ist mir gleichzeitig doch so nahe gegangen, als wäre es erst gestern gewesen. Ich habe erkannt, dass ich nie darüber hinweggekommen bin.«

»Ach, Edie«, sagte er zärtlich.

Es hatte keinen Sinn. Jetzt konnte sie es ihm nicht sagen. Sie bemerkte, dass er beim Rasieren eine Stelle übersehen hatte, dass sein Hemd aus der Hose hing und einen Fleck auf der Manschette hatte. Seine Schuhe waren abgetragen und lädiert. Sie stand auf und ging zu ihm, umarmte ihn und küsste ihn auf die Augenlider, auf die pulsierende Stelle an seinem Hals, die Lippen. Und sie streichelte sein weiches Haar.

»Ich habe noch nie jemanden so geliebt, wie ich dich liebe«, sagte sie. »Du bist mein Ein und Alles.«

»Wirklich?«

»Ich habe dich nicht verdient.«

»Sag das nicht!«

Er nahm sie in die Arme, und sie hielten sich eng umschlungen. Unten rief Lewis nach ihr, aber sie rührte sich nicht, sondern drückte Alex noch fester an sich.

28 Achtundzwanzig

Stella liefen Tränen über die Wangen, aber nur Jude weinte richtig. Sie saß ziemlich aufrecht in der Bank, die Hände im Schoß gefaltet, Louises Mondsteinring am Finger, eine flotte Baskenmütze auf dem dichten schwarzen Haar. Ihre Augen blieben trocken, ihre Miene war fast unverändert, aber ihr Körper wurde von Weinkrämpfen geschüttelt. Edie legte ihr die Hand auf die Schulter, die sich knochig und muskulös anfühlte, nicht weich und geschmeidig. Sie zitterte, überwältigt vom Schmerz, starrte jedoch nur stumm vor sich hin. Mit der Zeit unterdrückte sie ihr tränenloses Schluchzen und beruhigte sich wieder.

Edie hatte geglaubt, sie würde weinen, und tatsächlich war ihre Kehle beim Anblick des Sarges wie zugeschnürt. Aber die Tränen blieben aus. Nach den vergangenen Tagen fühlte sie sich ausgelaugt wie ein Trinker nach einem Gelage. Sie wollte nur noch heim. Sie malte sich aus, wie es sein würde, morgens aufzuwachen und Jess im Bett zwischen sich und Alex vorzufinden. Oder mit Lewis am Küchentisch zu sitzen, während er Kekse in seinen Tee tunkte, den aufgeweichten Teil einsog und erzählte, was er tagsüber alles erlebt hatte. Oder mit Kit die Straße entlangzuradeln, um Doughnuts zu kaufen, die Abendsonne im Rücken. Wie es war, wenn Alex von der Arbeit nach Hause kam und sich und Edie ein Glas Wein einschenkte. Wie sie von Zimmer zu Zimmer ging, um den Kindern einen Gutenachtkuss zu geben oder sie von der Tür aus im Schlaf zu beobachten.

Edie traf eine Entscheidung. Sie würde Kit aus der Schule nehmen und ihn anderswo unterbringen, ganz gleich, wie lange es dauern mochte, etwas Passendes zu finden. Sie war nicht bereit, ihn noch einen Tag länger zu zwingen – nach dem Motto »Augen zu und durch« –, durch dieses Schultor zu gehen, obwohl ihm die Angst im Gesicht geschrieben stand und er am ganzen Körper zitterte. Er musste von vorn anfangen, in einer Schule, in der die Jungen ihn nicht »Schwuchtel« nannten, ihn nicht in der Pause auf der Toilette einsperrten und ihm nicht das Image eines Versagers anhaftete wie ein übler Geruch. Sie drehte sich um, fing Kits Blick auf und lächelte. Er erwiderte ihr Lächeln mit tiefem Ernst. Er hatte schon zu viel Unglück erlebt. Sie konnte das ändern.

Stella stand auf und trat vor die Trauergemeinde. Das Buch, das sie hielt, bebte in ihrer Hand, aber sie las mit hoch erhobenem Kopf und klarer Stimme. Nach Stunden der Qual hatte sie sich für ein Gedicht entschieden, das bei Trauerfeiern häufig gelesen wurde. Ihre tiefe, angenehme Stimme erfüllte die Kirche. »Wenn ich tot bin, meine Lieben«, hob sie an, und die Versammelten lauschten schweigend. Deshalb waren sie gekommen. Jemand schluchzte. Edie verstand die Worte des Gedichts kaum, das Stella ausgesucht hatte, doch sie zogen sie runter gleich einem Strudel in der weichenden Flut.

In ein paar Monaten wurde Edie vierzig. Sie war in dem gleichen Alter wie Louise, als Vic sich das Leben nahm, eine Frau in der so genannten zweiten Lebenshälfte, in den mittleren Jahren, gefangen zwischen dem Anfang und dem Ende. In ihrem Beruf sprach man oft von den gefährlichen Jahren – Jahre, in denen Männer nicht selten einen zweiten Frühling erlebten, weil sie sich in eine jüngere Frau verliebten und das Leben, das sie sich aufgebaut hatten, hinter sich ließen, und Frauen still und unauffällig zusammenbrachen, als höhle die Traurigkeit sie von innen her aus. Bei den Männern verlaufe der Prozess von außen nach innen, bei den Frauen in umgekehrter Richtung, so hieß es. Edie hatte diese Sicht der Dinge übernommen, ohne etwas von den Gefühlsstürmen zu ahnen, die ihr bevorstanden. Vic und Louise hatten zu Beginn ihrer zweiten Lebenshälfte Schiffbruch erlitten, der eine war im Ozean versunken, die andere hatte sich mit Lecks und Dellen ins sechste Lebensjahrzehnt hinüberretten können. Nun war sie selbst, Edie, an der Reihe. Teil zwei.

Stella war fertig und ging an ihren Platz zurück. Edie stand auf und wandte sich der Trauergemeinde zu. In den Bankreihen saßen Menschen, die sie alle mehr oder weniger gut kannte, Menschen, die sie vergessen hatte oder die sich im Lauf der Jahre so verändert hatten, dass sie sie nur an ihrem Lächeln wiedererkannte. Alte Freunde ihrer Eltern, die sie teilweise bei Vics Trauerfeier zum letzten Mal gesehen hatte; Leute, die sie noch nie getroffen hatte; Arbeitskollegen, Nachbarn, entfernte Verwandte, an die sie schon seit Jahren nicht mehr gedacht hatte. Rose saß neben ihrer Mutter; sie trug ein langes schwarzes Kleid und eine klobige Bernsteinkette, ihre Lippen waren dunkelrot geschminkt. Tränen strömten ihr über die Wangen und hinterließen Spuren auf ihrem Make-up. Bei Beerdigungen trauerten die Menschen um ihr eigenes Leben, all die enttäuschten Hoffnungen. Hinten in der Kirche, in gehörigem Abstand von seiner Exfrau, saß Roses Vater mit silbergrauem Haar und dem dunkelroten Gesicht eines Trinkers; er lebte von Gin Tonic.

»Dies zur Erinnerung an unsere Eltern«, hörte Edie sich sagen. »Weil sie mir einmal erzählt haben, dass sie dieses Gedicht beide auswendig gelernt haben, als sie sich zum ersten Mal begegnet sind, und auch wir Kinder konnten es auswendig. Es war eine typische Familiensache. Und weil ich meine, wir sollten nicht nur an die traurigen, sondern auch an die schönen Zeiten zurückdenken. Also …«

Sie suchte Alex' Blick und schaute ihm einen Moment fest in die Augen, bevor ihr Blick zu Lewis, Kit, Jess und schließlich zu ihren beiden Schwestern wanderte. Stella sah weich und warm aus, Jude hager und einsam wie eine Krähe. Ellen neben ihr war eingenickt, ihr Kopf war nach vorn gesunken. Edie fühlte sich stark und so voll von Liebe wie ein überladenes Schiff. Sie lächelte in die Runde.

»Eine Eule und ein Kätzchen fuhren zur See«, begann sie, »in einem schönen, grasgrünen Boot…«

Auch heute noch kannte sie es auswendig. Sie hatte es oft genug ihren Kindern vorgelesen, an die nächste Generation weitergegeben. So ist es in Familien üblich, dachte sie, als sie die vertrauten Worte sprach. Man wiederholt Dinge und gibt sie weiter, all die Rituale und Bräuche, die das Leben strukturieren und tiefer verankert sind als Glaube, Vernunft und Wille. Die Geschichten, die einen prägen, die grausamen, zärtlichen und unwürdigen Anekdoten, die einem Halt geben. Die Lügen und Geheimnisse. Du hältst dich für ein außergewöhnliches, einzigartiges Individuum, aber dann entdeckst du, dass du im Grunde nur ein Glied in der Kette bist. Selbst der Kampf um deine Freiheit gehört zu dem Muster, in dem du gefangen bist.

»Sie segelten fort von Ort zu Ort…« Sie hörte Vics Stimme, während sie sprach. Für einen schüchternen Mann hatte er ein erstaunliches dramatisches Talent besessen, er hatte hingebungsvoll Gedichte rezitiert, sich bei Scharaden als ein begabter Pantomime erwiesen und lebhaft gestikuliert, als könne er sich so für kurze Zeit vergessen und ein anderer werden. Louise hingegen war eher gehemmt gewesen. Ihr gefiel es zwar, die Blicke auf sich zu ziehen und begehrt zu werden, aber sie war stets ängstlich um ihre Wirkung bedacht. Spiegel hatten in ihrem Leben immer eine große Rolle gespielt. Edie erinnerte sich daran, dass Louise auf dem Weg zur Haustür jedes Mal im Flur stehen blieb, um ihr Aussehen zu überprüfen, dass sie sich im Auto vor dem Aussteigen im Rückspiegel zu betrachten oder einen wohlwollenden Blick auf ihr Spiegelbild in Schaufenstern zu werfen pflegte. Sie musste das Bild kontrollieren, das sie der Welt bot. Zu ihrer Schönheit gehörte stets die Angst, dachte Edie, die Angst, diese Schönheit zu verlieren und nicht mehr liebenswert zu sein. Vielleicht hat sie sich deshalb auf eine Affäre mit einem Mann wie Roses Vater eingelassen.

Begehrt zu werden ist vielleicht die wirksamste Form der Verführung, weil es einen wieder lebendig macht.

»Sie verspeisten Linsen mit grünen Binsen und löffelten sie fein mit dem Löffelchen klein ...«

Sie dachte an Ricky, wie er früher gewesen war, ein Romantiker, der geglaubt hatte, Liebe sei die Lösung, der Ausweg aus der Sackgasse seines Lebens. Und jetzt arbeitete er für eine Heizungsfirma. Ein Mann mit einem bitteren Lachen, der eine gescheiterte Ehe hinter sich hatte, dessen Schulterzucken besagte, dass er eigentlich nie etwas anderes erwartet hatte. Sie dachte an Rose, die ein paar Reihen von ihr entfernt saß – mit dem Gesicht, das sie sich jeden Morgen voll der Hoffnung aufmalte – und sich die Augen rieb, sodass die Wimperntusche verlief. In der Schule hatte sie mit ihrem blonden Haar und ihrem Lachen, so hell wie ein Gebirgsbach, die größte Bewunderung erfahren.

Kit beobachtete seine Mutter. Sie sah verändert aus, aber er wusste nicht, wieso. Vielleicht war es einfach das Licht der Buntglasfenster und ihre ungewohnte Kleidung, die schwarze Seidenbluse mit dem schwarzen Rock. Die braunen Haare hatte sie streng hochgesteckt. Ihr Gesicht war blass, und sie wirkte kleiner als sonst, aber ihre großen Augen strahlten. Es war, als habe sie einen Heiligenschein. Er wusste nicht, ob sie ihm gefiel, wie sie so aufrecht dastand und alle sie anschauten – während sie durch die Anwesenden hindurch auf etwas anderes blickte, was sonst niemand sehen konnte.

Er betrachtete den Sarg und bemühte sich, sich nicht vorzustellen, wie seine Oma darin lag, die nun seit sechs Tagen tot war. Wie sie wohl aussah? Darüber durfte er nicht nachdenken. Er versuchte sich zu erinnern, wie sie früher ausgesehen hatte, aber es wollte ihm nicht recht gelingen. Wie konnte das sein? Sie war doch gerade erst gestorben, doch schon verblasste und verschwamm ihr Bild in seiner Erinnerung, so wie die Träume, wenn er morgens aufwachte und sich an sie erinnern wollte. Er schloss die Augen und versuchte nun mit Macht, sich Oma ins Gedächtnis zurückzurufen: ihre hellen, leicht angegrauten Haare, ihren angenehmen Duft, wenn sie ihn umarmte, ihre traurigen Augen, die weiche Haut, Puder und Lippenstift. Ob er seine Mutter auch so schnell vergessen würde, wenn sie gestorben war? Würde er zulassen, dass sie unterging und auf den Grund sank? Nein! Er schlug die Augen auf und starrte sie durch einen Schleier von Tränen entschlossen an. Ihre Stimme wurde leiser. Sie kam zum Ende.

»Und Hand in Hand am Meeresstrand tanzten sie nachts im Mondenschein.«

»Tanzten sie nachts im Mondenschein«, sagte Ellen und hob plötzlich den Kopf. »Im Mond-, im Mond-, im Mondenschein.«

29 Neunundzwanzig

Die Sonne strahlte, und die Gäste strömten aus Küche und Wohnzimmer hinaus auf den Rasen, den Alex am Morgen gemäht hatte. Sie zogen die schwarzen Jacken aus und legten die Hüte ab; die Männer lockerten die Krawatten und krempelten die Hemdsärmel hoch. Pfennigabsätze bohrten sich in die warme Erde. Zündhölzer flammten hinter schützenden Händen auf. Die Kinder trugen Tabletts umher und boten Getränke und Gebäck an. Das Gemurmel von Stimmen, dröhnendes und schrilles Gelächter, knallende Korken, klirrende Gläser. Es war eine Party.

Edie ging von Gruppe zu Gruppe. Sie hatte die warme Trauerkleidung gegen ihren leichten blauen Rock mit T-Shirt getauscht. Sie trug Sandalen, die hochgesteckten Haare hatten sich gelöst, und feuchte Strähnen kringelten sich über ihre Wangen. Vorsichtig nippte sie am Sekt. Ihr schwirrte der Kopf. Das Licht blendete sie und schmerzte in den Augen. Ihre Schläfen pochten. Sie wünschte, sie könnte in Jeans und T-Shirt allein über grüne Wiesen laufen und den Wind im Gesicht spüren. Nach einem prüfenden Blick auf Ellen, die am Gartentor saß, trat sie zu Rose und deren Mutter.

»Danke, dass ihr beide gekommen seid«, sagte sie.

Rose umarmte sie. »Ich wollte unbedingt dabei sein«, sagte sie, und wieder rollten dicke Tränen über ihr Gesicht. »Tut mir Leid. Bei solchen Anlässen bin ich ein hoffnungsloser Fall.«

Alison ergriff Edies Hand. »Mein herzliches Beileid«, sagte sie förmlich.

Edie sah sie an. Ihre letzte Begegnung lag viele Jahre zurück. Sie war kleiner, als Edie sie in Erinnerung hatte, ihre Schultern waren verkrampft, ihr Gesicht wirkte verhärmt und angespannt.

»Es war ein Schock«, erwiderte sie. »Ich glaube, wir haben es alle noch gar nicht richtig begriffen.« Sie trank einen Schluck.

»Du hast wirklich schön gelesen«, sagte Rose teilnahmsvoll und legte den Arm um Edies Taille. »Ist alles in Ordnung?«

»Ja, schon.«

»Und du hast nicht geweint? Hast du dich immer so in der Gewalt?«

»Ich glaube nicht. Jedenfalls habe ich nicht das Gefühl, mich in der Gewalt zu haben.«

»Sie war immer die netteste von all meinen Schulfreundinnen, nicht wahr, Mum?« Rose war im Begriff, sich zu betrinken.

»Du warst ein ruhiges, sehr höfliches Mädchen, vor allem das ist mir in Erinnerung geblieben.« Roses Mutter lächelte zaghaft.

»Ich war schüchtern, würde ich sagen. Das ist nicht dasselbe.«

»Komm schon, Edie, du warst doch die Bravste.«

»Das klingt ja schrecklich.«

»Nein, wir haben immer gedacht, du bist ein Unschuldslamm.«

»Das war ich auch. Das waren wir alle.«

»Edie!«

Edie drehte sich um und sah jemanden vor sich, den sie nicht erkannte. Sie lächelte fragend.

»Ich bin Ken – erinnerst du dich nicht? Wir haben zwei Häuser weiter gewohnt. So eine schöne Frau, deine Mutter… Wir mussten heute einfach kommen.«

Eine warme Hand schob sich in die ihre, und sie blickte nach unten. Es war Kit, der noch immer seine Trauerkleidung trug; der Schweiß stand ihm auf der Stirn.

»Geh und zieh dir Shorts an, Schatz.«

»Ich will bei dir bleiben.«

»Kit…«

»Ich geh nirgendwo hin. Ich will da sein, wo du bist.«

»Ich habe Sie sofort erkannt.«

»Tatsächlich?«

»Sie haben sich kaum verändert. Natürlich sind Sie älter geworden. Aber das sind wir ja alle, nicht wahr?« Simon Scott seufzte tief. Edie roch seine Alkoholfahne und den Duft nach Pfefferminz, vielleicht Mundwasser. »Sehen Sie mich an. Jedes Haar auf meinem Kopf ist grau. Nachts muss ich drei- bis viermal zum Pinkeln aufstehen. Und dann das.« Er streckte die Hand aus und zeigte Edie, wie seine Finger zitterten. »Wir hatten eine schöne Zeit zusammen, nicht wahr? Alison und ich, Louise und Vic, Sie und Rose. Es kommt mir vor, als wäre es erst gestern gewesen. Aber was ist aus uns geworden? Vic und Louise sind tot, Alison und ich sprechen nicht mehr miteinander. Alle sind entweder tot oder weggezogen. Wer hätte das gedacht?«

Edie murmelte etwas Unzusammenhängendes.

»Ihre Mutter war eine wunderbare Frau«, fuhr er rührselig fort. »Es gibt nicht viele Frauen wie sie.«

Edie starrte ihn an. Wenn sie jetzt sagen würde: Sie hatten eine Affäre mit meiner Mutter, und daraufhin hat sich mein Vater umgebracht – was würde er tun? Lospoltern? Weinen? Uns selbst können wir anscheinend fast alles verzeihen, dachte sie. Die Zeit legt sich über die Vergangenheit wie eine Haut, die allmählich dicker wird, bis nur noch eine hässliche Narbe bleibt, eine Geschichte, die man verfolgen kann, indem man mit dem Finger über den blassen Wulst fährt. Edie öffnete den Mund, brachte aber keinen Ton heraus. Ich habe kein Recht mehr, irgendjemanden zu verurteilen, dachte sie. Höchstens mich selbst.

»Sie war sehr schön«, stimmte sie zu.

»Sie ist nie über Vics Tod hinweggekommen.«

»Wie hätte sie auch.«

»Wirklich jammerschade.«

»Ja. Bitte entschuldigen Sie mich jetzt. Ich muss weiter. So viele Leute …«

Jude stand allein in einer Ecke des Gartens, eine Zigarette in der einen, ein Glas Sekt in der anderen Hand. Die lange Jacke und die hochhackigen Schuhe hatte sie ausgezogen. Der Saum ihres glänzenden grauen Rocks schleifte über den Boden. In dem ärmellosen schwarzen Oberteil wirkten ihre Arme dünn und weiß; das Schlüsselbein trat deutlich hervor. Vom Lippenstift war nichts mehr zu sehen, ohne ihn wirkte ihr Gesicht verletzlich. Edie ging zu ihr.

»Alles in Ordnung?«

Jude wandte sich um und sah Edie mit ausdrucksloser Miene an. »Nach meinem Heulkrampf, meinst du?«

»Na, sag schon.«

Sie zuckte die Schultern.

»Jude?«

»Bin vielleicht ein bisschen betrunken.« Jude leerte ihr Glas, um ihre Worte zu unterstreichen, und zog heftig an ihrer Zigarette.

»Ja, warum auch nicht?«

»Ich habe sie beide umgebracht, weißt du.«

»Was?«

»Ich habe sie umgebracht.«

»Jude, wovon sprichst du überhaupt?«

»Ihn und sie.«

»Jude, liebe Jude, du redest Unsinn.«

»Nein.« Jude ließ ihre Zigarette auf Louises gepflegten Rasen fallen und trat sie mit dem Absatz aus. »Nein. Tu ich nicht. Ich habe es ihm erzählt, verstehst du.«

»Nein, ich versteh nichts. Wem hast du was erzählt?«

»Das mit Mum und diesem schwulen Arsch.« Jude wies mit einer heftigen Kopfbewegung auf Simon. »Am Tag, bevor er verschwunden ist. Also brauchst du dir keine Vorwürfe mehr zu machen, weil du mal ein bisschen gemein zu ihm warst.«

»Hallo, ihr beiden.« Alex legte beiden einen Arm um die Schulter. »Ich habe euch beobachtet. Alles in Ordnung?«

»Ja.«

»Nein.«

»An einem Tag wie heute ist das völlig verständlich. Kann ich euch was bringen? Was zu trinken? Tee?«

»Nein«, erwiderte Jude schroff.

»Ich brauche nichts«, sagte Edie. »Geht es den Kindern gut?«

»Ja – sie sitzen drinnen vor dem Fernseher. Bob kümmert sich um Sam.«

Edie sah Jude an. »Da liegst du falsch.«

»Du hast es also auch gewusst? Du hast es gewusst! Seit wann?« Plötzlich veränderte sich Judes Gesichtsausdruck. »Mein Gott! Seh ich Gespenster, oder ist er es wirklich?«, sagte sie und starrte über Edies Schulter hinweg. »Himmel, er ist es!« Sie kicherte. »Das hat uns gerade noch gefehlt.«

»Was denn?«

Aber Edie wusste es schon, bevor sie sich umwandte und Judes Blick folgte. Kalte Schauer liefen ihr über den Rücken. Alex' Hand lastete schwer auf ihrer Schulter.

»Was zum Teufel will der denn hier?«, fragte Jude so laut, dass sich die Leute zu ihnen umdrehten.

Er sah aus, als komme er gerade aus dem Bett und habe angezogen, was eben in Reichweite war: Jeans mit einem Loch am Knie, ein schmutziges T-Shirt mit dem pinkfarbenen Aufdruck »Warum ich?«, abgetragene Turnschuhe. Er stand neben der Küchentür und schaute sich mit schiefem Grinsen um. Anscheinend war er betrunken.

»Wer?«, fragte Alex. »Von wem sprecht ihr denn?«

»Jemand, den wir von früher kennen«, erklärte Jude. »Nicht wahr, Edie?« Sie sah Edie mit leuchtenden Augen an.

»Es ist Ricky«, sagte Edie leise zu Alex. »Du weißt schon, der Junge …«

»Deine alte Flamme?«

»Ja.«

»Woher wusste er von der Trauerfeier?«

»Keine Ahnung.« Edie war es unbegreiflich, dass sie sich noch aufrecht halten und Worte sinnvoll aneinander reihen konnte. Ihr

Gesicht verkrampfte sich, zuckte nervös. »Er muss wohl jemanden getroffen haben, der … Ich sehe wohl besser mal …«

»Mami.«

Schon wieder Kit. Mit seinen schwitzigen Fingern griff er nach ihrer Hand. »Mami, ich hab dich überall gesucht.«

»Ich bin ja da«, sagte sie.

Nun hatte Ricky sie entdeckt, aber er rührte sich nicht, sondern sah sie nur mit seinem schiefen Grinsen an. Bob trat auf ihn zu und reichte ihm ein Glas Sekt, das er wie Wasser hinunterschüttete, bevor er sich noch eines nahm. Die Leute starrten ihn an – ein schmuddeliger Fremder mit zerrissener Hose. Im goldenen Licht des Spätnachmittags gefror Edie unter den Blicken von Alex, Jude, Ricky – und auch von Stella, die ihn offensichtlich nun ebenfalls erkannt hatte.

Edie nahm sich zusammen. »Ich werde einfach … Soll ich …?«, fragte sie so beiläufig wie möglich.

Sie befreite sich aus Kits Griff, aber er klammerte sich an ihren Rock und stolperte hinter ihr her. Am liebsten hätte sie ihn abgeschüttelt und wäre weggelaufen, den Weg entlang, durchs Haus, auf die Straße hinaus, um ins Auto zu springen und mit offenem Fenster davonzubrausen, mit flatterndem Haar, den Fuß auf dem Gaspedal, ganz gleich, wohin – nur fort, fort von diesen bohrenden Blicken. Oder sie hätte schreien können: sich auf den Boden hocken, den Kopf zwischen den Händen, und heulen, bis ihr der Hals wehtat und jemand sie in einen kühlen, ruhigen Raum führte, um ihr Beruhigungspillen zu verabreichen, und sie endlich in die Dunkelheit eintauchen durfte.

»Hallo, Ricky.« Immer noch dieses irre Grinsen. »Ich hatte gar nicht damit gerechnet, dass du kommst«, sagte sie förmlich und streckte ihm die Hand entgegen. Er nahm sie und drückte sie eine Weile. Seine abgekauten Fingernägel. »Das ist mein Sohn Kit«, fuhr sie fort. »Mein Zweitältester.«

»Hallo«, sagte Ricky.

Kit senkte den Kopf und schmiegte sich noch enger an Edie,

die ihm die Hand auf den Kopf legte. Sein Haar fühlte sich weich und heiß an. Aus den Augenwinkeln sah sie, dass die Leute miteinander redeten und tranken. Sie verhielten sich, als sei alles normal. Sie drehte sich zu Jude und Alex um, die immer noch am anderen Ende des Gartens standen und sie beobachteten.

»Ich weiß nicht, was ich sagen soll«, meinte sie schließlich.

»Keine Sorge«, erwiderte Ricky. »Du brauchst gar nichts zu sagen.«

»Aber …« Sie warf einen Blick auf Kit und sagte dann ruhig: »Was willst du hier?«

»Das weiß ich auch nicht so genau. Ich bin mittags von der Arbeit weg, hab ein paar Bierchen getrunken und – da fand ich die Idee ganz gut. Gibt's noch Sekt?«

»Die Leute gehen schon.«

»Das macht nichts.«

Lieber Himmel, er war wirklich betrunken.

»Ich muss mich von ihnen verabschieden.«

»Nur zu!«

»Ricky, bitte!«

»Was?«

»Das weißt du genau.«

»Edie, wir wollen dann mal langsam …« Rose tauchte neben Ricky auf, etwas schwankend auf ihren hohen Absätzen. Als sie Ricky sah, formten ihre Lippen ein lautloses »O«. »Was machst du denn hier? Ich meine, ich wusste gar nicht, dass du und Edie euch noch …«

»Tun wir nicht«, unterbrach Edie.

»Ich wollte mein Beileid aussprechen«, sagte Ricky.

»Ach«, meinte Rose vage.

»Hallo, Ricky.«

Edie sah hoch. Jude stand neben ihr.

»Ja?«, sagte Ricky.

»Erkennst du mich nicht mehr?«

»Nicht dass ich wüsste … Moment mal, du bist Edies kleine

Schwester. Jude Jennings. Mein Güte, hast du dich verändert! Was ist denn mit dir passiert?«

Jude schnaubte verächtlich. »Das Leben, Ricky. Was machst du denn hier?«

»Tja.« Sein Blick wanderte zu Edie, der Angstschauer über den Rücken liefen. »Wer weiß?«, sagte er. »Alte Zeiten. Gibt's noch was zu trinken?«

Edie schaute sich um, die Gäste brachen allmählich auf. Alex stand immer noch da, allein. Ein kräftiger, verschwitzter Mann, der sehr einsam wirkte. »Ich lass euch einen Augenblick allein«, sagte sie und ging auf Alex zu, Kit immer noch am Rockzipfel. Immer wieder blieb sie stehen, um sich von Gästen zu verabschieden, aber schließlich war sie bei ihm. Ihr Herz hämmerte, und ihr Mund war trocken. Sie versuchte zu lächeln.

»Hallo«, sagte sie.

Sie hakte sich bei ihm unter, aber er rührte sich nicht. »Hallo.«

Eine Weile standen sie beide schweigend da.

»Wenn wir doch schon zu Hause wären«, sagte sie. Kit zappelte neben ihr herum. »Wir und die Kinder.«

Er antwortete nicht, sondern starrte in den Garten, wo der Abend lange Schatten warf. Ricky drehte sich gerade eine Zigarette. Jude, Stella und Bob standen bei ihm.

»Er ist nur ein Gespenst aus der Vergangenheit.«

Jetzt wandte er sich zu ihr. »Demnach hast du ihn seit zwanzig Jahren nicht mehr gesehen?«

»Zweiundzwanzig«, stellte sie richtig. Sie blickte in sein ehrliches Gesicht, seine klaren Augen. »Nein, hab ich nicht, natürlich nicht.«

30 Dreißig

»Auf Wiedersehen.«

»Passt auf euch auf.«

»Meldet euch mal wieder.«

»Es tut mir so Leid.«

»Wenn ihr mal wieder in der Gegend seid …«

»Auf Wiedersehen«, sagten Stella, Edie und Jude. »Vielen Dank. Machen wir.« Sie standen nebeneinander an der Tür. »Fahrt bloß vorsichtig«, ermahnten sie diejenigen, die ein bisschen zu viel getrunken hatten.

Nur noch ein paar Gäste waren geblieben. Alex machte mit einem Müllsack die Runde durch den Garten und klaubte Kekspackungen, Zigarettenkippen und Kuchenreste auf. Bob spülte in der Küche die Gläser und behielt die Uhr im Auge. Er und Stella wollten um acht los. Jude und Edie blieb es überlassen, alles aufzuräumen und das Haus abzuschließen. Gabriel saß im Gästezimmer über Edies Laptop gebeugt. Leah verschickte Nachrichten auf ihrem Handy. Die anderen Kinder, sogar Kit, sahen sich in Louises Schlafzimmer mittlerweile den zweiten Videofilm an. Jess war darüber eingeschlafen, den Daumen im Mund, die Finger übers Gesicht gespreizt. Sam summte leise vor sich hin.

Im Garten saß Ricky neben Ellen und Ken – der früher zwei Häuser weiter gewohnt hatte – auf der alten Bank. Edie schaute immer wieder in seine Richtung in der Hoffnung, dass er aufbrechen würde, aber er rührte sich nicht vom Fleck. Es war nichts passiert. Es hatte keine Szene gegeben. Die Erde hatte sich nicht aufgetan; der Himmel war ihr nicht auf den Kopf gefallen.

»Was machen wir mit ihnen?«, fragte Jude schließlich.

»Vielleicht kannst du Ellen zurück ins Heim bringen«, sagte Edie.

»Und Ricky?«

»Ich rufe ihm ein Taxi. Er kann nicht mehr fahren.«

»Gute Idee«, meinte Jude munter. »Wie wär's denn, wenn ich ihm ein Taxi besorge und du ihm klarmachst, dass er jetzt gehen muss?«

»Jude …«

»Reden können wir später – wenn alle fort sind. Wann fährt Alex?«

»Um acht, wie Bob. Vorher essen wir aber noch eine Kleinigkeit. Er darf Leah und Gabriel nicht zu spät bei ihrer Mutter abliefern. Die Kinder können alle im Auto schlafen.«

»Gut. Dann mal los.«

Jude führte Ellen fort. Sie hatte Schokoladenflecken auf ihrer rosafarbenen Bluse, und Louises schwarze Jacke wies einen Riss am Ärmel auf.

»Wohin gehen wir?«, fragte sie, als sie ums Haus herum zum Auto gebracht wurde. »Ich will nicht gehen.«

Ken stand auf und blickte über den leeren Rasen, als bemerke er erst jetzt, dass alle anderen Gäste schon fort waren. »Ja«, meinte er unbeholfen. »Dann fahre ich jetzt auch. Nach meinem Ausflug in die Vergangenheit.«

»War nett, Sie wiederzusehen«, sagte Edie höflich. Sie wandte sich an Ricky. »Komm. Für dich wird es jetzt auch Zeit.«

»Da hast du wohl Recht«, antwortete Ricky. Er stand unsicher auf und sah sie an. »Verrückt, was?«

»Ja. Wir haben ein Taxi für dich bestellt. Du kannst den Wagen später holen.«

Ricky nahm ihre linke Hand und drehte an ihrem goldenen

Ehering. Sie wusste, dass Alex sie beobachtete, aber für ein paar Sekunden überließ sie ihm ihre Hand. Er hielt den Kopf gesenkt, und sie sah Schuppen in seinem Haar und eine kahle Stelle auf seinem Kopf, so groß wie ein Fünfpennystück. Sie fühlte sich zwischen Zärtlichkeit und Ekel hin und her gerissen.

»Ich gehe noch mit raus«, sagte sie. »Komm.«

»Edie.«

»Komm.« Sie hörte die Wehmut in seiner weinseligen Stimme.

»Alles kommt anders, als man denkt.« Hinter ihnen waren Schritte zu hören, und als Edie aufschaute, erblickte sie Alex. Ricky starrte ihn an, ohne Edies Hand loszulassen. »Ich habe gerade gesagt, alles kommt anders, als man denkt.«

»Das stimmt«, erwiderte Alex.

»Ich habe Edie gekannt, als sie noch ein ganz junges Mädchen war«, fuhr Ricky fort. »Nicht mal siebzehn.«

»Ich weiß.«

»Komm, Ricky, gehen wir, dein Taxi wird gleich da sein.« Edie befreite ihre Hand aus seinem Griff.

»Sie haben Glück«, meinte Ricky. »Mich hat sie verlassen.«

»Ricky.«

»Als sich ihr Vater umgebracht hat. Einfach verlassen.«

»Ich weiß«, sagte Alex.

»Das ist lange her, aber so was vergisst man nicht. Da wächst einfach kein Gras drüber. Manchmal rückt es sogar näher, als würde es einen verfolgen. Du kannst rennen, was das Zeug hält, aber es lässt sich einfach nicht abschütteln. Haben Sie so was schon mal erlebt?«

»Ich weiß nicht. Vielleicht.« Alex bückte sich, hob eine Zigarettenkippe auf und warf sie in den Müllsack. »Ich fahre in anderthalb Stunden, Edie.«

»Ja.«

»Warst du bei den Kindern?«

»Nein. Ich schaue gleich mal nach ihnen.«

»Oder zumindest«, fuhr Ricky fort, »zumindest tritt alles klarer hervor, wenn Sie verstehen, was ich meine. Es leuchtet sozusagen. Das Gedächtnis ist schon eine komische Sache, nicht wahr?«

»Ich geh jetzt die Sachen packen«, kündigte Alex an, rührte sich aber nicht von der Stelle.

»Manches habe ich ganz einfach vergessen. Teile meines Lebens sind wie gelöscht. Vollkommen ausradiert. Ich frage mich, wer ich damals war; es ist, als hätte ich mich selbst ausradiert. Sie werden sagen, das waren die Drogen, die ich in meiner Jugend genommen habe, oder der Alkohol. In letzter Zeit trinke ich viel. Aber nie tagsüber. Oder fast nie, höchstens an Tagen wie diesen. Sonst würde es mit mir bergab gehen. Aber ich glaube, es ist nicht nur das. Es gibt Dinge, die einfach weg sind. Ganze Jahre. Menschen, die ich einmal gekannt habe. Manchmal begegne ich jemandem auf der Straße, der sagt, ›Du bist doch Ricky Penrose, stimmt's?‹ Und ich sehe ihn an und habe keine Ahnung, wer das ist oder in welchen Lebensabschnitt er gehört. Manchmal beunruhigt mich das – dass sich Leute an mich erinnern und ich mich nicht an sie. Ich frage mich, an welchen Ricky sie sich erinnern. Vielleicht wissen sie Dinge über mich, die ich längst vergessen habe. Denn ich muss oft denken, dass man am Anfang so viele Möglichkeiten hat. Wenn man jung ist, meine ich – dann man kann so viele Richtungen einschlagen, oder nicht? Welche Tür du aufstößt, welches Mädchen du vögelst – oder besser gesagt, liebst. Welches Mädchen liebst du, und welches Mädchen liebt dich? So viele ungelebte Leben. So viele zugeschlagene Türen. Ich habe immer die falschen Entscheidungen getroffen, aber ich habe nie geglaubt, dass es eine große Rolle spielen würde. Ich war immer davon überzeugt, dass ich alles Mögliche ungeschehen machen und wieder von vorne anfangen könnte. Aber das kann man nicht, oder? Etwas ungeschehen machen.« Er starrte Edie an und lachte heiser. »Nicht wirklich jedenfalls. Es ist eine Einbahnstraße. Und wenn man es wirklich will, ist es zu spät. Und nun stehe ich da – ein Versager.«

»Bitte, Ricky«, sagte Edie.

»Ja? Wo war ich? Da gibt es also Dinge, die ich vergesse, als hätte ich ein Loch im Hirn, durch das sie fallen. Aber anderes weiß ich noch, als wäre es erst gestern gewesen. Oder, besser gesagt«, er runzelte angestrengt die Stirn, »ich *sehe* sie vor mir wie Fotos in einem Album, wie ihr bestimmt zu Hause eins habt, so eins für eure Familienfotos, das ihr zusammen anschaut. So eins hatten wir nie. Edie ist auf vielen dieser Fotos in meinem Kopf.« Er zwinkerte. »Sie hatte ein braunes Kleid an.«

»Verstehe«, sagte Alex. Er betrachtete den Müllsack, den er in der Hand hielt.

»Als ich sie kennen lernte, war ich krank vor Liebe. Wochenlang war ich richtig krank. Daran erinnere ich mich. Was? Möchtest du nicht, dass ich ihm das erzähle, Edie? Ich hätte nicht so viel trinken sollen. Ich höre, wie ich Sachen sage, und ein Teil von mir denkt, o Schreck, das sollte ich lieber nicht sagen, aber die andere Hälfte – na ja, sagt sie eben. Wenn du mir folgen kannst. Das alles ist wirklich seltsam. Ich arbeite als Produktmanager bei einer Heizungsfirma.«

»Das wusste ich nicht.«

»Natürlich nicht. Woher auch?«

»Warum packst du nicht zusammen, Alex?«, meinte Edie. »Ich komme dann gleich.«

»Ja«, sagte Alex, rührte sich aber immer noch nicht.

»Ich wollte einmal Filmregisseur oder Schriftsteller werden, so etwas in der Art. Stattdessen bin ich jetzt im mittleren Management. Ich dachte, ich würde reisen, und jetzt wohne ich fünf Meilen von dem Ort entfernt, in dem ich aufgewachsen bin. Edie ist weggezogen. Edie hat gemacht, was sie immer schon machen wollte. Die Berufe der Mittelschicht, die sind was für euch. Kinder aus der Mittelschicht sagen: Ich werde Arzt, Anwalt, Lehrer oder sonst was, und dann werden sie das auch. Aber als ich gesagt habe, ich werde Filmregisseur, war das ganz schön blöd, oder nicht? Zwischen Zentralheizungen und dem Film ist doch ein ziemlich großer Unterschied.«

»Es wird Zeit, dass Sie gehen«, sagte Alex.

»Was machen Sie denn beruflich? Lassen Sie mich raten – Dozent am College vielleicht? Nein? Eine Stelle beim Rundfunk, bei der BBC? Jurist? Oder etwa Lehrer? Ah, ja! Sie sind also Lehrer. Eine Ärztin und ein Lehrer. Das passt doch. Ärztin und Produktmanager bei einer mittelständischen Heizungsfirma in den West Midlands klingt längst nicht so gut, oder?«

»Ricky.«

»Zwei hübsche Gehälter. Kindermädchen und Putzfrau. Alle zwei Wochen geht man ins Theater. Hab ich Recht? Dinnerpartys vielleicht. Den Rotwein holt ihr aus dem Keller und – wie sagt man doch gleich – lasst ihn atmen? Stimmt's?«

Edie nahm Ricky am Arm und zog ihn fort. »Es ist spät, und du bist betrunken. Du musst jetzt gehen. Tut mir Leid«, sagte sie über die Schulter zu Alex, während sie Ricky zur Tür manövrierte. »Ich bin gleich wieder da.«

Sie führte Ricky durchs Haus. Auf dem Flur begegneten sie Stella.

»Auf Wiedersehen, Ricky«, sagte Stella freundlich. Sie legte ihm die Hand auf den Arm. »Pass auf dich auf, ja?«

Ricky traten Tränen in die Augen. »Ach, Scheiße!«, sagte er.

Sie standen auf dem Bürgersteig.

»Tut mir Leid«, sagte Ricky.

»Nein«, widersprach Edie traurig. »Es ist meine Schuld.«

»Ich bin so verdammt deprimiert. Manchmal sitze ich in der Küche und trinke puren Gin, bis meine Zunge taub ist. Wie früher die Seeleute. Das Leben macht einen kaputt.«

»Ich glaube, da ist dein Taxi.«

»Ich hatte Pläne.«

»Es wird alles gut.«

»Nein.«

Edie winkte dem Taxi, und es hielt neben ihnen. Sie öffnete die Tür. »Hast du genug Geld für die Fahrt? Du musst deinen Wagen morgen früh abholen, bevor du zur Arbeit gehst. Okay?«

»Nichts wird gut.«

»Es tut mir Leid«, sagte sie hilflos.

»Tja. Da kann man nichts machen.«

»Tschüs, Ricky.«

»War's das dann? Einfach tschüs?«

»Ja. Es tut mir wirklich Leid. Alles. Alles, was ich getan habe.«

»Du hast ein graues Haar in deiner Augenbraue«, sagte er und setzte sich auf den Rücksitz. »*Time goes by.* Woraus ist das? Aus irgendeinem Song. *A kiss is just a kiss.* Das stimmt nicht, oder? Ein Kuss ist nicht nur einfach ein Kuss. Für dich und mich hat es nicht gestimmt.«

»Tschüs.«

»Ach Gott, Edie. Ich bin so verdammt einsam. Ich war immer schon einsam.« Wieder traten ihm Tränen der Rührung in die Augen. Edie beugte sich über ihn und legte ihm die Hand auf den Hinterkopf. Sie küsste ihn auf die Lippen, bis sie sah, dass er die Augen schloss. Ein Kuss ist nie einfach nur ein Kuss. Dann richtete sie sich auf und schlug die Tür zu. Er drückte das Gesicht gegen das Fenster. Sie lächelte und hob winkend die Hand, aber er winkte nicht zurück, sondern starrte sie nur durch die Scheibe an, die sie trennte. Sein Gesicht erschien durch ihr Spiegelbild verschwommen, aber sie sah die Tränen noch.

Als Jude vom Altersheim zurückkehrte, sah sie Edie auf dem Bürgersteig stehen. Edie starrte die leere Straße hinunter. Sie wirkte plötzlich älter, ihr Gesicht war müde und von Falten zerfurcht. Jude stieg aus und ging zu ihr.

»Wie lange stehst du schon hier?«

»Was? Noch nicht lange.«

»Ist er jetzt weg?«

»Ja. Endgültig.«

31 *Einunddreißig*

Kit saß im Flur neben der geschlossenen Tür von Louises Schlafzimmer. Er schloss die Augen und lauschte, aber er verstand kaum ein Wort von dem, was sie drinnen sprachen. Er hörte nur, dass die Stimmen, ihre und seine, manchmal lauter und dann wieder leiser wurden. Sie schienen sich nicht zu streiten, aber fröhlich klangen sie auch nicht. Vor allem, dachte er, klingen sie müde.

Als Edie die Treppe heraufgekommen war, hatte er sie aufhalten wollen, aber sie hatte nur seinen Kopf gestreichelt und »Ich bin gleich wieder da« gesagt, war zu Alex hineingegangen und hatte die Tür hinter sich zugezogen. Sie hatte komisch ausgesehen. Ihre Wangen hatten rote Flecken wie die von Jess, wenn sie Fieber hatte. Sie sah älter und gleichzeitig jünger aus als sonst.

Er hatte sie gesehen. Vom Badezimmerfenster aus hatte er sie beobachtet, seine Mutter und diesen fremden Mann, der neben Ellen auf der Bank gesessen und mit dem Glas in der Hand vor sich hin gemurmelt hatte. Er hatte wässrige Augen und hielt die Hand seiner Mutter, so wie ein Bettler es einmal auf der Straße, in der Nähe ihres Hauses, getan hatte; er hatte Edies Finger gepackt, als sie vorüberging, und sich geweigert, sie wieder loszulassen. Kit hatte die Badezimmertür abgeschlossen und sich ans Fenster gestellt und die beiden auf dem Bürgersteig beobachtet. Der Mann hatte Edie immer nur angestarrt, und sie hatte ihn angesehen, wie sie manchmal ihre Kinder ansah, wenn sie verletzt waren oder Probleme hatten. Es war ihr ganz privates Gesicht.

Dann war der Mann ins Auto gestiegen, und Kit hatte gesehen, dass sie ihn küsste. Sie umarmte ihn nicht und küsste ihn auch nicht auf beide Wangen, wie sie es bei anderen Freunden, Männern und Frauen, tat. Bei ihm war es anders. Sie hielt seinen Kopf und küsste ihn auf den Mund, und es war nicht nur ein flüchtiger Kuss. Er dauerte so lange, dass Kit sich fragte, wie sie dabei atmen konnten. Atmeten sie unterdessen durch die Nase, oder hielten sie die Luft an, bis es wehtat? So wie er, wenn er ausprobierte, ob er es eine Minute schaffte oder so lange, bis ein rotes Auto vorbeifuhr, weil er sich sagte, dass dann alles gut werden würde.

Natürlich hatte er schon mal gesehen, wie sich seine Eltern küssten. Einmal am Strand, als Lewis und er im Wasser waren und Jess auf der Decke schlief, hatte er beobachtet, wie sie bei den Felsen saßen, die Münder aufeinander gepresst. Sie waren wie Fremde, und er schaute weg und zählte bis sechzig. Als er wieder hinsah, hatten sie aufgehört und hielten sich nur noch an der Hand, und Edie hatte den Kopf auf Alex' Schulter gelegt. Und manchmal, wenn er, Kit, in ihr Schlafzimmer kam, umarmten sie sich im Dunkeln, aber wenn sie ihn bemerkten, lösten sie sich immer voneinander, und er kroch zwischen sie.

Einen Augenblick lang hatte er geglaubt, seine Mutter würde mit dem Mann, den sie küsste, wegfahren. Aber dann schlug sie die Tür zu und winkte ihm nach. Als der Wagen schon fort war, winkte sie immer noch oder hielt die Hand in die Höhe. Und selbst als sie die Hand sinken ließ, blieb sie dort stehen und sah dem längst verschwundenen Taxi nach.

Kit hatte sich vom Fenster abgewandt und die Badezimmertür wieder aufgeschlossen. Alex war den Flur entlanggekommen, er machte ein Gesicht, als hätte er in eine Zitrone gebissen. Als er Kit bemerkte, versuchte er zu lächeln, aber Kit hatte den Eindruck, dass er gar nicht richtig lächelte, sondern nur die Mundwinkel hochzog.

»Hallo, Kit.«

Kit öffnete den Mund, brachte aber kein Wort heraus. Er fühlte sich komisch, so wie im Traum, wenn er im freien Fall schreien wollte.

»Kit?«

»Daddy«, hatte er schließlich geflüstert.

Alex hatte ihn an die Hand genommen. »Komm, wir sehen mal, was die anderen machen.«

Und nun saß er, Kit, da und belauschte sie, konnte aber nichts verstehen, was sie in Omas Schlafzimmer, hinter der geschlossenen Tür, redeten. Nur das Gemurmel von Stimmen, bis seine Mutter ganz deutlich sagte: »Ach, Liebster.« Er faltete nervös die Hände und wartete, aber es war nur noch still.

Edie saß neben Alex auf dem Bett und knöpfte ihm das Hemd auf. Er schaute ihr zu, ohne ihr zu helfen. Ihre Finger zitterten. Sie drückte ihn in die Kissen und beugte sich über ihn.

»Wir reden morgen«, sagte sie. »Nicht jetzt. Jetzt haben wir keine Zeit.«

»Wir brauchen gar nicht zu reden«, meinte er. »Ich bin nur so blödsinnig eifersüchtig geworden. Aber ich vertraue dir.«

»Ach, Alex«, sagte sie. »Ach, Liebster.«

»Du hast diese letzte Kiste vergessen, die mit den Kuchenformen und all dem Zeug.«

»Danke. Ich stelle sie in den Kofferraum. Mehr passt nicht rein. Sam fährt mit mir, deshalb muss der Rest in Bobs Auto. Was ist mit deinen Sachen – gibst du Alex nichts mit?«

»Den Großteil nehme ich morgen selbst mit. So viel ist das nicht.«

Alle waren fertig zum Aufbruch. Sie hatten ihre Specksandwiches verzehrt – die Überreste von Alex' warmem Frühstück. Die Kleineren hatten bereits ihre Schlafanzüge angezogen und sich die Zähne geputzt, sodass sie im Auto einschlafen konnten und zu Hause nur noch ins Bett gebracht werden mussten. Jess war ein letztes Mal auf der Toilette gewesen. Leah saß bereits auf dem Vordersitz, hatte die Kopfhörer aufgesetzt und wippte mit dem Knie im Rhythmus der Musik, die niemand anders hören konnte.

»Ich bin morgen rechtzeitig zurück, um sie von der Schule abzuholen«, sagte Edie zu Alex.

Er nickte.

Alle küssten einander, umarmten sich und wiederholten, was sie bereits beim Abendessen gesagt hatten, die Versprechen, in Kontakt zu bleiben, sich bald wieder zu treffen, auf sich aufzupassen.

Edie umarmte Stella. »Halt mich auf dem Laufenden!«, flüsterte sie.

»Mach ich.«

Anschließend küsste Edie Leah und Gabriel, hob Lewis hoch und drückte seinen mageren kleinen Körper an sich, umarmte die verschwitzte Jess, der bereits die Augen zufielen. Als Alex einsteigen wollte, legte sie ihm den Arm um die Schulter. »Bis morgen«, sagte sie.

»Nein«, sagte Kit, als sie ihm die Arme entgegenstreckte. »Nein.«

»Kit?«

»Nein«, wiederholte er.

»Ich komme morgen nach. Ich hab doch schon gesagt, dass du nicht in die Schule musst. Alex wird Kirsty anrufen und alles arrangieren.«

»*Was!* Warum muss er nicht in die Schule und ich doch?«

»Lewis …«

»Das ist ungerecht.«

»Sieh mal …«

»Nein«, fing Kit wieder an. »Ich will bei dir bleiben.«

»Aber ich werde doch nur …«

»Ich will bei dir bleiben. Wenn ich bei dir bin …«

»Was?«

»Dann musst du nach Hause kommen.«

»Mein Gott!« Sie sah ihn entsetzt an. »Natürlich komme ich nach Hause. Es gibt nichts, was ich mir sehnlicher wünsche.«

Kit hielt ihrem Blick stand. »Ich fahre nicht«, erklärte er trotzig. »Du kannst mich nicht dazu zwingen.«

»Dann bleib«, entschied Edie. »Bleib und hilf mir hier.« Sie beugte sich hinab und nahm Kit auf den Arm. Allmählich wurde er zu groß und zu schwer für sie.

»*Mami!*«

»Lewis, bitte hilf mir jetzt.«

»Das ist ungerecht.«

»Nein, ist es nicht«, widersprach Alex und drehte den Zündschlüssel. »Gerecht heißt nicht, dass alle gleich behandelt werden.«

Er und Edie lächelten sich an.

»Fahr vorsichtig!«, sagte sie.

»Selbstverständlich.«

»Danke.«

»Dann bis morgen.«

Edie lag auf dem Bett und hielt Kit im Arm. Seine Haare kitzelten sie im Gesicht. Seine Haut roch nach Seife. Immer wieder warf er sich herum, um noch näher an sie heranzurücken. Smoky lag zu seinen Füßen. Draußen war es fast dunkel, und die ersten Sterne leuchteten durchs Fenster.

»Was hältst du davon, wenn wir die Katze zu uns nehmen?«

»Ginge das?«

»Ja, warum nicht?«

»Das wäre toll. Ich mag Katzen. Manchmal wäre ich gern eine. Es muss schön sein, so in der Sonne zu liegen und zu schlafen. Oder eine Ente. Enten sehen auch glücklich aus.«

»Ausgemacht, dann nehmen wir Smoky mit. Und nun schlaf!«, sagte sie. »Schalt dein Hirn ab.«

»Das ist ziemlich schwer, findest du nicht?«

»Da hast du Recht.«

»Mami?«

»Hmm.«

»Wie war Opa eigentlich?«

»Opa?« Edie schaute zur Decke. »Nun, ein lieber Mensch. Ziemlich still, er hat nur gesprochen, wenn er etwas zu sagen hatte. Er war richtig schüchtern. Schüchtern und nett und ein bisschen unbeholfen. Er ließ ständig Sachen fallen, stürzte von der Leiter, bekleckerte seine Krawatte mit Suppe oder stieß sich den Kopf. Einmal hat er mit seinem Auto den Milchwagen gerammt. Er hatte die gleichen Augen wie du und schwarze Haare wie Jude.« Sie verstummte und sah Vics Gesicht vor sich, seinen verzweifelten Blick.

»Erzähl weiter.«

»Er mochte Vögel und Blumen und Tiere, die Natur eben. Ihm sind Dinge aufgefallen, die andere übersahen. Er kannte auch die Namen der Sterne.«

»War er lustig, so wie Daddy?«

»Nein, lustig war er nicht. Witze hat er nie richtig verstanden. Deshalb war es manchmal nicht einfach, mit ihm zusammenzuleben. Aber er war trotzdem ein guter Mensch, glaube ich«, sagte Edie mehr zu sich selbst. »Er wollte nie jemandem wehtun. Das kann man nicht von vielen Menschen behaupten.«

»Aber warum hat er ... Du weißt schon?«

»Sich umgebracht?«

»Ja. Warum hat er das getan?«

»Ich vermute, dass ihm das Leben einfach zu viel geworden war. Hast du schon mal den Ausdruck gehört: Das ist der Tropfen, der das Fass zum Überlaufen bringt?«

»Ich glaube schon.«

»Wahrscheinlich sind viele Dinge zusammengekommen, und eines Tages hat er gedacht: Ich schaffe es nicht mehr. Er hätte mit den Menschen darüber reden sollen, die ihn geliebt haben. Du wirst das doch immer tun, nicht wahr, Kit? Wenn dich etwas beunruhigt, wirst du doch immer darüber sprechen, ja?«

»Es war also nicht so, dass mit ihm etwas nicht gestimmt hat?«

»Wie meinst du das?«

»Er war nicht krank im Kopf?«

»Wer hat dir denn das gesagt?«

»Die Leute.«

»Kit, wer hat das gesagt?«

»Die Jungs in der Schule. Sie sagen, ich wäre krank im Kopf, so wie Opa.«

»Woher haben sie das?«

»Von Lewis vielleicht«, antwortete er mit leiser Stimme.

»Jetzt hör mir mal zu. Opa war nicht krank, und du bist es auch nicht. Er war manchmal traurig – wirklich traurig, nicht in dem Sinn, wie ihr das Wort in der Schule benutzt. Und manche Leute sind eben trauriger als andere.«

»Also ist es nicht so, dass mit mir etwas nicht stimmt?«, fragte er.

»Du bist völlig in Ordnung. Du könntest gar nicht besser sein. Es sind die anderen, die dumm, beschränkt und grausam sind. Vor allem, wenn sie sich zusammenrotten.«

»Mami.«

»Hmm.«

»Warst du sehr traurig, als Opa gestorben ist?«

»Ja, sehr. Das bin ich heute noch manchmal. Es überkommt mich einfach. Man kann Menschen sehr lange Zeit vermissen, weißt du. Sogar für immer.«

»Ich möchte nicht, dass du stirbst.«

»Ich sterbe noch lange nicht.«

»Wo wirst du dann wohl sein?«

Eine Weile lagen sie still da, dann setzte er hinzu: »Dieser Mann.«

»Ja?«

»Du hast ihn geküsst.«

»Ich habe ihn vor langer Zeit gekannt, als ich fast noch ein Kind war. Das ist alles. Ich habe mich verabschiedet. Es war nur ein Kuss.«

32 Zweiunddreißig

»Gut«, sagte Jude.

Sie stellte zwei Gläser auf den Tisch und tat Eiswürfel hinein. Dann schraubte sie die Flasche auf und goss mehrere Fingerbreit bernsteinfarbenen Whisky ein. Sie steckte sich eine Zigarette in den Mund, reichte auch Edie eine und zündete beide mit demselben Streichholz an. Dann hob sie das Glas und stieß mit Edie an.

Edie nahm einen kräftigen Schluck und inhalierte tief.

»Was für eine Woche!«, sagte sie schließlich.

»Du warst eine verdammte Idiotin.«

»Jude!«

»Stimmt es etwa nicht?«

Edie legte die Hand auf ihre schmerzenden Augen. »Doch.«

»Du hast mit ihm geschlafen, stimmt's?«

»Ja.«

»Du lieber Himmel! Warum?«

»Ich weiß es nicht.«

»Was soll das heißen?«

»Ich weiß es nicht.« Edie ließ die Hand sinken und griff zum Glas. »Ich kann es nicht erklären.«

»Meine Güte, Edie!« Jude klang empört.

»*Du* dürftest dich eigentlich nicht als Moralapostel aufspielen.«

»Das ist auch verdammt noch mal nicht meine Absicht! Ich finde nur, dass du unglaublich dumm bist. Du bist die einzige mir bekannte Person, die glücklich verheiratet ist, und zwar mit einem lieben Mann, der dich wunderbar findet. Und da machst du so etwas, einfach so, aus heiterem Himmel, als wolltest du alles ruinieren.«

»Ich weiß«, sagte Edie. Sie drückte ihre Zigarette auf dem Unterteller aus und nahm sich noch eine.

»Vielleicht ist genau das der Grund«, fuhr Jude fort. »Vielleicht hast du es deshalb getan, weil dein Leben so sicher ist und du immer so lieb und brav warst und getan hast, was andere von dir erwartet haben. Das könnte der Grund dafür sein, dass du jetzt alles kaputtmachst. Genauso wie damals, als du Ricky verlassen hast. Du rennst vor dem Glück davon.«

»Kann ich noch etwas Whisky haben?«

»Hier. Weiß Alex es?«

»Keine Ahnung – ich weiß nicht, was er denkt. Er vertraut mir.«

»Erzähl es ihm nicht.«

»Meinst du?«

»Bloß nicht, Edie!« Jude starrte sie an. »Verdammter Mist, du wirst es ihm sagen, nicht wahr?«

»Ich versuche es nicht zu tun«, erwiderte Edie.

»Du willst ihn doch nicht etwa wiedersehen?«

»Nein! Auf gar keinen Fall.«

»Dann begrab die ganze Geschichte. Wenn du es Alex erzählst, wird es nie wieder so sein wie zuvor.«

»Wenn ich es ihm nicht sage, ist es auch nicht mehr so wie zuvor – nur dass er es nicht weiß.«

»Genau.«

»Du bist doch diejenige, die denkt, dass Menschen ein Recht darauf haben, alles zu erfahren.«

»Mach jetzt nur kein Drama aus der Sache! Du hast etwas Verrücktes getan. Tu es einfach nie wieder.«

»Er glaubt, er kann mir vertrauen.«

»Dann erzähl ihm bloß nicht …«

»Und er kann … Nun, wenigstens kann er sich darauf verlassen, dass ich ihm die Wahrheit sage. Heute habe ich ihn angelogen, und das war schrecklich. Lügen haben kurze Beine. Schau dir doch bloß unsere Eltern an. Begreifst du das denn nicht, Jude? Es wird immer zwischen uns stehen, wenn ich es ihm nicht erzähle.«

»Und wenn du es erzählst?«

»Ja, dann wird es auch zwischen uns stehen. Ich weiß. Aber genau das habe ich doch getan, oder? Ich habe alles verändert.«

»Und warum, zum Teufel?«

»Ich kann es nicht erklären. Ich will keine Entschuldigungen vorbringen. Es war nicht mal blinde Leidenschaft oder so etwas in der Art. Ich habe die ganze Zeit an Alex gedacht – und auch an die Kinder, was sie denken würden, wenn sie mich sehen könnten. Ich habe es trotzdem getan, und damit hat sich's.« Edie trank einen Schluck Whisky. »Er hat mir Leid getan«, sagte sie.

»Du lieber Himmel!«

»Ich weiß. Es war dumm. Aber das Mitleid war fast wie … es war so stark wie ein überwältigendes Verlangen. Stärker sogar. Ich hatte das Gefühl, mich aufzulösen.«

Jude schnaubte verächtlich und stand auf.

»Wohin gehst du?«

»Nirgends. Ich mach uns nur was zu essen. Ich habe seit gestern Abend nichts mehr gegessen, abgesehen von Alex' Blutwurst, und der Whisky steigt mir zu Kopf. Jedenfalls habe ich eine Kleinigkeit für unser letztes gemeinsames Abendessen zurückbehalten.« Sie zog eine ausgebeulte Plastiktüte aus dem leeren Kühlschrank. »Muscheln«, verkündete sie triumphierend. »Mit Knoblauch und Weißwein, würde ich sagen, und dem Rest von diesem knusprigen Brot.« Sie zog vier dicke Jakobsmuscheln heraus und legte sie auf das Schneidebrett.

»Ich weiß nicht, ob ich etwas herunterbekomme.«

»Es ist nicht viel.« Jude griff nach einem scharfen Messer, löste das Muschelfleisch aus der Schale und trennte es von dem orangefarbenen Rogen. Dann wühlte sie in ihrer Kiste mit Küchenutensilien und zog eine Knoblauchpresse hervor.

Edie seufzte und stützte den Kopf auf die Hände. »Ich wünsch mir was«, sagte sie. »Ich wünsch mir was.«

»Was?«

»Einfach nur so. Mir ist elend zumute.«

»Das kann ich mir vorstellen.«

»Ich habe immer gedacht, ich wäre zu so etwas nicht fähig. Ihn zu betrügen.«

»Deshalb bist du noch lange kein Ungeheuer, weißt du. Es ist ja nicht so, als hättest du eine Grenze überschritten, deren Überschreitung dich von einem guten zum bösen Menschen macht.«

»So fühle ich mich aber. Genau so.« Sie hob den Kopf und schaute Jude an, die eine Knoblauchzehe in brutzelnde Butter drückte. »Jetzt weiß ich, wie sich Louise gefühlt haben muss.«

»Hmmm.« Jude halbierte die Muscheln und gab sie in die Pfanne. »Vielleicht ist das ja der Grund, warum du es getan hast.«

»Vielleicht«, erwiderte Edie traurig. »Damit wären wir wieder bei unserem Thema von heute Nachmittag im Garten.«

»Einen Augenblick.« Jude tat den Rogen zu den Muscheln und wendete sie gekonnt. Dann goss sie ein wenig Weißwein an. »Gib mir bitte zwei Teller, und schneid das Brot auf. Hier, den Wein trinken wir aus, wo die Flasche schon mal offen ist.«

»Ich habe schon zu viel getrunken«, meinte Edie. Aber sie schenkte trotzdem zwei Gläser voll und nahm einen Schluck. »Was wolltest du sagen?«

»Erzähl mir erst mal: Woher weißt du das mit Louise und Simon?«

»Ich hab es erst vor ein paar Tagen rausgefunden. Durch einen Brief. Den hab ich entdeckt, als ich die Sachen vom Dachboden durchgesehen habe – Briefe von Ricky an mich und so weiter.«

»Was, einen Brief von Simon, diesem Idioten?«

»Er war nicht unterschrieben. Aber auf einmal fiel Licht auf die Vergangenheit. Es war so offensichtlich.«

»Tja«, sagte Jude und spießte eine Muschel auf die Gabel. »Ich habe sie gesehen.«

»Mein Gott. Du meinst …?«

»Beim Vögeln«, unterbrach Jude schroff. »Ich bin früher aus der Schule nach Hause gekommen. Dieses Mädchen, Maisie – erinnerst du dich an sie? Sie war eine von denen, die mich immer gepiesackt haben –, sie hatte in meiner Tasche dieses Gedicht gefunden, das ich geschrieben hatte. An Ricky natürlich. Sie hat es in der Klasse rumgereicht. Es war ein miserables Gedicht«, fügte Jude trocken hinzu. »Jedenfalls haben mich alle ausgelacht und gelästert, wie ein fettes Mannweib wie ich bloß erwarten könne, dass mich ein Junge auch nur ansieht! Und da hatte ich die Nase voll. Ich dachte, ich halt das nicht mehr aus, Tag für Tag dazusitzen und mich verspotten und auslachen zu lassen. Also hab ich den Nachmittagsunterricht ausfallen lassen und bin heimgegangen. Ich ahnte nicht, dass Mutter daheim war. Sie hatte gesagt, sie würde erst spät aus dem Geschäft nach Hause kommen. Ich wollte einfach nur in mein Zimmer und meine Ruhe haben. Ihr Auto stand vor der Tür, aber ich habe doch nicht vermutet … Auf den Gedanken wäre ich gar nicht gekommen … Also bin ich reingegangen und die Treppe rauf, und da hab ich ein Geräusch aus ihrem Zimmer gehört, eine Art Wimmern. Ich hatte keine Ahnung, was das sein könnte – mein Gott, war ich naiv! Ich dachte, es wäre die Katze, die mit einer Maus spielt oder so. Weißt du noch – diese Heullaute, die sie manchmal von sich gegeben hat? Also hab ich der Tür einen Stups gegeben und hineingeschaut, da trieben sie es auf dem Bett, alle Decken und Laken hatten sie abgeworfen. Ein paar Sekunden lang hab ich nur dagestanden und dumm geschaut. Ihr offener Mund, ihr weißes Fleisch. Sein magerer Hintern, von Hautflecken übersät. Igitt!« Sie verzog angeekelt das Gesicht. »Sex kann so widerlich aussehen. Dann hab ich mich abgewandt und bin aus dem Haus gelaufen. Ich bin gerannt und gerannt und hab in den Straßengraben gekotzt.«

»Sie haben dich also nicht gesehen?«

»Nein.«

»Meine Güte«, sagte Edie. Sie wollte das Bild, das Jude geschildert hatte, aus ihrem Kopf verbannen. »Das muss ein Schock für dich gewesen sein.«

»Ich wollte mit dir darüber reden. Einmal habe ich es versucht – aber es hat nicht geklappt. Du warst auf dem Sprung, und du warst so glücklich, und ich … ich konnte es nicht einfach so herausposaunen. Ich habe auch mit dem Gedanken gespielt, Mum zur Rede zu stellen – mein Gott, wie hab ich sie gehasst! Ich wollte ihr unter die Nase reiben, was sie da gemacht hat, wenn ich mit ihr allein wäre.« Jude leerte ihr Weinglas und schenkte sich nach. »Aber irgendwie hab ich es nicht fertig gebracht. Ich bin stattdessen zu Vic und hab es ihm erzählt. Kurz bevor er sich umgebracht hat.«

»Ach«, sagte Edie leise.

»Da hast du's.«

»Aber, Jude, er wusste es schon.«

»Meinst du?«

»Er wusste es, da bin ich ganz sicher.«

»Wie kommst du darauf?«

»Weil … ich erinnere mich einfach, dass er es gewusst hat. Im Rückblick, meine ich. Wenn ich an die Zeit zurückdenke, wird mir sonnenklar, dass Vic es gewusst hat. Er hat es gewusst und war unfähig, etwas dagegen zu tun. Wenn sie zusammen waren – Louise und dieser Simon, meine ich –, da hat sie nur noch gekichert und geflirtet. Sie hat oft ihre Hand auf seinen Arm oder um seine Taille gelegt oder ihm etwas ins Ohr geflüstert oder an seiner Zigarette gezogen. Und so wie Vic dreinschaute, hat er es gewusst.«

»Glaubst du wirklich?«

»Felsenfest«, sagte Edie. »Alles spricht dafür. Was hat er gesagt, als du mit ihm gesprochen hast?«

»Eigentlich gar nichts. Er ist in mein Zimmer gekommen und hat mich gebeten, Mum nicht anzuschreien. Er sagte etwas wie: Deine Mutter steht zur Zeit ziemlich unter Stress, und wir müssen ihr helfen. Und ich war so wütend, weil der Blödmann so blind war, dass ich es einfach herausgebrüllt habe. Er hat die Hände gehoben, als wollte ich ihm Sachen an den Kopf schleudern, und hat gesagt: ›Nein, nein‹, oder ›Tu das nicht‹, oder so ähnlich. Dann ist er hinausgestolpert.«

»Warum hast du es mir nicht erzählt? Du hättest es nicht all die Jahre mit dir rumtragen sollen. Hättest du es mir doch erzählt!«

»Jetzt hab ich's dir ja erzählt.« Jude nahm eine Zigarette und schob Edie die Packung zu. Gemeinsam beugten sie sich über die Kerzenflamme und zündeten ihre Zigarette an. »Deshalb fühle ich mich auch nicht besser.«

»Noch nicht«, meinte Edie. »Aber vielleicht wird sich das mit der Zeit ändern. Jetzt wissen wir, dass jede von uns eine andere Sicht der Dinge hatte und von eigenen Schuldgefühlen geplagt war. Wo doch in Wirklichkeit niemand und jeder schuld ist.«

»Louise ist schuld«, sagte Jude mit Nachdruck.

»Du betrachtest sie mit den Augen eines Richters. Sie ist deine Mutter, und sie hat Mist gebaut. So wie ich gerade. Oder auch du. Oder jeder andere irgendwann. Das Leben laugt aus. Du sagst nur deshalb, sie sei schuld, weil Daddy sich umgebracht hat. Hätte er das nicht getan, würden wir es heute als schmerzliche Dummheit betrachten und nicht als einen unverzeihlichen Fehler.«

»Ich habe nie mit ihr darüber gesprochen«, erklärte Jude. »Und sie nicht mit mir. Sie hat immer nur gesagt, Dad hätte Depressionen gehabt. Wir alle haben die Vergangenheit in eine Kiste gepackt und gedacht, wir könnten den Deckel draufhalten. Und jetzt sieh uns nur an.«

»Es ist nie zu spät«, meinte Edie zerstreut. Sie schenkte sich den Rest aus der Weinflasche ein. »Mir dreht sich der Kopf.«

»Also fährst du morgen heim und erzählst es Alex?«

»Ja.« Bei dem Gedanken zog sich ihr Herz zusammen. »Ich weiß nicht, ob es richtig oder falsch ist, aber ich muss, denn das macht unsere Beziehung nun mal aus. Und je länger ich warte, desto schwieriger wird es. Denk an mich. Was hast du morgen vor?«

»Ich werde versuchen, mich wieder in meine Routine einzufinden. Meinen Unterricht vorbereiten. Vielleicht Erkundigungen über Altersheime einziehen.«

»Du willst es also wirklich machen?«

»Das habe ich doch gesagt.«

»Was ist mit deiner Affäre?«

»Was soll damit sein?«

»Führst du sie fort?«

»Die Frage ist, ob *er* das tut.«

»Und – liebst du ihn?«

»Lieben? Nein, Edie. Für Liebe steht er nicht zur Verfügung.«

»Oh.«

»Mach dir um mich keine Sorgen.«

Sie schwiegen. Edie tunkte die Sauce mit Weißbrot auf und kaute langsam.

»Du wirst mir fehlen«, sagte sie.

»Du warst schon immer sentimental.«

»Nein, wirklich. Du wirst mir fehlen«, wiederholte Edie mit schwerer Zunge. Sie wollte etwas Bedeutungsvolles sagen, über die Einsamkeit, über die Vergangenheit oder die Zukunft – irgendetwas, das die Angst und die Sehnsucht ausdrückte, die sie empfand. »Du bist sehr schön«, hörte sie sich sagen.

»Ach, du gehörst ins Bett, meine Liebe.«

»Ich habe das Gefühl, dass ich alle liebe. Das ist das Problem.«

»Ab ins Bett.«

»Nein. Lass uns erst noch mal nach draußen gehen. Es ist so eine schöne Nacht.«

Sie standen Arm in Arm im Garten und schauten zum mondhellen Sternenhimmel empor.

»Ich erkenne keinen einzigen Stern«, sagte Edie. »Und Daddy kannte so viele.«

»Das ist der Große Wagen. Und das der Polarstern. Mehr kenn ich auch nicht.«

»Ich habe irgendwo gelesen, dass es elf Dimensionen gibt. Wie ist das möglich?«

»Ich glaube kaum, dass wir beide noch in der geistigen Verfassung sind, uns damit auseinander zu setzen.«

»Und dass unser Universum nichts weiter ist als eine winzige Luftblase in einem Ozean von Universen, dass also das Gewaltige, angesichts dessen wir uns wie ein Sandkörnchen fühlen, eigentlich gar nichts ist.«

»Das finde ich tröstlich.«

»Wirklich? Warum? Ich finde das so erschreckend, dass es mich krank macht.«

»Die Tatsache, dass es eigentlich überhaupt keine Rolle spielt, nichts von alldem.«

»Das ist ja gerade das Erschreckende.«

»Ich weiß.«

»Mami.«

Sie drehten sich um. Kit stand in der Küchentür.

»Haben wir dich aufgeweckt?«

»Ich weiß nicht. Ich hatte einen Traum …«

Edie nahm ihn auf den Arm. »Einen schlimmen Traum?«

»Ich weiß nicht. Ich kann mich nicht mehr erinnern.«

»Es ist doch alles in Ordnung. Es ist vorbei. Ich komm jetzt rauf, und dann kannst du dich zu mir ins Bett kuscheln, ja? Komm. Gute Nacht, Jude.«

»Schlaf gut.«

»Träum was Schönes.«

»Danke.« Jude zögerte. »Übrigens, du wirst mir auch fehlen.«

Edie lag neben Kit im Bett. Er war wieder eingeschlafen, hatte sich neben ihr zusammengerollt, die Knie angezogen, den Kopf neben ihrem. Sein warmer Atem streifte ihre Wange. Manchmal bewegte er sich und murmelte etwas. Ihr Mund war trocken. Eigentlich hätte sie aufstehen und ein paar Gläser Wasser trinken sollen, um nicht mit Kopfschmerzen aufzuwachen. Aber sie rührte sich nicht.

Sie lauschte dem Atemgeräusch und dem leisen Seufzen des Windes. Eine Tür wurde zugeschlagen, ein Wagen fuhr an, eine Katze miaute, irgendetwas kreischte da draußen in der Nacht. Es ist nie vollkommen still, und es ist nie vollkommen dunkel. Es gibt immer Sterne, die leuchten, und auch andere Menschen liegen wach so wie du und warten darauf, dass es hell wird.

33 Dreiunddreißig

»Alex?«

»Ja, mein Schatz.«

»Ich möchte dir etwas sagen.«

»Ich höre. Möchtest du eine Tasse Tee? Ich habe gerade Wasser aufgesetzt.«

»Gern. Aber ich muss dir etwas erzählen …« Edie schluckte und schaute zu Alex, der am anderen Ende der Küche systematisch Teller in den Geschirrspüler räumte. Er trug den Morgenmantel, den sie ihm an seinem letzten Geburtstag geschenkt hatte, und seine uralten Hausschuhe, die er einfach nicht wegwerfen wollte. Sein Haar war zerzaust, sein Gesicht zerknittert, und er hatte Krähenfüße um die Augen. Alles an ihm war ihr vertraut und lieb.

»Ich bin ganz Ohr«, sagte er, machte den Geschirrspüler zu, schaltete ihn ein, richtete sich auf und lächelte sie an.

»Also«, begann Edie. Jedes Wort kam ihr wie eine scharfe, gefährliche Waffe vor. Dolche und Messer und Faustkeile … »Als ich fort war …« Doch sie geriet ins Schwimmen, und die Dämme in ihrem Inneren brachen.

»Komm schon, raus damit!« Sein Gesichtsausdruck veränderte sich. »Ist es was Ernstes?«

»Ja.« Sie holte tief Luft und sah ihm ins Gesicht. »Ich habe mit Ricky geschlafen.«

»Edie –«

»Zweimal.«

Wie lange währte das Schweigen? Eine Sekunde, vielleicht eine Minute. Jedenfalls lange genug, um zu sehen, wie sich sein Gesicht verdüsterte. Wie seine Hand die Stuhllehne so fest umklammerte, dass die Fingerknöchel weiß wurden, und dann erschlaffte. Wie der Wasserkessel Dampfwolken ausstieß und der Deckel tanzte. Wie er die Stirn runzelte, als wäre er mit einem verwirrenden mathematischen Problem konfrontiert.

»Verstehe«, sagte er schließlich mit leiser Stimme.

»Alex …«

Er sank auf einen Stuhl. Sein Morgenmantel klaffte auseinander, und er zog ihn fester um sich. Dann seufzte er und fuhr sich mit den Händen übers Gesicht. »Warum?«

»Ich weiß es nicht.«

Er stöhnte leise, als hätte sie ihm einen Schlag in die Magengrube versetzt.

»Ich weiß nur …« Sie verstummte.

»Das Wasser ist gleich verdampft.«

Sie nahm den Kessel von der Platte und drehte sich zu ihm um. »Ich kann nichts sagen, um es zu beschönigen. Nur dass ich dich sehr, sehr liebe.«

»Ach«, sagte er tonlos.

»Zuerst dachte ich, ich erzähl es dir nicht. Ich dachte, ich könnte so tun, als wäre ich einfach durchgedreht und gar nicht für das verantwortlich, was ich getan habe. Aber ich konnte es dir nicht verschweigen.«

»Ich dachte, wir wären glücklich miteinander«, sagte er.

»Das waren wir auch. Sind wir auch. Mein Gott, es tut mir so Leid. Alex, es tut mir so Leid.« Sie streckte die Hand nach ihm aus, aber er wich zurück.

»Nicht.«

»Nein. Entschuldige.«

»Bist du …« – er zögerte – »… in ihn verliebt?«

»Nein! Kein bisschen. Nur in dich, Liebster. Alex, das war es nicht. Es war, als würde mich die Vergangenheit einholen. Aber ich will so etwas gar nicht sagen, weil es klingt, als würde ich nach einer Entschuldigung suchen. Es war, als würde ich mir selbst und uns allen das Allerschlimmste antun, und das war mir die ganze Zeit auch bewusst.«

»Zwei Mal«, sagte er.

»Ja.«

»Während ich mich hier um die Kinder gekümmert und mir Sorgen um dich gemacht und dich vermisst habe.«

»Ja.«

»Mein Gott.«

»Was sollen wir tun?«

»Tun?«

»Ja.«

»Keine Ahnung. Ich kann jetzt nicht denken.« Er stand auf, die Stuhlbeine scharrten laut. »Ich gieße den Tee auf, ja?«

»Alex, ich -«

»Ich will nicht darüber reden. Später, Edie, nicht jetzt.«

Sie lagen nebeneinander in ihrem breiten Bett, jeder mit zwei Kopfkissen, der Wecker neben ihrer, die Schachtel mit den Papiertüchern und das Telefon neben seiner Seite. Sie berührten sich nicht, sondern hielten die Beine gerade ausgestreckt und die Arme am Körper. Schlaflos belauschten sie einander und sprachen kein Wort.

Edie klapperte die Schulen am Ort ab. In zweien waren noch Plätze in der vierten Klasse frei. Sie entschied sich für die kleinere Schule, zu deren Leiterin – einer Frau um die fünfzig mit grauer Mähne und einem Lachen wie eine Schnellfeuerwaffe – sie sofort Vertrauen gefasst hatte. Bis zu den Sommerferien waren es nur noch ein paar Wochen, so beschloss sie, Kit gar nicht mehr in seine alte Schule zu schicken. Er blieb unter Kirstys Obhut eine Woche zu Hause und verbrachte die meiste Zeit im Garten, wo er Bücher las und die Katzen zu seinen Füßen schliefen. Er spielte mit seinem

Kescher am Teich oder baute ausgeklügelte Lego-Konstruktionen. Es war, als erhole er sich von einer Krankheit – und in gewisser Weise trifft das zu, dachte Edie. Sie verbrachte so viel Zeit wie möglich mit ihm. Sie backten Kuchen, und er malte Bilder. Sie brachte ihm das Schachspielen bei. Allmählich wirkte sein Gesicht nicht mehr ganz so schmal und verängstigt.

Am Morgen seines ersten Tages in der neuen Schule stand er um sechs auf und übergab sich drei Mal. Seine Augen hatten rote Ränder. Er ging jedoch an Edies Hand zur Schule und sagte kein einziges Mal, ihm sei schlecht und er müsse zu Hause bleiben. Die Schulleiterin nahm ihn am Eingang in Empfang, und er drückte krampfhaft Edies Hand, ließ sie los und trat durch das Tor auf den belebten Hof.

Fast täglich telefonierte sie mit Jude und Stella. Sie sorgten dafür, dass die Möbel abgeholt und eingelagert wurden, und erörterten ein Kaufangebot für Louises Haus. Jude hatte ein geeignetes Altersheim gefunden, in das Ellen in einem Monat umziehen sollte. Sie mussten Formulare unterschreiben und das Finanzielle regeln. Und sie beschlossen, Louises Asche über dem Fluss zu verstreuen. In drei Wochen wollten sie sich treffen und das gemeinsam tun.

Stella verkündete, dass sie und Bob zur Eheberatung gingen. So glücklich hatte sie sich schon lange nicht mehr angehört. »Mir ist plötzlich klar geworden«, sagte sie zu Edie, »dass ich nicht so weiterleben muss.« Jude äußerte sich nicht zu ihrer Affäre, also vermutete Edie, dass sie erst einmal fortgesetzt wurde.

Sie stellte Vics und Louises Hochzeitsbild gleich neben das ziemlich verwackelte Foto von sich und Alex, das am Tag ihrer Hochzeit draußen vor dem Standesamt geschossen worden war, Alex im hellen Anzug, sie in einem langen roten Kleid. Louise und Vic sahen so jung aus. Das Foto hatte die Aura längst verflossener Zeiten, und in ihren Gesichtern glühte die Empfindung der Vergangenheit.

Ab und zu griff sie danach und betrachtete es genau, als könne sie eines Tages etwas entdecken, was ihr bisher entgangen war. Aber sie wusste nicht, wonach sie eigentlich suchte.
Sie ging täglich schwimmen. Manchmal frühmorgens, wie andere Berufstätige. Im Umkleideraum beobachtete Edie dann, wie die Frauen ihre eleganten Kleider anzogen und sich rasch vor dem Spiegel schminkten. Manchmal schwamm sie mittags, wenn man ältere, langsamere Schwimmer im Becken antraf, oder auch nach Feierabend. Sie kraulte immer fünfundzwanzig Bahnen – wobei sie nach jedem vierten Schwimmzug Luft holte und durch ihre rhythmischen Armbewegungen weiße Bläschen aufsteigen ließ –, gefolgt von fünfzehn Bahnen Brustschwimmen, einatmen, ausatmen, Kopf heben, Kopf senken, die Arme ausgestreckt wie Pfeile, Schmerzen in den Beinen. Auf und ab, im Gewimmel anderer Schwimmer. In dem türkisblauen Wasser hörte sie auf zu denken und zu fühlen. Sie schwamm einfach nur.

Eine Zeit lang gingen Edie und Alex behutsam miteinander um, behandelten sich höflich, kein böses Wort fiel, jeder respektierte die Intimsphäre des anderen. Am Abend setzten sie sich vor dem Essen mit einem Glas Wein ins Wohnzimmer, berichteten sich gegenseitig von ihrem Tag, hörten einander aufmerksam zu, nickten und bekundeten ihr Interesse mit kurzen Kommentaren. Er massierte ihr nach wie vor den Rücken, und sie bügelte seine Hemden und schnitt die Haare in seinem Nacken. Manchmal hielten sie sich die Hand, küssten sich aber nicht, abgesehen von dem Begrüßungs- und Abschiedskuss auf die Wange vor den Kindern. Und sie schliefen nicht miteinander. Zum ersten Mal in all den Ehejahren trugen sie nachts Schlafanzüge und vermieden es, sich nackt zu zeigen. Manchmal sah Edie, wie sich Alex in dem großen Schlafzimmerspiegel musterte, den Bauch einzog und sich im Profil betrachtete, und dann zog sich ihr Herz vor Bedauern zusammen.

Allmählich, als ziehe man behutsam den Korken aus einer durchgeschüttelten Flasche, begannen sie zu reden. Wenn sie miteinander im Auto unterwegs waren oder nach dem Abendessen den Tisch abräumten. Im Supermarkt, wenn sie Vorräte in den Einkaufswagen häuften, während die Kinder in den Gängen nach Süßigkeiten suchten. Manchmal frühmorgens, nach dem Weckerklingeln, bevor sie die Kinder wachrüttelten. Einmal am Telefon, als er vor der Schule in seinem Wagen saß und sie in der Praxis war. Nach und nach fielen bittere Worte.

Eines Tages nahmen sie sich beide einen Tag frei, lieferten die Kinder in der Schule ab und machten einen Spaziergang durch den Park. Dann folgten sie den Bahngleisen bis zu Alex' neuem Schrebergarten. Sie standen neben dem frisch umgegrabenen Beet, wo sich die ersten Erbsenschösslinge, Zucchinipflanzen und ein paar winzige, von Schnecken angefressene Salatköpfe zeigten. Sie sprachen darüber, was verzeihen eigentlich bedeutet. Wenn man jemandem verzieh, war das wie bei der katholischen Beichte, durch die der Sünder von seinen Sünden reingewaschen wurde und noch einmal von vorn anfangen konnte? Oder blieb das begangene Unrecht immer gegenwärtig, lauerte gleichsam im Verborgenen, bereit, einen anzuspringen? Mit anderen Worten, überlegte Alex, werde ich es vergessen oder nicht vergessen, werde ich ihr vertrauen oder stets auf der Hut sein, es gegen sie verwenden oder auf sich beruhen lassen?

»Ich weiß nicht«, sagte Edie. »Du kannst es nicht vergessen, oder?«

»Man kann sich zwingen, so zu tun, als hätte man es vergessen«, erwiderte Alex. »Unerträglich wäre es jedenfalls, das Geschehene als Waffe zu benutzen, die ich jederzeit gegen dich einsetzen kann. Jedes Mal, wenn wir Streit haben, könnte ich es als Trumpfkarte verwenden, und jedes Mal, wenn ich dich aufgebracht habe, könnte ich die moralische Keule schwingen: Ha! Aber du warst mir untreu! So können wir nicht miteinander leben.«

»Vielleicht solltest du einen Seitensprung machen«, meinte Edie mit wehmütigem Lächeln. »Dann wären wir wieder quitt.«

»Darüber habe ich auch schon nachgedacht.«

»Wirklich?«

»Ja, aber nicht im Ernst. Ich will das nicht.«

»Hast du dir auch überlegt, mich zu verlassen?«

»Ich habe mir ausgemalt, wie es wäre, wenn ich es täte.«

»Und?«

»Unvorstellbar«, sagte er.

»Alex.«

»Ja.«

»Es wird wieder gut zwischen uns, oder?«

»Das hoffe ich.«

Sie nahm seine warme, raue Hand in die ihre und drückte sie an die Lippen. Als sie aufblickte, sah sie, dass ihm Tränen über die Wangen liefen. »Gehen wir heim«, sagte sie und führte ihn durch den blühenden Park zurück in ihr normales, unaufgeräumtes Haus, die Treppe hinauf und ins Schlafzimmer, wo sie die Vorhänge zuzog, damit die Nachmittagssonne nicht hineinschien.

»Wir haben noch vierzig Minuten, bevor die Kinder kommen«, sagte sie, nahm sein müdes Gesicht in beide Hände und küsste ihn. Sie versuchte ihm das Hemd über den Kopf zu ziehen, musste es aber zuerst aufknöpfen. Seine Schnürsenkel waren doppelt geknotet, und sie musste ihm die Socken mühsam über die Fersen herunterziehen. Dann machte sie sich an seinem Gürtel zu schaffen. »Ich bin so ungeschickt«, sagte sie. »Und ganz schön nervös.«

»Entspann dich.«

»Alex, es tut mir wirklich …«

»Psst!«

Stück für Stück legte sie ihre Kleidung ab, und er sah ihr dabei zu. Sie war verlegen, und obwohl es ein warmer Tag war, bekam sie eine Gänsehaut.

Sie schlüpften unter die Bettdecke, umarmten sich und erforschten im Halbdunkel ihre Gesichter. Als er sie küsste, hielt sie die Augen geöffnet. Sie wollte nur sein Gesicht sehen, kein anderes. Als er kam, wiegte sie ihn in ihren Armen und rief seinen Namen.

Die drei Schwestern trafen sich an einem schwülen Donnerstagmorgen im Juli. Sie parkten am Fluss, wo Edie damals ihren Wagen abgestellt hatte, als sie auf die Brücke geklettert war. Stella hatte die Asche in einem Plastikbehälter mitgebracht; sie wurde hörbar durcheinander gewirbelt, als Stella auf die anderen zuging. Edie sah sofort, dass ihr Haar blondiert war und sie abgenommen hatte. Sie trug eine orangefarbene Bluse, die Louise vor langer Zeit getragen hatte, und eine Halskette, die – wie sich Edie erinnerte – ihre Mutter umzulegen pflegte, wenn sie abends ausging. Dann hatte sie sich mit gespitzten Lippen dem Spiegel genähert und sich auf den Verschluss im Nacken konzentriert.

»Du siehst großartig aus«, sagte Edie herzlich, und Stella errötete vor Freude.

»Danke. Ich habe mein Leben wieder in die Hand genommen.«

»Und du erst, Jude. Ich hätte wirklich was Schöneres anziehen sollen.«

Jude trug eine weite blauviolette Hose und eine Seidenbluse, die bis zu den Knien reichte. Ihr Haar war kunstvoll zerzaust, sie trug lange Ohrringe, und ihre Lippen waren dunkelrot geschminkt.

»Sieht nach Regen aus«, meinte Stella.

»Umso besser – dann sind wenigstens keine Leute da, wenn wir es machen.«

»Gehen wir?«

Sie spazierten am Flussufer entlang. Das Gras und die Büsche waren welk, der Weg war trocken und rissig.

»Vielleicht ist das genau der falsche Ort«, meinte Stella sichtlich nervös.

»Vielleicht«, sagte Jude. Sie stakste vor ihnen her, ihre Kleider flatterten im Wind.

Sie gelangten an die Brücke, blieben stehen und sahen hinauf.

»Ich vergesse immer, wie hoch sie ist«, bemerkte Stella.

»Stellt euch vor, wie …«

»Nein. Stellt es euch nicht vor! Kommt.«

Sie gingen unter der Brücke hindurch und erreichten eine Stelle, wo die Böschung sanft zum Wasser hin abfiel.

»Und was machen wir jetzt? Kippen wir sie einfach aus?«

»Oder wir werfen immer eine Hand voll rein.«

»Lieber nicht.«

»Das ist nicht gerade poetisch – vor allem nicht in diesem blöden Plastikbehälter.«

»Wir hätten es von einem Boot aus machen sollen.«

»Wie wär's, wenn wir alle drei das Ding festhalten, den Deckel öffnen und die Asche einfach hineinstreuen?«

»Und wenn der Wind sie uns ins Gesicht weht? Ich habe schon mal gehört, dass das passieren kann.«

»Es ist nicht windig.«

»Sollen wir ein paar Worte sprechen?«

»Du meinst, über Louise?«

»Ja.«

»Und was?«

»Ich weiß nicht. Um Abschied zu nehmen.«

Jude brach in ein irres Gelächter aus. »Adieu!«, rief sie.

»Bitte!«

»Wir sollten ernst bleiben.«

»Ja.«

»Jetzt sind nur noch wir drei übrig.«

»An vorderster Front.«

»Ellen ist noch vor uns.«

»Das ist nicht das Gleiche.«

»Nein. Wahrscheinlich nicht. Gut, also nur wir drei. Au, Scheiße, ich will nicht weinen.«

»Dann heb den Deckel ab.«

»Jetzt?«

»Ja.«

»Sieht nicht so aus, wie ich es mir vorgestellt habe.«

»Das ist alles, was von ihr übrig ist.«

»Nein, nicht alles. Wir sind übrig. Wir drei.«

»Wir sollten sie jetzt verstreuen.«

»Es ist plötzlich gar nicht mehr komisch.«

»Dort. Übers Wasser.«

»So.«

»Sie ist fort.«

»Fort.«

Ein paar Sekunden lang verweilte die Asche auf der Wasseroberfläche, dann verschwand sie. Die schlammigen Wellen schlugen ihnen an die Füße. Ein Ast trieb vorüber, drehte sich in der Strömung. Arm in Arm standen die drei Schwestern da und blickten aufs Wasser. Dann wandten sie sich in stummem Einvernehmen ab und gingen am Flussufer entlang und unter der hohen Brücke hindurch nach Hause.

Von Zeit zu Zeit wachte Edie mitten in der Nacht plötzlich auf, als habe etwas sie aufgeschreckt, und sie lag im Bett mit dieser seltsamen Vorahnung, die ihr oft den Schlaf raubte. Sie lauschte dann den heimlichen Lauten der Nacht: dem Murmeln in den Leitungen, dem Flüstern des Windes, den regelmäßigen Atemzügen von Alex neben ihr, gelegentlich auch dem leisen Schnurren der Katzen zu ihren Füßen. Sie wartete darauf, dass sich die Angst legte, dass der Morgen graute und die Schatten vertrieb. Als junges Mädchen hatte sie sich manchmal vor dem Einschlafen gefürchtet, weil der Schlaf so große Ähnlichkeit mit dem Tod zu haben schien. Nun fürchtete sie sich davor, wach zu liegen wie eine einsame Schwimmerin, die auf dem Wasser trieb, während alle anderen in die Traumtiefen gezogen wurden.

Mitten in einer solchen Nacht glaubte sie zu hören, dass er ihren Namen rief. »Edie! Edie!« Ein lang gezogener Schrei, als stürze er, während er nach ihr rief, aus großer Höhe hinab. Seine Stimme hallte in ihrem Kopf wider wie ein Gruß oder ein Abschied, bat um Hilfe oder rief einfach nur, rief sie zu sich. Lange hatte sie diese Stimme nicht mehr gehört. Nur in ihren Träumen. Sie wusste natürlich, dass er es nicht war, er konnte es nicht sein, und dennoch, dieses Gefühl seiner Nähe war so stark, dass sie aufstand, ans Fenster trat und lauschte.

Das Haus schlief, seine Bewohner lagen warm und geborgen im Bett. Es war eine klare und stille Nacht. Am Himmel glitzerten Sterne, und in den Bäumen hing ein niedriger Mond. Sie presste die Stirn an die Scheibe und wartete, aber die Stimme kehrte nicht wieder. Sie würde nie wiederkehren.

Vic stellte den Wagen ab und steckte die Schlüssel unter die Sonnenblende. Er stieg aus, knöpfte sein Jackett zu und ging langsam zur Brücke hinauf. Er war müde, jeder Schritt kostete ihn Kraft. Der Himmel war bedrückend kalt und grau. Dunkle Wolken in seinem Kopf. Immer wieder trafen Regentropfen wie Nadelstiche sein Gesicht. Es herrschte kaum Verkehr, und der braune Fluss unter ihm war vom abendlichen Regen angeschwollen. Als sei es im Leben eines anderen Menschen geschehen, erinnerte er sich daran, dass er mit Louise über diese Brücke gegangen war. Damals hatten sie sich an der Hand gehalten und waren im Gleichschritt gegangen. Oder mit Edie, als sie noch klein war, das braune Haar zu lustigen Zöpfen geflochten hatte und eine Waffel mit schmelzendem Eis in der Hand hielt. Sie hatte das Kinn auf das Geländer gelegt, doch er hatte sie abrupt auf den sicheren Gehweg zurückgezogen und sie fest an sich gedrückt. Aber das war in einer anderen Welt.

Nun war er fast in der Mitte der gewölbten Brücke angelangt. Er starrte ins wirbelnde Wasser. Dann kletterte er über die Brüstung. Es war nicht besonders schwierig, nur dass er so müde war und sich schwer wie feuchte Erde fühlte. Er wollte nichts als aufhören zu denken, zu fühlen, zu sein, zu verletzen, zu lieben, zu hoffen, zu verlieren. Aufhören.

Er stand jetzt aufrecht, hielt sich nur noch mit einer Hand an dem kalten, rostigen Metall fest. Er brauchte nur loszulassen und zu fallen. Er holte tief Luft und hielt den Atem an. Dann ließ er ihn ausströmen. Eine Weile blickte er auf und sah nur noch den Himmel. Darin sah er einen schnellen Vogelschwarm in wechselnder

Formation, flatternde Flügel, pfeilförmige Körper. Die Schwalben flogen fort, der Sonne entgegen. Flogen sie in die Fremde, oder waren sie auf dem Weg nach Haus? Er schloss die Augen. Seine Finger lösten sich, und sein Körper verlor das Gleichgewicht. Er machte einen Schritt hinaus in die tosende Luft, ins heilende Wasser.